Susan Howatch · Teuflische Liebe

Buch

Nicole Morrison taumelt nach einer unerfüllten Liebe zu dem hei-
ratsscheuen Jugendfreund Evan Colwyn in eine wilde, leiden-
schaftliche Affäre mit dem undurchsichtigen und schwermüti-
gen Psychologen Tristan Poole, dem es bald gelingt, sie zu behexen und unter seinen teuflischen Einfluß zu bringen. Die Verbindung mit Tristan erschließt ihr völlig fremde Welten, in die sie
sich immer tiefer verstrickt.
Doch plötzlich erkennt Evan, daß er Nicole aus dieser Verzaube-
rung retten muß, daß er sie liebt, ja immer schon geliebt hat. Zwischen Evan, dem Nicoles unglückliche Liebe galt, und dem sata-
nischen Tristan Poole entbrennt ein erbitterter Kampf um die
Seele Nicoles, die immer tiefer in die Abgründe des Lebens zu geraten droht. Erst in allerletzter Minute geht Evan aus diesem
Kampf als Sieger hervor...

Autorin

Susan Howatch, 1940 in Surrey geboren, verlor ihren Vater im
Krieg, studierte Jura in London und trat danach in ein Anwalts-
büro ein. Auf gut Glück ging sie 1964 nach New York, arbeitete
kurz als Sekretärin und heiratete dann Joseph Howatch, einen
Amerikaner. Bald widmete sie sich nur noch dem Schreiben. 1970
kam ihre Tochter Antonia zur Welt. Nach ihrer Scheidung kehrte
sie nach Europa zurück, zunächst nach Irland. Sie lebt jetzt in
Salisbury.
Seit ihrem Welterfolg *Die Erben von Penmarric* ist Susan Howatch
eine der angesehensten und beliebtesten Autorinnen romantischer und spannender Frauenromane. Ihre Bücher wie *Die Herren
von Cashemara, Die Sünden der Väter* oder *Der Zauber von Oxmoon*
wurden jedesmal spektakuläre internationale Erfolge.

Von Susan Howatch
ist im Goldmann Verlag bereits erschienen:

Die Sünden der Väter (Taschenbuch 6606)

Susan Howatch

TEUFLISCHE LIEBE

ROMAN

GOLDMANN VERLAG

Aus dem Englischen von Claude de L'Orme
Titel der englischen Originalausgabe:
»The Devil on Lammas Night«

Made in Germany · 3/88 · 1. Auflage
Genehmigte Paperbackausgabe
Copyright © 1970 by Ace Publishing Corporation
Alle deutschen Rechte by Albrecht Knaus Verlag GmbH, München, 1981
Umschlaggestaltung: Design Team München
Umschlagillustration: C. Vega / Luserke, Walter Wyles, Friolzheim
Druck: May + Co. Darmstadt
Verlagsnummer: 32505
G. R. / Herstellung: Sebastian Strohmaier
ISBN 3-442-32505-6

1. Kapitel

I.

Nicole träumte: sie war allein am Strand und vor ihr streckte sich kilometerweit leerer Sand. Kein Laut war zu hören. Selbst die Wellen rollten geräuschlos über den Sand auf sie zu. Die Stille ließ sie die Leere des Strandes und die Helligkeit des Lichts besonders deutlich empfinden. Sie ging und ging, bis ihr plötzlich zum Bewußtsein kam, daß sie nicht mehr allein war.

Evan ging vor ihr.

Sie war noch sehr weit von ihm entfernt. Dennoch wußte sie, daß es Evan war, denn sie konnte sein dunkelrotes Haar und die für ihn typische Haltung der Schultern genau erkennen. Sie rief seinen Namen, aber er drehte sich nicht um, und so begann sie hinter ihm herzulaufen. Nach einigen Minuten hörte sie sich schluchzend um Atem ringen. Es war der einzige Laut in dieser stillen Landschaft. So lang sie aber auch lief – sie kam ihm doch nicht näher. Schließlich hielt sie an, und während sie noch vor sich hinstarrte, löste sich Evan in nichts auf. Wieder war sie allein auf diesem einsamen Stück Strand. Sie versuchte, Evan zu rufen, aber der Atem blieb ihr in der Kehle stecken. Schließlich gelang es ihr mit übermenschlicher Anstrengung, seinen Namen zu schreien.

Eine Sekunde später erwachte sie, den Schrei noch auf den Lippen.

»Ach, Nicole«, sagte ihre Freundin ärgerlich, »ich wollte, du hättest diesen Unglückskerl nie kennengelernt! Kannst du nicht ausnahmsweise einmal von jemand anderem träumen?«

Es war fünf Uhr früh. Als Nicole kurze Zeit später ins Wohnzimmer trat, begann die Sonne gerade über Hampstead Heath aufzugehen, und London tauchte aus der Nacht in einen blassen Morgen.

Nicole seufzte. Sie wußte genau, daß sie nicht wieder einschlafen würde, bis der Wecker um halb acht Uhr schrillte. Und so fand sie

5

sich damit ab, munter zu sein und ging in die Küche, um Kaffee zu kochen. Judy war indessen wieder eingeschlafen. Sie hatte keine Sorgen. – Wenn sie überhaupt träumte, so träumte sie von ihrem Verlobten oder von ihrer Arbeit, die ihr viel Spaß machte, oder von all ihren großartigen Zukunftsaussichten. Für Judy lief das Leben genauso ab, wie sie es sich wünschte, und sie schien das Glück gepachtet zu haben.

»Mich wundert das gar nicht«, hatte Judy am Vorabend zufrieden gesagt. »Diese Dinge verlaufen in Zyklen, und ich bin jetzt gerade in einem guten Zyklus. Maris hat mir gesagt, dies würde ein ausgezeichnetes Jahr für Steinböcke, weil Jupiter im Aszendenten stehe.«

Nicole aber glaubte nicht an Astrologie.

»Aber Nicki, wie dumm von dir! Es ist, als würdest du sagen, du glaubst nicht, daß die Erde rund ist. Würdest du nur einmal mit Maris sprechen –. Ja, ja, ich weiß schon, sie ist merkwürdig, aber sie ist eben eine echte ungarische Zigeunerin, und Zigeunerinnen sind in diesen Dingen so erfahren – sei doch nicht so ängstlich, Nicki, nur weil sie eine Ausländerin ist –.«

Nicole aber hegte allen – sogar den englischen – Wahrsagerinnen gegenüber eine tiefe Skepsis und sah nicht ein, warum sie ausgerechnet Maris vertrauen sollte, die Judy bei irgendeiner eher zwielichtigen Party in Pimlico kennengelernt hatte. Maris war die Besitzerin eines ungarischen Restaurants in der Nähe der Fulham Road, eine zarte, rätselhafte Frau unbestimmten Alters mit sorgfältig gepflegtem Akzent und stets höchst exzentrisch gekleidet. Man erzählte von ihr, daß sie nicht einmal die Speisekarte für ihr Restaurant zusammenstelle, ohne zuerst die Sterne zu befragen und entsprechende astrologische Berechnungen anzustellen.

»Nun, wenn du einmal doch zu Maris gehen solltest«, hatte Judy mit ärgerlicher Selbstsicherheit gesagt, »und wenn sie dir deine Zukunft voraussagt und dann auch noch alles haargenau eintrifft, dann sag nicht, ich hätte dir das nicht gleich gesagt.«

Nicole aber dachte nicht daran, die Sterne zu befragen. Sie wußte ganz genau, was diese sagen würden.

»Sie machen jetzt eine schwierige und unglückliche Phase in Ihrem Leben durch, aber Kopf hoch, bald tritt Venus in Ihr Haus, und

Venus in Verbindung mit diesem und jenem Stern bedeutet, daß Liebe und Glück zweifellos bald zu Ihnen kommen ... Das macht drei Pfund, bitte.«

Mein Problem ist, dachte Nicole, während sie langsam ihren Kaffee trank und den Sonnenaufgang über London beobachtete, daß ich eine Zynikerin bin.

Sie war nicht immer so zynisch gewesen; vor knapp zwei Jahren war sie noch so sorglos wie Judy. Die Firma, in der sie arbeitete, hatte sie zur Chefsekretärin befördert, sie genoß immer noch die Unabhängigkeit einer eigenen Wohnung in London. Und nach langem Warten hatte sie bei Evan endlich Anzeichen bemerkt, daß er ihr mehr als nur wohlwollendes Interesse entgegenbrachte. Aber es war besser, nicht an Evan zu denken. Evan war nicht mehr Teil ihres gegenwärtigen Lebens. Dieses bestand aus ihrer Arbeit, die sie langweilte, aus einer Stadt, die ihr durch intime Vertrautheit keine Reize mehr bot, und einer Mitbewohnerin, die bald heiraten würde und dann durch eine andere ersetzt werden mußte. Nicole haßte die unangenehme Aufgabe, sich eine neue Mitbewohnerin suchen zu müssen und hatte in letzter Zeit mit dem Gedanken gespielt, lieber allein zu wohnen. Aber in einer großen Stadt vereinsamte man viel zu leicht, vor allem wenn man mit seinem Freundeskreis gerade nicht allzu viel Glück hatte, und so lästig Judy auch in mancherlei Hinsicht sein konnte, half sie Nicole doch über einsame Stunden hinweg und brachte von Zeit zu Zeit etwas Schwung in ihre gesellschaftlichen Kontakte.

»Nicki, du kannst nicht jeden Abend allein daheimsitzen! Es ist – so eine Verschwendung! Du kannst nicht einfach aufgeben, nur weil dich dieses Scheusal sitzengelassen hat. Um Gottes willen, er ist ja nicht der einzige Mann auf der ganzen Welt! Hör mal, geben wir eine Party, du mußt einfach wieder mehr unter Menschen gehen.«

Judy hatte sich sehr bemüht, ihrer Freundin über Evan Colwyn hinwegzuhelfen. Nicole aber wollte sich offenbar nicht so recht über den Verlust Evans trösten lassen.

Es wurde sechs Uhr, dann sieben Uhr. London war nun hellwach, und Nicole konnte durch das Wohnzimmerfenster den Postboten die Straße herunterkommen sehen, während hinter ihm der Milchmann in seinem elektrischen Wägelchen dahinzuckelte. Es war Zeit, sich anzukleiden. Nachdem sie etwas Orangensaft getrunken hatte, ging sie ins Schlafzimmer zurück und begann damit, sich für einen Tag hübsch zu machen, von dem sie jetzt schon wußte, daß er langweilig und enttäuschend sein würde.

Auf dem Weg zur Arbeit kaufte sie bei der Untergrundbahnstation eine Zeitung, die sie durchblätterte, während der Zug von Hampstead ins Herz der Stadt sauste. Sie wollte gerade die Seite mit den Gesellschaftsnachrichten überblättern, als sie ein Bild Lisas entdeckte.

›Mrs. Matthew Morrison, die Gattin des Industriemillionärs, war bei einem Wohltätigkeitsball, der gestern abend zugunsten der hungernden Kinder Afrikas veranstaltet wurde . . .‹

Nicole dachte, daß Lisas Brillanten sicherlich einem Dutzend hungernder Kinder ein Jahr lang Nahrung verschafft hätten. Lisa aber wäre nie auf einen solchen Gedanken gekommen.

Nicole rief sich zur Ordnung. Es war wohl verständlich, daß sie ihrem Vater seine kürzliche Heirat mit dieser jungen und strahlenden Person aus der High-Society übelnahm. Aber wenn sie sich auch ihren Ärger eingestand, mußte sie doch versuchen, sich zu beherrschen. Lisa hätte viel schlimmer sein können. Nun, vielleicht nicht *sehr* viel schlechter, aber immerhin. Nicole lächelte vor sich hin. Vielleicht lag es in Wahrheit bloß daran, daß sie auf ihre Stiefmutter eifersüchtig war. Lisa war nur fünf Jahre älter als sie selbst und hatte dennoch schon zwei Ehen hinter sich, war zwischen diesen Ehen in zahllose romantische Abenteuer verstrickt gewesen und hatte in einem halben Dutzend Länder gelebt, ehe sie sich schließlich mit Nicoles Vater in der Nähe von London niederließ. Nicoles Vater war eben zufällig und glücklicherweise Millionär. Nicole konnte Lisa nicht einmal bemitleiden, weil sie kinderlos geblieben war, denn sie hatte zwei hübsche Kinder aus erster Ehe. Lisa hatte alles, und was am ärgerlichsten daran war: Sie war erst neunundzwanzig.

Nicole dachte darüber nach, was wohl mit ihr in den fünf Jahren geschehen würde, die sie noch von ihrem 29. Geburtstag trennten.

Wahrscheinlich sehr wenig. Sie sah sich immer noch die gleiche Arbeit verrichten, immer noch als die getreue Miß Morrison ihres Chefs, die ihn daran erinnerte, seiner Frau Blumen zu schicken, sah sich immer noch allein im Leben stehen, während ihre jeweilige Wohngefährtin heiratete und auszog.

Als sie den Zug verließ und auf den Perron trat, stieß jemand sie an.

»Entschuldigen Sie vielmals«, sagte eine unangenehme Stimme, die Nicole vage bekannt vorkam. Und dann rief dieser Jemand: »Aber Sie sind ja Judys Freundin! Nicki! Sie sind doch Nicki, nicht wahr?« Es war Maris, die Astrologin mit ihrer Handleserei und ihren Tierkreiszeichen und dem ungarischen Restaurant in der Fulham Road.

»Meine Liebste«, rief Maris und umklammerte Nicoles Arm, mitten auf dem Bahnsteig der Holborn-Kingsway-Station. Die Person klang wie eine schlechte Kopie einer der Gabor-Schwestern. »Was für ein Zufall, Sie hier zu treffen. Ich habe kürzlich von Ihnen geträumt.«

›Guter Gott‹, dachte Nicole. – »Ein merkwürdiger Traum. – Ich hatte mit Judy gesprochen, wissen Sie, und sie hat Sie erwähnt. Und das, wissen Sie, aus dem Unterbewußtsein natürlich.«

»Ja, natürlich«, sagte Nicole. »Wie geht es Ihnen, Maris, es ist wirklich überraschend, daß wir uns hier treffen.«

»Ja, Liebste, das war wohl Schicksal, meinen Sie nicht auch? Hören Sie zu, essen Sie doch heute mit mir zu Mittag. Ich erzähle Ihnen dann von meinem Traum. Es war wirklich ein sehr merkwürdiger Traum.«

»Maris, ich glaube nicht, daß –«

»Liebste, kennen Sie einen Mann mit rotem Haar, mit dunkelrotem Haar, und blauen Augen, einen sehr stattlichen, männlichen –?«

Der Zug begann aus der Station zu fahren. Die Menschenmenge, der Lärm und der Staub waren kaum zu ertragen. Nicole hatte sofort Judy in Verdacht. Wenn es aber nicht Judy war?

»Ja«, hörte sie sich sagen, »das klingt ganz wie jemand, den ich einmal gekannt habe.«

»*Sehr* interessant.« Maris zupfte sich zufrieden ihr gefärbtes, hochaufgetürmtes Haar zurecht und verlieh ihren Augen einen nach innen blickenden Ausdruck.

»Liebste, wir müssen einfach miteinander essen gehen. Um zwölf Uhr? Im La Belle Epoque, das kennen Sie doch? Bitte – Sie sind natürlich mein Gast! Werden Sie kommen?«

»Ah . . ., ja natürlich – ich danke Ihnen, Maris –«

»Wunderbar, Liebste«, sagte Maris ganz glücklich. Und im nächsten Augenblick war sie in der Menschenmenge verschwunden. Nicole blieb verdutzt stehen und hatte plötzlich das Gefühl, daß das ganze Gespräch nur eine Halluzination gewesen war.

II.

»Sie waren am Strand«, sagte Maris drei Stunden später in einer stillen Ecke des kleinen französischen Restaurants in der Nähe des Russell Square. »Es war ein sehr hübscher Strand, sandig, mit großen Wellen. Vielleicht gab es dort auch Klippen, ich kann mich nicht so genau erinnern. Es war niemand dort, daran erinnere ich mich ganz genau. Nur Sie und der junge Mann mit dem roten Haar.«

Der Kellner trug die Hauptspeise auf. Als Nicole Messer und Gabel zur Hand nahm, sagte irgend etwas in ihrem Hirn, daß sie nun zweifellos verrückt würde, während ein anderer Teil ihres Selbst bemüht war, sich an all das zu erinnern, was sie jemals über übersinnliche Wahrnehmungen gelesen hatte.

»Liebste«, sagte Maris mit Anteilnahme in der Stimme, »seien Sie doch bitte nicht verärgert. Judy, die ja Ihre Freundin ist und sich um Sie sorgt, hat mir – ich gebe es gerne zu – ein wenig von Ihren Problemen erzählt, aber –«

Das war es also! Judy hatte Evan beschrieben und alle Einzelheiten über Nicoles Beziehung zu ihm erzählt, ehe sie Maris in ihrer naiven Art bat, Rat bei den Sternen zu holen. Aber das erklärte immer noch nicht, wieso Maris den Traum mit der Küste gehabt hatte.

»Haben Sie wirklich das vom Strand geträumt, Maris?« fragte sie neugierig.

Maris wurde wieder völlig geheimnisvoll. »Es war in gewisser Hinsicht ein Traum, anderseits auch wieder nicht.« Nicole war nun schon zu verwirrt, um sich noch zu ärgern. Sie schnipselte ein Stückchen von ihrem Kalbssteak und versuchte, Klarheit in ihre Gedanken zu bringen.

»Denken Sie nicht darüber nach, was für ein Traum es war«, sagte Maris pathetisch. »Es war eben ein Traum. Sie und Ihr junger Freund befanden sich auf dem Sand am Rand des Meeres –«

»– und als ich auf ihn zuging, verschwand er!« schlug Nicole mit kümmerlicher Stimme vor.

»Ganz und gar nicht«, sagte Maris ernst. »Ganz falsch, Liebste, Sie sind auf ihn zugegangen, ja, das stimmt. Er aber stand still und rief Ihren Namen. Sie haben ihm nicht geantwortet. Sie gingen direkt an ihm vorbei. Er bat Sie, ihn anzusehen, aber Sie hörten ihm gar nicht zu. Sie gingen vorbei und verschwanden schließlich.«

Rund um sie im Restaurant hörte man Stimmengewirr und das leise Klappern von Tellern. Nicole kam plötzlich zu Bewußtsein, daß sie immer noch das Stückchen Kalbfleisch anstarrte, das sie auf die Zinken ihrer Gabel gespießt hatte.

»Natürlich«, sagte Maris und kostete ein wenig von ihrem Ragôut de bœuf, »ist die Bedeutung des Traumes ganz klar.« Es entstand eine Pause.

»Ja?« fragte Nicole schließlich.

»Aber natürlich, selbstverständlich! Sie wollen doch nicht sagen, daß Sie nicht verstehen, was das bedeutet!«

»Nun, ich –«

»Sicherlich, meine Liebste, werden Sie sich von Ihrer – Ihrer –«

»Verliebtheit«, sagte Nicole trocken.

»– Bindung«, sagte Maris, »an diesen jungen Mann erholen. Sie sind jetzt schon der Zeit ganz nahe, in der Sie an ihm vorbeigehen können, ohne ihn auch nur zur Kenntnis zu nehmen. Er wird Sie anflehen, aber er wird umsonst flehen. Es wird vorbei sein. Aus! Sie werden frei sein«, sagte Maris, die nun auf einmal sehr unenglisch klang. »Frei, um wieder zu lieben.«

»Das glaube ich nicht«, entfuhr es Nicole, bevor sie sich zurückhalten konnte. Und dann, durch ihre eigene Unhöflichkeit in Verlegenheit geraten, fügte sie rasch hinzu: »Ich würde es natürlich gerne glauben, aber Evan ist jetzt schon seit einem Jahr in Afrika, und ich denke noch immer so viel an ihn wie früher. Ich kann mir einfach nicht vorstellen, daß er mir jemals völlig gleichgültig werden könnte.«

»In diesen Dingen irre ich mich selten«, sagte Maris.

»Wie groß ist die Wahrscheinlichkeit, daß so eine Vorhersage eintrifft? Sicherlich kommt es doch vor, daß Sie sich auch einmal irren.«

»Darf ich einen Augenblick Ihre Hand sehen?«

»Meine Hand?«

»Nun, Sie wollten doch die Wahrscheinlichkeit wissen, Liebste, und da brauche ich irgend etwas, an das ich mich halten kann!«

»Ach, ich verstehe? Welche Hand?«

»Ich seh mir zuerst einmal die linke an.« Nicole war sehr verlegen, als sie ihre Gabel niederlegte und ihre linke Hand über den Tisch hinweg Maris entgegen streckte.

»Ich bin natürlich keine Expertin auf dem Gebiet der Handlesekunst«, sagte Maris. »Ich habe nie vorgegeben, in wissenschaftlicher Hinsicht ein Experte zu sein, aber manchmal gibt es Nuancen – Eindrücke, verstehen Sie? Ich habe ein sehr gutes Gefühl für Nuancen.« Sie nahm Nicoles Hand und sah die Handfläche einen Augenblick lang an. Dann ließ sie sie wieder los. Es entstand eine Stille.

»Ja?« sagte Nicole fragend, die plötzlich sehr nervös war.

»Darf ich mir jetzt Ihre rechte Hand ansehen?« Wieder entstand eine Pause, das Gesicht von Maris war ausdruckslos. Nicole dachte voll Schrecken, daß ihre Lebenslinie vielleicht eine frühe Unterbrechung aufwies.

»Mhm«, sagte Maris. »Aus Ihrer linken Hand kann man, wie Sie wahrscheinlich wissen, Ihre Anlagen lesen. Die rechte dagegen zeigt, was Sie daraus gemacht haben.«

»Ich fürchte, ich habe bis jetzt noch nicht sehr viel daraus gemacht«, sagte Nicole mit dem Versuch zu scherzen.

»Sie haben Ihre Anlagen noch nicht ausgeschöpft.« Tief in Gedanken wandte sich Maris nun wieder ihrem Ragôut de bœuf zu. »Sie sind ein leidenschaftlicher Mensch«, sagte sie schließlich. »Sie haben ein sehr starkes Gefühlsleben, obwohl Sie es zu verbergen suchen. Wahrscheinlich war Ihr Evan Ihre bisher größte Liebe, aber er wird sicherlich nicht Ihre letzte sein. Nein, ganz sicher nicht Ihre letzte. Und daraus folgere ich, daß mein Traum eine richtige Voraussage war: Sie werden Evan vergessen und sich neuerlich verlieben.« Nicole fiel Maris' ausdrucksloses Gesicht auf. »Ist das so schlecht?« fragte sie beunruhigt.

»Nein, nein«, sagte Maris mit sorglosem Achselzucken. »Nicht notwendigerweise, aber vielleicht doch, wer kann das schon sagen. Es hängt von so vielen Dingen ab. Aber sagen Sie mir etwas, Nicki: Ziehen dunklere Männer Sie an?«

»Dunklere?«

»Ja, dunkles Haar, dunkle Augen.«

»Für gewöhnlich nicht, nein.« Plötzlich erinnerte sie sich mit einem ganz eigenartigen Gefühl an Evans rotes Haar.

»Wunderbar, Liebste«, sagte Maris, mit einem gelösten Lächeln. »In diesem Falle müssen Sie sich keine Sorgen machen. Und jetzt sagen Sie mir, wie schmeckt Ihnen Ihr Kalbssteak? Die Küche ist hier meist sehr gut. Nicht wie in so vielen französischen Restaurants, wo man glaubt, man kann schlechtes Fleisch servieren, wenn man es nur zuerst in letztklassigen Wein legt . . . Sie müssen einmal in mein Restaurant kommen! Mögen Sie ungarisches Essen? Gut. Wenn Sie sich dann in diesen neuen, aufregenden Mann verlieben, möchte ich, daß Sie ihn in mein Restaurant bringen. Und ich verspreche Ihnen, Sie bekommen das beste Essen, das meine Küche nur herzugeben vermag.«

»Ja, gerne – das heißt, wenn ich ihn je kennenlerne. Ich danke Ihnen, Maris.«

»Natürlich werden Sie ihn kennenlernen, ich habe es Ihnen ja gerade gesagt. Bald werden Sie vergessen, daß Ihr Evan je gelebt hat. Und es wird Ihnen durchaus nichts ausmachen, wenn er den Rest seiner Tage in Afrika verbringt.«

Nicole war nun wieder plötzlich voll Skepsis. Als die Mahlzeit zu Ende war und sie sich von Maris getrennt hatte, dachte sie mit bitterer Sehnsucht daran, wo Evan jetzt gerade sein mochte und ob er je an sie dachte.

III.

Evan Colwyn arbeitete in einem entlegenen, unter französischer Verwaltung stehenden Teil Afrikas, in dem Geist und Fortschritt des 20. Jahrhunderts noch kaum zu spüren waren. Am Tag, an dem Nicole mit Maris in London zu Mittag aß, hielt er sich mit seiner ›Klinik auf Rädern‹ in einem einfachen Eingeborenendorf auf. Er verabreichte dort Injektionen und Medikamente, die die Weltgesundheitsorganisation in Entwicklungsländern verteilt. Die Dorfbewohner mußten Evan für seine Dienstleistungen nichts bezahlen, aber er kehrte gewöhnlich in sein Haus in der Hauptstadt mit einigen Hühnern zurück, die dankbare Patienten ihm für seine Hilfe aufgedrängt hatten. Die Krankenschwester, die ihm bei diesen Fahrten zur Seite stand, eine kräftige, schweigsame Französin namens Geneviève, mißbilligte diese Hühner und sah sie als Infektionsquelle an. Evan aber wollte seine Patienten nicht dadurch kränken, daß er sich weigerte, ihre Geschenke anzunehmen, und kümmerte sich nicht um Genevièves Mißbilligung.

An diesem Tag hatte ihm eine Frau, deren Kind er wegen einer in diesem Teil Afrikas verbreiteten Augenkrankheit behandelt hatte, ein Geschenk anderer Art gemacht. Sie gab ihm eine fein geschnitzte Halskette und sagte ihm in dem seltsamen Französisch, das selbst Geneviève kaum verstand, dies sei eine Gabe für seine Frau.

»Ich habe aber keine Frau!« entgegnete Evan in seinem Pariser Französisch mit englischem Akzent, und Geneviève mußte dies der verständnislos dreinblickenden Eingeborenen übersetzen.

In diesem Falle, meinte die Frau, müsse er die Kette für seine künftige Frau annehmen, da er ja schließlich eines Tages doch heiraten würde.

»Vielen Dank«, sagte Evan und versuchte, nicht an Nicole zu denken. »Es ist eine wunderschöne Kette. Ich werde sie gut verwahren.«

Nun kam der nächste Patient und wieder einer und wieder einer. Es war sehr heiß, Evan spürte, wie ihm das Hemd am Rücken klebte. Sein Haar war dunkel vom Schweiß, und er dachte sehnsuchtsvoll an die kühle Brise, die auf dem Gut seines Vaters in Wales vom Meer her wehte.

Es war Zeit, wieder nach Hause zurückzukehren; das wußte er jetzt. Sein Jahr bei der Weltgesundheitsorganisation war bald um, und es stand ihm dann frei, sich entweder noch für ein weiteres Jahr zu verpflichten oder aber nach England zurückzugehen und schon zu lange aufgeschobene Entscheidungen bezüglich seiner Zukunft zu treffen. Das Jahr des freiwilligen Exils hatte ihn zumindest erkennen lassen, daß er nicht sein weiteres Leben im Exil verbringen wollte. Er hatte vor, nach seiner Rückkehr nach England entweder an einem der großen Londoner Krankenhäuser zu arbeiten oder selbst eine Privatpraxis zu eröffnen. Vor seinem Aufenthalt in Afrika hatte er wegen der geringen Chancen für Mediziner in Großbritannien mit dem Gedanken gespielt, nach Amerika auszuwandern. Solange aber sein Vater noch lebte und seine Schwester kränklich war, fühlte er sich verpflichtet, dieser Versuchung nicht nachzugeben, so stark sie auch gewesen war. Seine Dienstverpflichtung nach Afrika bedeutete also nichts anderes als einen Kompromiß zwischen dem, was er seiner Familie schuldig zu sein glaubte, und dem Wunsch, ins Ausland zu gehen. Ein Jahr in Afrika war etwas ganz anderes als den Rest seiner Tage in den Vereinigten Staaten zu leben. Er hatte wahrheitsgemäß sagen können, diese Aufgabe würde ihm wertvolle Erfahrung auf dem Gebiet der Tropenmedizin vermitteln, und er wußte, daß seine Familie trotz der Verpflichtungen ihr gegenüber diese Abwesenheit in dem Wissen hinnahm, daß er schließlich wieder heimkommen würde. Die Zeit in Afrika würde ihn lehren, wie leicht oder schwer es ihm fallen würde, in einer ungewohnten Umgebung Fuß zu fassen, und ihm gleichzeitig die nötige Perspektive geben, um die für seine Zukunft richtige Entscheidung zu treffen. Ehe er England verließ, hatte er in dieser Frage nur im dunkeln herumgetappt.

»Ich weiß nicht, was ich will«, hatte er Nicole gesagt. »Ich muß einfach weg und darüber nachdenken.«

Nicole hätte ihn geheiratet, das wußte er jetzt. Aber er war sich auch über seine Gefühle ihr gegenüber nicht im klaren gewesen, ebenso wie über alle anderen Umstände seines Lebens. Hätte er Nicole geheiratet, so hätte er damit schon die Entscheidung über seine Zukunft getroffen. Dazu aber hatte er sich damals noch nicht fähig gefühlt. Sein Vater wollte, daß er Nicole heiratete, aber paradoxerweise ließ ihn gerade die Billigung seines Vaters vor dieser Bindung zurückschrecken. Vor allem seines Vaters wegen hatte er sich an England gefesselt gefühlt. Heiraten, sich niederlassen, Wurzeln schlagen und auf das Auswandern vergessen . . . »Ich liebe dich wirklich«, hatte er zu Nicole gesagt. »Aber ich kann dich nicht heiraten, ich muß dieses Angebot in Afrika annehmen.«

»Wenn du mich wirklich liebtest«, hatte Nicole damals zu ihm gesagt, »dann würdest du nicht im Traum daran denken, nach Afrika zu gehen.«

»Frauen sehen so etwas eben anders.«

»Du meinst, das sei romantischer Quatsch, nicht wahr?«

»Ach, du lieber Himmel, Nicki . . .«

Evan zuckte schmerzlich zusammen, es war besser, nicht an Nicole zu denken. Es machte ihm nichts aus, an England und an sein Heim in Wales zu denken, denn schon bald würde er dort sein Heimweh stillen können, aber an Nicole zu denken hatte einfach keinen Sinn. Sie hatte wahrscheinlich längst einen anderen gefunden, mit Nicole war es zu Ende, und es war sinnlos, weiter darüber nachzudenken.

»Der Medizinmann will Sie sprechen«, sagte Geneviève, die mit einigen neuen Ampullen Penicillin ins Zelt zurückkam.

»O Gott . . . ich müßte wohl mit ihm reden. Ist er draußen?«

»Ja, aber müßten Sie nicht zuerst die übrigen Patienten versorgen? Warum müssen Sie alles liegen und stehenlassen, um mit ihm zu sprechen?«

»Weil er hier im Dorf eine wichtige Persönlichkeit ist. Er war auch bisher immer freundlich, und ich möchte, daß es so bleibt«, antwortete Evan etwas schroff. Er mochte es nicht, wenn Geneviève versuchte, ihn zu beeinflussen. »Führen Sie ihn doch, bitte, herein.«

»Schon gut, Herr Doktor.« In Genevièves Gesicht malte sich der gewohnte Ausdruck der Mißbilligung, als sie ging. Der Medizinmann war ein großer, kräftiger Kerl in der Blüte seiner Jahre, ein geborener Herrenmensch. Er hatte liefliegende, blutunterlaufene Augen, ein berechnendes Lächeln und sprach ein überraschend verständliches Französisch.

»Guter Doktor, monsieur le docteur«, sagte er etwas pompös zu Evan. »Welches Vergnügen, Sie hier zu sehen!«

»Das Vergnügen ist ganz meinerseits.« Die höfliche Förmlichkeit würde fast endlos so weitergehen, das wußte Evan. Aber die Monate unter dem Volk dieser entlegenen französischen Besitzung hatten ihn gelehrt, seiner ursprünglichen Neigung, alles knapp und geradlinig herauszusagen, nicht nachzugeben, und nicht immer gleich zum Kern der Sache zu kommen, ehe nicht die angemessene höfliche Einleitung abgeschlossen war. Die unechten Phrasen, die durch den formellen Charakter des Französischen noch verstärkt wurden, wurden geduldig heruntergeleiert, die unaufrichtigen Komplimente nach genauem Ritual ausgetauscht. Evan konnte den Medizinmann nicht leiden. Er mochte den psychologischen Einfluß nicht, den dieser auf das ganze Gemeinwesen ausübte. Aber auch der Medizinmann mochte Evan nicht, dessen medizinische ›Wunder‹ seinen eigenen Einfluß auf das Dorf zu schmälern drohten. Aber jeder von ihnen respektierte die Macht des anderen und war klug genug, eine offene Auseinandersetzung zu vermeiden. Der Medizinmann hatte schon lange Gerüchte ausgestreut, daß eigentlich er die Besuche Evans veranlasse und daß jede von Evan erzielte Heilung nur mit seiner eigenen wohlwollenden Genehmigung zustande käme. Das schien ihm die vernünftigste Art, sich mit der Konkurrenz auseinanderzusetzen, die Evan für ihn darstellte, und bis jetzt hatte er mit keinem der Dorfbewohner ernsthafte Schwierigkeiten gehabt.

»Wann dürfen wir Sie wieder hier erwarten, Monsieur le docteur?« fragte er höflich und beobachtete Evans blaue Augen. Er hatte lange darüber nachgedacht, ob man mit blauen Augen die Dinge vielleicht anders sah. Aber er wußte, daß es ein taktischer Fehler wäre, das geradeheraus zu fragen. Er wollte sich den Ruf der Allwissenheit erhalten. »Nächsten Monat, wie gewöhnlich?«

»Ich glaube schon. Aber den Monat darauf werde ich Sie vielleicht nicht sehen. Im Juli möchte ich nämlich in mein Heimatland zurückkehren.« Der Medizinmann wußte davon, da solche Dinge nicht leicht geheimblieben und er über ausgezeichnete Informationsquellen verfügte. Er hatte sich darüber schon seit einiger Zeit

Sorgen gemacht. Mit einem neuen Arzt ließ sich vielleicht nicht so gut auskommen, es könnte zu einer Konfrontation kommen. Und er könnte dabei möglicherweise das ›Gesicht‹ verlieren, so daß seine ganze Macht über das einfache Volk immer mehr geschwächt würde. Seit er die Nachricht von Evans bevorstehender Abreise erhalten hatte, hatte der Medizinmann um irgendein Ereignis gebetet, das Evan veranlassen würde, seine Pläne zu ändern. Eine solche Erleuchtung hatte lange auf sich warten lassen, aber am vorangegangenen Abend war er während eines Trancezustandes auf sie gestoßen und war sehr zufrieden damit.

»Ich habe eine Nachricht für Sie, Monsieur le docteur«, sagte er mit wohltönender Stimme. »Eine Nachricht, die Sie vielleicht veranlassen könnte, bei uns zu bleiben.«

»Wirklich?« fragte Evan mit beißender Höflichkeit. »Was für eine Nachricht wäre das, mein Herr?«

»Kehren Sie nicht in Ihr Heimatland zurück. Der Satan wartet dort auf Sie. Wenn Sie zurückkehren, wird der Satan Ihnen Böses tun und Sie an den Rand des Todes bringen. Vielleicht werden Sie auch sterben.«

Nach einer kurzen Pause sagte Evan sehr ernst: »Und wenn ich dennoch zurückkehre – wie werde ich den Satan erkennen?«

»Er wird weiß sein.« Evan hatte das geahnt. Er wußte, daß die schwarze Rasse sich den Teufel weiß vorstellte, so wie für die weiße Rasse der Teufel schwarz war.

»Er wird weiß sein«, wiederholte der Medizinmann, »aber er wird sich von Zeit zu Zeit als Tier zu erkennen geben. Am gefährlichsten wird er sein, wenn er sich in Form eines schwarzen Pferdes zeigt.«

Evan unterdrückte einen Seufzer. Ob all den primitiven Völkern dieser Erde je der Durchbruch ins 20. Jahrhundert gelingen würde?

»Ich verstehe«, sagte er höflich zum Medizinmann. »Es war sehr liebenswürdig von Ihnen, mich in dieser Sache zu warnen, und Sie können überzeugt sein, daß mir Ihr Rat äußerst wertvoll ist.«

Der Medizinmann war zufrieden. »Es ist stets ein Vergnügen, einem geschätzten und verehrten Freund zu helfen«, sagte er und machte sich an den Aufbruch. »Au revoir, Monsieur le docteur, ich hoffe, daß Sie noch viele Jahre unser Dorf besuchen werden.«

IV.

Als Evan zwei Tage später in sein kleines Haus in einem Vorort der Hauptstadt zurückkehrte, nachdem er vorher noch mehrere andere Dörfer im Landesinneren besucht hatte, fand er dort zwei Briefe vor. Der eine war von seinem Vater Walter, der andere von seiner Schwester Gwyneth. Nachdem er seinen Diener beauftragt hatte, sich um sein Gepäck zu kümmern und dem Koch Anweisungen für das Abendessen gegeben hatte, kehrte Evan mit einem Glas Bier ins Wohnzimmer zurück, stellte die Klimaanlage auf die stärkste Stufe und machte es sich bequem.

Zuerst öffnete er den Brief seines Vaters. Die wesentliche Nachricht darin war, daß Gwyneth wieder an einer mysteriösen Krankheit litt – was Evan nur ärgerlich nach seinem Glas Bier greifen ließ. Er wußte sehr wohl um die Hypochondrie seiner Schwester, die ein tatsächlich vorhandenes, allerdings leichtes Herzleiden benützte, um immer dann krank zu werden, wenn es ihren Zwecken förderlich schien. Er hatte mit Gwyneth nie sehr viel Geduld gehabt, aber sie war der Augapfel seines Vaters, der jede Schwankung ihres Gesundheitszustandes sehr ernst nahm . . .

›. . . So baten wir, als Gwyneth wieder krank wurde‹, schrieb Walter in seiner zarten Handschrift an Evan, ›einen Kräuterheiler, ihr zu helfen. Mr. Poole ist ein ganz reizender junger Mann, vielleicht etwas älter als Du, der sich vorübergehend in Swansea aufhielt, wo er nach einem Haus suchte, in dem er die Zentrale seiner Organisation unterbringen könne. Zufällig haben wir ihn an einem Wochenende kennengelernt . . .‹

Ein Kräuterheiler! Wieder schnaubte Evan zornig, stürzte sein Bier hinunter und knallte das Glas ärgerlich auf den Tisch. Warum, zum Kuckuck, waren alte Männer und impulsive junge Frauen immer so willig und bereit, sich Quacksalbern anzuvertrauen?

›. . . Und er hat Gwyneth völlig kuriert‹, hatte Walter weiter geschrieben. ›Ist das nicht wunderbar?‹

Psychologischer Quatsch, dachte Evan. Eine psychosomatische Erkrankung. Unter günstigen Umständen hätte sie ebensogut auch der Medizinmann heilen können.

›. . . Und so lud ich ihn ein, bei uns in Colwyn Court zu wohnen, während er auf der Suche nach einem Gebäude für die ›Gesellschaft zur Förderung gesunder Ernährung‹ war . . .‹

»Guter Gott!« rief Evan aus und sprang auf, um sich noch ein Bier zu holen. Als er ins Wohnzimmer zurückkam, schob er den Brief seines Vaters zur Seite und nahm den Umschlag auf, den Gwyneth mit schrägen, weichen Buchstaben an ihn adressiert hatte.

Gwyneth schrieb ihm nur selten. Während er noch den Brief auseinanderfaltete, glaubte er zu erraten, warum sie plötzlich vor lauter Aufregung zur Feder gegriffen hatte.

›Mein lieber Evan‹, las er. ›Ist es nicht wunderbar? Endlich gibt es bei uns in Colwyn etwas Aufregendes. Ich weiß, daß Daddy Dir von Mr. Poole geschrieben hat, und wie schwer krank ich war. Aber mach Dir keine Sorgen, denn mir geht es jetzt in ganz wunderbarer Weise besser! Mr. Poole ist ein Kräuterfachmann, und ich weiß, Du wirst gleich sagen, daß dies nur Altweibergeschwätz und wertloser Volksaberglaube sei, aber ich kann nur sagen: ich habe mich seit Jahren nicht so wohl gefühlt. Mr. Poole bereitet die Medizin selbst, und ich nehme dreimal am Tag einen Eßlöffel voll. Ich habe ihn schon mehrmals befragt, was in dem Rezept enthalten ist, aber er will es mir nicht sagen. Anderseits hat er mir versprochen, mich ein wenig über Kräuter zu lehren, wenn er einmal etwas mehr Zeit hat. Wie Du Dir vorstellen kannst, ist er ein ganz wunderbarer Mensch und –‹

Evan ließ den Brief fallen, sprang auf und griff nach einem Bogen Papier. Sein zweites Glas Bier stand noch unberührt auf dem Tisch hinter ihm, und er schrieb rasch eine lange Epistel über seine ehrfürchtige Bewunderung der Heilkräfte des unbekannten Mr. Poole, streute aber taktvoll warnende Worte ein, daß es wohl klüger wäre, sich nicht zu sehr mit Mr. Poole zu befassen.

Die vielen Monate in Afrika hatten ihn zumindest Selbstbeherrschung gelehrt. Während Evan noch den sorgfältig diplomatischen Ton seines Briefes überprüfte, ging ihm durch den Kopf, was sich seine Verwandten in Colwyn Court wohl gedacht hätten, hätte er einfach geschrieben: ›Dieser Mann ist wahrscheinlich ein Schwindler, gleichgültig, wie charmant er auch sein mag. Manche Kräuterheiler vermögen wirklich Gutes zu tun, die echten aber kennen ihre

Grenzen und trauen sich keine Wunderkuren zu. Vertraut ihm nicht zu sehr, verlaßt Euch nicht zu sehr auf ihn und was immer Ihr auch sonst tun mögt, gebt ihm kein Geld für die Gesellschaft zur Förderung gesunder Ernährung . . .‹

V.

Evans Brief langte vier Tage später in dem Dorf in South Wales ein und wurde vom Postamt in Colwyn vom ortsansässigen Postboten auf einem antiquierten roten Fahrrad an seinen Bestimmungsort in Colwyn Court gebracht. An diesem Tag gab es viel Post für Colwyn Court. Außer Evans Brief und mehreren Rechnungen von Handwerkern und Lieferanten gab es da noch einen Umschlag mit einem Stempel von Cambridge und außer den Briefen an Mr. Colwyn auch mehrere Schreiben an Mr. Tristan Poole, den Generaldirektor der ›Society for the Propagation of Nature's Foods‹.

Das ganze Dorf Colwyn war von Mr. Poole und seiner Gesellschaft für natürliche Ernährung fasziniert. Ein Gerücht, das wohl durch das Wort *Natur* im Namen der Gesellschaft entstanden war, ließ verschleiert durchblicken, daß Colwyn Court bald zu einer Nudistenkolonie umgestaltet werden würde. Ein Gegengerücht wiederum besagte, wenn Walter Colwyn nun auch schon weit über 60 war, er doch kaum so senil sei, jegliches Gefühl für Anstand zu verlieren, vor allem solange seine junge, unverheiratete Tochter noch daheim wohne. Die Gesellschaft bestehe vielmehr nur aus einer Reihe von Amateurbotanikern, die Walter, selbst ein begeisterter Botaniker, natürlich sympathisch waren. Wieder ein anderes Gerücht verbreitete, daß Mr. Poole und Walters Tochter Gwyneth sich ineinander verliebt hatten, und daß darin die Erklärung für Walters Einladung läge, doch einige Tage in Colwyn Court zu verbringen. Alles in allem war dies das Gerücht, dem von der weiblichen Bevölkerung der Vorzug gegeben wurde, und alle warteten mit angehaltenem Atem auf die baldige Bekanntgabe einer Verlobung.

Die Möglichkeit, daß seine Tochter und sein Gast sich ineinander verlieben könnten, war Walter absolut nicht zu Bewußtsein gekommen. Das lag nicht nur daran, daß er mit zunehmendem Alter immer weltfremder wurde und an den Menschen um sich immer weniger Interesse zeigte als an den Blumen, Büschen und Bäumen auf seinem Landgut. Vor allem seine vielen Sorgen – etwa die Furcht davor, daß Evan nicht nach England zurückkommen könnte, oder die geheime Angst vor einer ungewissen Zukunft oder die konkretere Furcht davor, daß Schulden ihn zwingen könnten, den Familienbesitz mit einer Hypothek zu belasten – waren daran schuld. Walter kam nicht auf den Gedanken, daß sich zwischen Gwyneth und seinem Gast eine Romanze anzubahnen begann, einfach weil es keine Zeichen einer solchen Beziehung gab, die seiner Fantasie Nahrung gegeben hätten. Mr. Poole hatte sich Gwyneth gegenüber freundlich und liebenswürdig benommen – nicht mehr . . . Gwyneth selbst hatte, obwohl sie von Pooles Qualitäten als Kräuterheiler begeistert war, durchaus nicht verliebt ausgesehen. Walter hatte die vage Vorstellung, daß verliebte junge Mädchen seufzend umhergingen, Gedichte lasen und wenig Interesse am Essen und an praktischen Dingen des Lebens zeigten. Seit ihrer Heilung von jener mysteriösen Krankheit aber hatte Gwyneth herzhaft gegessen, hatte an ihre Brieffreunde und -freundinnen in zehn verschiedenen Ländern geschrieben und sich wie gewöhnlich ihrer riesigen Schallplattensammlung, ihrem Archiv über Popmusik, ihrer Pop-art-Sammlung und ihrer Postersammlung gewidmet. Kurz, Gwyneth war ganz so, wie sie immer war. Sollte sie wirklich in Poole verliebt sein, so genoß sie dies im geheimen – und warum sollte sie das tun? Walter konnte einfach nicht begreifen, daß für Gwyneth schon längst die Welt ihrer Fantasie weit wichtiger geworden war als die Realität. Mr. Poole zeigte vielleicht bloß ein rein platonisches Interesse an ihrem Wohlbefinden. In ihren Träumen aber sprach er zu ihr mit der Stimme aus dem Plattenspieler und versprach ihr unglaubliche Seligkeiten, und hinter verschlossenen Türen und hinuntergelassenen Jalousien konnte sie in der leuchtend bunten Welt, die sie sich selbst geschaffen hatte, ganz so leben, wie sie es wünschte.

Von all dem aber wußte Walter nichts. Für ihn war Gwyneth immer noch sein kleines, mutterloses Mädchen, jetzt zwar schon neunzehn, aber immer noch ein Kind mit ihrem zauberhaften, naiven Interesse an all diesen fremden, absurden, modernen Kunstformen. Der bloße Gedanke, daß sie sich verlieben könne, schien ihm unsinnig. So stark war seine Überzeugung, daß Gwyneth viel zu jung sei, um eine Hauptrolle in jener Romanze zu spielen, die die Dorfbewohner von Colwyn eifrig bei zahllosen Tassen Tee spannen.

Walter hatte keines seiner beiden Kinder je wirklich verstanden. Er hatte sie geliebt und ihre Existenz bestaunt, aber für ihn waren sie immer nur Stereotypen, die ihr Leben in Klischees lebten. Für ihn war Evan immer noch ›der Sohn und Erbe‹, auf dem besten Wege, eines Tages ein ›brillanter Chirurg‹ zu werden, und Gwyneth war ›die zarte Tochter‹, die eines Tages für einen jungen Mann aus einer der landadeligen Familien der Umgebung die ›ideale Partnerin‹ werden würde. In diese zweidimensionale Lebenssicht hatte er sogar seine verstorbene Frau einbezogen. Er hatte sie in vorgeschrittenem Alter geheiratet, als er das Gut geerbt hatte, und zwar, um sich nach vielen Jahren des Reisens und botanischer Expeditionen ›niederzulassen‹. Dazu hatte er ein ›Mädchen aus der Gesellschaft‹ gewählt, das zehn Jahre jünger als er selbst war, einfach weil sie klug und hübsch war und seinen Vorstellungen von der idealen Gattin entsprach. Sie hatte ihn ein Jahr nach der Geburt von Gwyneth verlassen und war zwei Jahre später in Südfrankreich gestorben. Das Seltsamste daran war, daß er immer davon überzeugt geblieben war, sie sei die ›treusorgende Frau und Mutter‹ und würde eines Tages zu ihm zurückkehren. Und deshalb konnte er sich auch lange Zeit nicht mit dem Gedanken abfinden, daß sie tot war. Er hatte in den Tag hineingelebt, war stets ein wenig zerstreuter geworden, ein wenig mehr der Botanik ergeben, ein wenig mehr in das Buch vertieft, das er über die Flora der Gower Peninsula schrieb, bis er eines Tages auf seine Ehe zurückblickte und einsehen mußte, daß sie unglücklich gewesen war. Daraufhin nahm er sich vor, bis zum Ende seiner Tage Witwer zu bleiben.

»Du hast der Wahrheit nie gerne ins Auge gesehen, nicht wahr, Vater?« hatte Evan ihm einmal gesagt. »Du spielst lieber Vogel Strauß und steckst den Kopf in den Sand!«

Es war für Walter ein schlimmer Schock gewesen, als Evan nach Übersee gegangen war. Schlimmer noch war es für ihn, als Evan allerlei Andeutungen wegen Amerika gemacht hatte und durchblicken ließ, daß für ihn die Sonne nicht nur in dem kleinen Dorf an der Südküste von Wales oder auf einem Landgut auf- und unterging, das seit 600 Jahren im Besitz der Familie Colwyn gewesen war. Jedesmal, wenn Walter einen Brief von Evan bekam, fürchtete er sich davor, ihn zu öffnen. Er hatte Angst vor der Nachricht, Evan hätte beschlossen, nie mehr heimzukommen.

Das galt auch für den Brief, der an jenem Aprilmorgen eintraf. Walter nahm ihn in die Hand, sah ihn an, wendete ihn um und war so nervös, daß er kaum sein Frühstück essen konnte, aber wie gewöhnlich war seine Angst unnötig. Freilich war der Ton des Briefes etwas ernst – alle diese Warnungen vor Mr. Poole waren völlig unnötig –, aber der Junge meinte es im Grunde gut, und darauf kam es doch an. Gegen Ende fand sich sogar ein Satz, in dem es hieß, Evan wolle im Juni heimkommen und würde schon bald seinen Flug buchen. Mit einem Seufzer der Erleichterung legte Walter den Brief aus der Hand und machte sich so herzhaft über seine Eier mit Speck her, daß einige Minuten vergingen, ehe er sich daran erinnerte, daß er noch einen weiteren Brief lesen mußte.

Dies war das Schreiben mit dem Stempel von Cambridge. Es kam von Walters Vetter Benedikt Shaw, der an der Universität Professor für klassische Literatur war.

›Mein lieber Walter‹, stand hier in Benedikts sperriger Handschrift. ›Wie geht's Dir nach all den Jahren? Sicherlich bist Du überrascht, so plötzlich von mir zu hören, aber ich hoffe, Du kannst mir in einer wichtigen Sache raten. Ich will diesen Sommer nach Beginn der langen Ferien eine wissenschaftliche Arbeit schreiben und würde mich zu gerne auf zwei oder drei Monate irgendwo zurückziehen. Weißt Du zufällig, ob in Colwyn etwas zu mieten ist? Jane und ich würden uns schon mit einem ganz kleinen Häuschen begnügen, und ich dachte, Du wüßtest vielleicht von jemand, der so etwas an Sommergäste vermieten will. Fällt Dir etwas ein? Wenn Du ein stilles, bequemes und verschwiegenes Plätzchen weißt, wäre ich Dir für Nachricht dankbar. Hoffentlich geht es Gwyneth gut. Wann kommt Evan aus Afrika zurück? Jane schickt liebe Grüße und hofft Euch bald zu sehen – eine Hoffnung, die ich selbstverständlich teile. Wie immer, Dein Benedikt.‹ Walter aß langsam seine Eier mit Speck fertig und las dann den Brief noch einmal. Er konnte sich nicht darüber schlüssig werden, ob Benedikt auf diesem Weg versuchte, wieder nach Colwyn eingeladen zu werden. Der Brief selbst enthielt keine Andeutung, daß Benedikt eine Einladung erwartete, und dennoch müßte er eigentlich unter den gegebenen Umständen eine solche Einladung für selbstverständlich halten. Die Worte ›Wenn Du ein stilles, bequemes und verschwiegenes Plätzchen weißt . . .‹ beschworen bei Walter sofort die Vorstellung von Colwyn Court herauf, und er hatte Schuldgefühle. Nicht etwa, daß er seinen Vetter nicht hätte leiden können. Obwohl sie sich in letzter Zeit selten trafen und auch wenig gemeinsam hatten, waren sie doch immer auf gutem Fuß gestanden. Wenn aber Mr. Poole beschloß, Walter seine finanziellen Sorgen dadurch abzunehmen, daß er beide Flügel von Colwyn Court für die Gesellschaft mietete, so blieb dann kaum Platz genug für Benedikt und seine Frau.

»Ach, du lieber Himmel«, sagte Walter laut vor sich hin und starrte blind auf seinen halb gegessenen Toast mit Marmelade. »Ach, Gott, das ist doch wirklich sehr peinlich.«

Die Tür des Speisezimmers schnappte leise ins Schloß. Weiche Schuhe sanken geräuschlos in den Teppich, und ein leiser Luftzug aus der Halle ließ die Vorhänge am offenen Fenster erzittern.

»Peinlich?« sagte Walters Gast mit seiner warmen, geschmeidigen Stimme. »Erzählen Sie mir doch davon, Mr. Colwyn, vielleicht kann ich Ihnen helfen.«

VI.

Er war hochgewachsen und hatte ein Gesicht, an das man sich nur schwer erinnern konnte, weil es so wandlungsfähig war. Über hohen, breiten Backenknochen und einem großen, beweglichen Mund lagen die Augen tief in ihren Höhlen. Das Haar war dicht, aber kurz geschnitten und in der üblichen Weise gescheitelt. Er trug einen dunklen Anzug von konservativem Schnitt, ein weißes Hemd und eine ebenso konservative Krawatte. Der Eindruck eines ganz normalen englischen Geschäftsmannes, den er so sorgfältig hervorzurufen bemüht war, wurde jedoch durch seine Hände und seine Stimme wieder verwischt. Er hatte schöne Hände mit langen, schlanken Fingern und trug – ganz unenglisch – am dritten Finger der rechten Hand einen Ring in einem komplizierten Design und aus einem matt-silbernen Metall. Seine Stimme klang so angenehm, daß man eigentlich kaum feststellen konnte, warum sie den üblichen englischen Normen nicht entsprach. Nach einer Weile aber, wenn man sich eingehört hatte, konnte man gelegentlich an einzelnen Vokalen oder an der Wortwahl den Ausländer erkennen. Mr. Poole verwendete nur selten auffällige Amerikanismen, aber durch ein gelegentliches ›Ah‹ an der falschen Stelle und einem in England unüblichen Gebrauch von Präpositionen wurde klar, daß er sicher einige Zeit auf der anderen Seite des Atlantik verbracht hatte. Auch sein Alter ließ sich nur schwer bestimmen. Walter schien er gleich alt wie Evan, also ungefähr dreißig; Gwyneth aber hielt ihn für älter, fast schon vierzig, für kosmopolitisch erfahren und unendlich raffiniert.

»Vielleicht kann ich Ihnen behilflich sein?« fragte Tristan Poole seinen Gastgeber. Sein Blick fiel auf das Häufchen ungeöffneter Rechnungen neben den Briefen von Evan und Benedikt, und er hätte gerne gewußt, in welch ernsten finanziellen Schwierigkeiten Walter Colwyn steckte. Vielleicht handelte es sich nur um einen vorübergehenden Engpaß. Das Haus war in gutem Zustand und mit wertvollem Mobiliar ausgestattet, der Grundbesitz ausgedehnt. Selbst wenn Walter Colwyn zur Zeit auch nur wenig Bargeld zur Verfügung hatte, so war er doch längst nicht bankrott. »Was ist denn los? Ich hoffe, es ist nichts Ernstes.«

»Ach nein, durchaus nicht«, sagte Walter und wendete sich erleichtert seinem Gast zu. Es war wirklich erstaunlich, wie sehr es einen beruhigte, mit Mr. Poole zu sprechen . . . »So nehmen Sie sich doch Eier und Speck, lieber Freund . . . Nein, wissen Sie, es ist einfach . . .« Und dann erzählte er Mr. Poole in seiner umständlichen

Weise den Inhalt von Benedikts Brief und von all den Schwierigkeiten, die sich für ihn daraus ergaben.

Poole goß sich eine Tasse Tee ein und nahm sich vor, sobald er nur erst einmal in Colwyn Court Fuß gefaßt hatte, darauf zu bestehen, daß Kaffee – wirklicher Kaffee – zum Frühstück neben dem unvermeidlichen Tee serviert würde.

».. . und so habe ich mir gedacht – kann ich Ihnen noch irgend etwas geben, lieber Freund? Salz?«

»Nein, danke«, sagte Poole.

».. . nun ja, ich weiß nicht, was ich mir eigentlich gedacht habe, es ist nur eben alles so peinlich. Wissen Sie, ich möchte ja wirklich, daß Sie und Ihre Gesellschaft hierherkommen, aber – wissen Sie, Benedikt . . . sehr schwierig . . . ich sollte ihn doch eigentlich einladen –«

»Aber natürlich«, sagte Poole. »Dafür gibt es eine ganz einfache Lösung, nicht wahr, Mr. Colwyn, Sie haben doch das Häuschen unten am Strand, das Sie die letzten beiden Jahre an Sommergäste vermietet haben? Warum vermieten Sie es nicht einfach diesen Sommer an Ihren Cousin? Oder Sie bieten es ihm gratis an? Das würde Professor Shaw sicher zufriedenstellen, da er ja doch, wenn auch nicht in Ihrem Haus, so doch auf Ihrem Besitz wohnen könnte. Auch glaube ich, daß er es ruhig genug finden wird. Haben Sie vielleicht fälschlich angenommen, daß er Sie durch seinen Brief zu einer Einladung auf Colwyn Court veranlassen wollte? Ich könnte mir vorstellen, daß er eher an das Häuschen gedacht hat und nicht an das Herrenhaus hier oben.«

»Oh, Benedikt weiß nicht, daß ich das Häuschen während der letzten beiden Sommer vermietet habe«, sagte Walter. »Mein alter Chauffeur hat früher dort gewohnt, wissen Sie. Ich hab' ihn um ein paar Shilling dort wohnen lassen, als er zu alt wurde, mich noch zu fahren. Und wie er dann gestorben ist –«

Poole dachte an das Häuschen. Sicher wäre es besser, wenn es an einen ganz von seiner Arbeit in Anspruch genommenen Professor vermietet würde als an Urlauber mit einer Herde neugieriger Kinder. »Haben Sie für dieses Jahr das Häuschen schon vermietet?« fragte er, bevor Walter noch weitersprechen konnte. »Ist es noch frei?«

»Nein, ich habe es im Januar an diese netten Leute vermietet –«

»Aber denen gegenüber hat doch Ihr Vetter sicher Vorrang!«

»Ja, aber wissen Sie, ich weiß nicht, wie –«

»Sicherlich geht Ihr Vetter vor«, sagte Poole.

»Aber, was soll ich denn den Leuten sagen?«

»Überlassen Sie das nur mir. Ich werde das ganz in Ihrem Sinn erledigen. Wenn Sie mir nur die Adresse dieser Leute geben, werde ich ihnen schreiben und die ganze Sache erklären.«

»Nun, ich . . . möchte Sie damit nicht bemühen –«

»Überhaupt keine Mühe«, sagte Poole mit seinem offenen, liebenswürdigen Lächeln. »Ich freue mich, daß ich Ihnen behilflich sein kann.« Er nahm einen Schluck aus seiner Tasse, vergaß dabei, daß sie Tee enthielt und schnitt eine Grimasse. »Erzählen Sie mir von Ihrem Vetter. Ich nehme an, er ist so alt wie Sie, nicht?«

»Benedikt? Nein, er ist eigentlich erst 46, meine Mutter hatte eine viel jüngere Schwester, die heiratete . . .«

Poole hörte geduldig zu und bestrich ein Stück Toast mit Butter. Der Toast war kalt. Warum mußten diese Engländer immer kalten Toast essen? Wenn er erst einmal in Colwyn Court Fuß gefaßt hatte . . .

». . . heiratete ein 27jähriges Mädchen«, sagte Walter. »Wir waren natürlich alle ganz weg. Lassen Sie mich überlegen, wie alt ist Jane eigentlich? Ich habe vergessen, wie lange sie verheiratet sind. Fünf oder sechs Jahre, glaube ich . . . und keine Kinder . . . sie ist wirklich ein nettes Mädel, recht hübsch, sehr angenehm – eigentlich verstehe ich gar nicht, was sie an dem guten, alten Benedikt gefunden hat. Er war einer dieser eigenbrötlerischen Junggesellen . . .«

Ein von seiner Arbeit in Anspruch genommener Professor, dachte Poole, eine Frau, die wahrscheinlich ganz in ihrem Mann aufgeht – keiner von den beiden stellte eine Bedrohung dar.

»Das ist aber wirklich nett«, sagte er zu Walter mit seiner wärmsten, anteilnehmendsten Stimme, »die beiden klingen ja ganz wunderbar, ich freue mich schon jetzt darauf, sie kennenzulernen . . .«

VII.

»Eines steht für mich fest«, sagte Benedikt Shaw zwei Tage später beim Frühstück ärgerlich zu seiner Frau, »entweder ist Walter verrückt oder er nagt am Hungertuch oder beides. Stell dir nur vor – er läßt irgendeine verrückte Gesellschaft in seinem eigenen Haus frei ein und aus gehen! – Von mir will er Miete für dieses häßliche kleine Häuschen, in dem er seinen Chauffeur hat wohnen lassen! Wie kann er es nur wagen, Miete von mir zu verlangen! Von mir, seinem eigenen Vetter! Wäre es nicht so verrückt, ich müßte es als Beleidigung auffassen. Er muß wirklich schon am Rande des Bankrotts sein, anders kann ich mir das nicht erklären. Vielleicht sollte ich mit Evan darüber sprechen, wenn er im Juni heimkommt.«

Jane Shaw erwiderte: »Kommt Evan wirklich im Juni zurück?« Während sie sprach, versuchte sie auszurechnen, wie viele Kalorien eine reichlich mit Butter und Marmelade bestrichene Schnitte Toast hatte.

»Nach dem, was ich Walters Brief entnehme, ja.« Benedikt putzte wütend seine Brille. »Der Himmel weiß, wie Evan das aufnehmen wird. ›Gesellschaft zur Förderung gesunder Ernährung‹, du lieber Gott! Lächerlich.«

220 Kalorien, dachte Jane, das darf ich nicht. Sie versuchte, an etwas anderes zu denken. »Ich glaube, Colwyn Court kostet Walter eine ganze Menge Geld«, sagte sie überlegend. »Ich weiß, du hältst Walter immer für reich, Benedikt, aber bei den jetzigen Steuern und den ständig steigenden Lebenshaltungskosten –«

»Liebling«, sagte Benedikt, »*mich* brauchst du nicht an die irren Ungerechtigkeiten unseres Steuersystems und die steigenden Lebenshaltungskosten zu erinnern.«

»Ja, da hast du wohl recht«, sagte Jane und griff schon beinahe nach der verbotenen Schnitte Toast – manchmal war es mit der Willenskraft so eine Sache –, »von all dem Zeug verstehst du sicher viel mehr als ich, Liebster.«

Benedikt lächelte. Er hatte ein angenehmes Lächeln, das ganz plötzlich die zornigen Falten in seinem Gesicht glättete und seine Augen hinter der dicken Brille funkeln ließ. Als sich nun Jane spontan vorbeugte und ihn küßte, umschloß er ihre Hand mit der seinen und drückte sie, ehe er aufstand. »Was ich an dir so wunderbar finde, Liebling«, sagte er, »ist, daß du immer im richtigen Moment das Richtige sagst.«

»Das klingt ja, als würde ich schwindeln, und ich mein's doch ehrlich!«

»Ich weiß, daß du es ehrlich meinst. Ich würde nie daran denken, dich als Sykophantin zu bezeichnen.«

»Das ist aber ein komisches Wort«, sagte Jane, die nicht recht wußte, was es bedeutete. »Benedikt, wirst du Walters Angebot annehmen und das Häuschen mieten? Ich weiß, es *ist* merkwürdig, daß er von dir Miete verlangt, aber –«

»Sieht ihm gar nicht ähnlich«, sagte Benedikt, der nun wieder ärgerlich wurde. »Das gehört sich einfach nicht. Und was diese verrückte Gesellschaft in Colwyn Court anbelangt –«

»– aber das Häuschen hat so eine hübsche Lage, nicht? Und sicher wäre es doch auch so ruhig und friedlich für deine Arbeit –«

»Ruhig und friedlich? Umgeben von einer Masse Wahnsinniger, die sich biologisch ernähren?«

»Ich glaube, du wirst sie gar nicht zu Gesicht bekommen. Ich bin sicher, daß sie dich im Häuschen überhaupt nicht stören werden.«

»Ich glaube, du willst, daß ich hinfahre«, sagte Benedikt grimmig, »nicht?«

»Nur, wenn du es willst, Liebling, aber ich glaube, es könnte ganz gut für dich sein.«

»Und dabei habe ich so halb gehofft, er würde mich nach Colwyn Court einladen!«

»Aber das wäre dir doch gar nicht recht gewesen«, sagte Jane, »Walter wäre dir auf die Nerven gegangen und vor Gwyneths ununterbrochener Popmusik hättest du keinen Augenblick Ruhe gehabt.«

»Aber, daß ich Walter für dieses elende Loch Miete zahlen soll –«

»Aber du hättest auf alle Fälle Miete zahlen müssen, wenn wir uns irgendwo anders ein Häuschen gemietet hätten«, sagte Jane realistisch. »Und das ›Loch‹ ist eigentlich recht nett. Ich bin einmal mit Gwyneth hineingegangen, als sie dem alten Chauffeur ein Weihnachtsgeschenk brachte – und außerdem liegt es doch fast direkt am Meer. Du weißt doch, wie gut du am Strand arbeitest.«

»Mhm«, sagte Benedikt, »ich sehe schon, es bleibt mir keine Wahl.« Nachdenklich ging er zum Fenster und blickte auf den winzigen Garten hinaus, den Jane hinterm Haus so liebevoll angelegt hatte. »Vielleicht sollte ich wirklich nach Colwyn fahren, wenn auch nur, um herauszufinden, wie senil Walter wirklich geworden ist. Vielleicht betrügt ihn diese elende Gesellschaft.« Er drehte sich um und ließ sich wieder in seinen Stuhl beim Tisch fallen. Mit der leeren Kaffeetasse spielend, fragte er: »Gibt's noch Kaffee?«

Jane schenkte ihm noch eine Tasse ein. »Glaubst du, daß Walter wirklich in finanziellen Schwierigkeiten ist?«

»Würde mich überhaupt nicht wundern. In Gelddingen war er immer schon ein völliger Idiot, und so ein großes Herrenhaus wie Colwyn Court ist heutzutage wirklich eine Belastung. Er sollte es verkaufen oder in eine Wohnanlage umgestalten.«

»Aber, das kann er doch nicht. Das Heim seiner Vorfahren!«

»Sentimentaler Quatsch«, sagte Benedikt. »Das paßt einfach nicht in die zweite Hälfte des 20. Jahrhunderts.«

Jane kam ein Gedanke. »Vielleicht will Walter dieser Gesellschaft Colwyn verkaufen!«

»Du lieber Himmel!« rief Benedikt. »Das kann er doch nicht! So verrückt wird er doch hoffentlich nicht sein!«

»Aber, wenn es ihm wirklich an Geld fehlt?«

»Geld«, sagte Benedikt, »dieses ganze Gerede über Geld geht mir schon auf die Nerven. Geld, Geld, Geld. Geld ist eine deprimierende Sache.«

»Schon Liebling, aber nützlich.«

»Zum Beispiel dein Schwager. Jedesmal, wenn von ihm in der Zeitung steht, heißt's ›Matthew Morrison, der Industriemillionär‹. Warum schreiben sie nicht einfach ›Matthew Morrison, der Industrielle‹? Warum muß jedesmal der ›Millionär‹ herhalten? Ist Matthew ein anderer Mensch, nur weil er ›Millionär‹ ist?«

»Nun ja, einen kleinen Unterschied macht es schon«, sagte Jane. »Ich meine, wenn man Millionär ist, lebt man eben doch anders als der Fleischer um die Ecke.«

»Natürlich«, sagte Benedikt. »Wir wissen alle zur Genüge, daß deine Schwester Matthew kaum geheiratet hätte, wäre er nur ein Fleischer gewesen!«

»Darling, ist das Lisa gegenüber nicht ein bißchen unfair?«

Benedikt bemühte sich, ein wenig schuldbewußt dreinzusehen. »Kannst du dir vorstellen, daß Lisa einen Fleischer geheiratet hätte?«

Das konnte Jane freilich nicht. Aber sie wollte es nicht zugeben. Sie dachte kurz über ihre Schwester Lisa nach: 29 Jahre alt, gutes Auftreten, blendende Erscheinung, herzlicher Charme. Lisa, die alles besaß, von ihrer Auswahl von Nerzmänteln bis zu zwei wunderbaren Kindern . . .

Jane griff nach der letzten Schnitte Toast und hatte sie schon mit Butter bestrichen, ehe sie noch wußte, was sie eigentlich tat. »Lisa ist ein sehr romantischer Typ«, hörte sie sich ganz ruhig sagen, »wahrscheinlich würde sie den Fleischer heiraten, wenn sie sich in ihn verliebt hätte.«

»Blödsinn«, sagte Benedikt. Sein Instinkt riet ihm, das Thema fallenzulassen. »Was tut Matthews Tochter jetzt? Arbeitet sie noch immer in London?«

»Ja, sie wohnt noch in Hampstead und besucht ihren Vater nur selten. Lisa sagt, sie hat Nicole schon ewig lange nicht mehr gesehen.«

»Mh –«, sagte Benedikt und meinte, erraten zu können, warum sich Nicole neuerdings bei ihrem Vater nicht mehr wohl fühlte.

»Es ist wirklich jammerschade, daß aus Nicoles Beziehung zu Evan nichts wurde«, sagte Jane und biß herzhaft in den Toast mit 220 Kalorien. Vielleicht konnte sie ohne Lunch durchkommen. »Es wäre wunderbar gewesen, wenn die beiden geheiratet hätten.«

»›Wunderbar‹ ist gut gesagt«, sagte Benedikt trocken. »Wie es jetzt um Walter steht, muß Evan wohl ein Mädel heiraten, das einmal viel erbt.«

»O Darling! Für Evan kommt eine Geldhochzeit bestimmt nicht in Frage.«

»Geld«, sagte Benedikt, »schon wieder dieses häßliche Wort.«

»Aber Benedikt –« Jane hielt inne. Es war klüger, ihn nicht daran zu erinnern, daß er das Thema aufgegriffen hatte. Um irgend etwas zu tun, nahm sie eine der Morgenzeitungen auf und begann zu lesen. »Du lieber Himmel, ich habe beinahe vergessen, mein Horoskop nachzusehen! Vielleicht findet sich darin ein Hinweis, ob wir Walters Häuschen nehmen sollen oder nicht.«

»Ich hab' mich schon entschlossen, es zu nehmen«, sagte Benedikt. »Bin absolut nicht daran interessiert, zu hören, was irgend so ein Schwindler Tag für Tag für seine leichtgläubigen Leser erfindet.« Er stand auf, beugte sich zu ihr nieder, küßte sie und ging zur Tür. »Ich muß sehen, daß ich wegkomme. Erwarte mich nicht zum Lunch, Liebling, denn ich esse heute in der Stadt.«

»Gut, Liebling, hoffentlich geht alles bei dir glatt.« Sie begleitete ihn wie immer zur Eingangstür und winkte ihm noch, während er auf die Straße hinaus zu ihrem weißen Austin ging. Sie hatten ein kleines Haus in einer stillen, von Bäumen gesäumten Straße, kaum eine Meile vom Herzen der Stadt, und Benedikt hatte nur wenige Minuten zur Hochschule zu fahren. Als er fort war, ging Jane ins Speisezimmer zurück und nahm die Suche nach ihrem Horoskop wieder auf, ehe sie das schmutzige Geschirr in die Spüle stellte.

»Ihr Schicksal heute«, stand über der Horoskopspalte. Bei Janes Tierkreiszeichen fand sich eine kryptische Aussage: »Überlegen Sie sich heute jede Entscheidung gut. Jetzt ist es Zeit, von Reisen zu träumen, sich aber vor unerwarteten Einladungen zu hüten.«

VIII.

»Was steht heute in seinem Horoskop?« fragte Janes kleine Nichte Lucy einen Tag später im Haus von Matthew Morrison in Surrey. »Was steht da?«

»Ihre Sterne stehen günstig«, las ihr Bruder Timothy mühselig. »Ergreifen Sie eine ungewöhnliche Gelegenheit beim Schopf. Seien Sie kühn.« Er sah triumphierend auf. »Das heißt, es wird ihm gelingen, aus China zu entkommen.«

»Tibet!« sagte Lucy. »Daddy war in Tibet. Er hat mit einem einzigen Führer das Himalajagebirge überschritten und ist einen dieser

Flüsse mit einem Floß hinuntergefahren, wie in dem Film, den wir gesehen haben, und dann ist er in einen Hubschrauber –«

»Hallo, hallo«, rief Lisa Morrison, die in den Salon gestürmt kam, in dem sich die Zwillinge mit der Horoskopseite niedergelassen hatten. »Von wem redet ihr denn, Kinder? Ist es der Held einer dieser schrecklichen Comic strips?«

Die Zwillinge sahen schuldbewußt vor sich hin und waren ausnahmsweise sprachlos. Lisa sah, wie sie einander verstohlen anblickten, ehe sie vorsichtig lächelten.

»Wir haben nur so fantasiert, Mutti«, sagte Lucy, »uns so Sachen vorgestellt.«

»Wir haben uns vorgestellt, wie Daddy nach Hause kommen würde, wenn er nicht bei dem Schiffsunglück umgekommen wäre«, sagte Timothy impulsiv. »Wenn er sich schwimmend gerettet hätte, weißt du, dann wäre er jetzt in Rotchina. Da kommt man nicht leicht heraus. Wahrscheinlich hätte man ihn dort ein paar Jahre eingesperrt, bevor er hätte fliehen können.«

»Aber Kinder«, sagte Lisa, die zwar nicht recht wußte, was sie sagen sollte, aber glaubte, etwas sagen zu müssen. »Daddy ist tot. Er ist jetzt schon lange tot. Glaubt ihr denn, ich hätte Onkel Matt heiraten können, wenn ich geglaubt hätte, daß euer Daddy noch lebte?«

Die beiden starrten sie an. Ihre Gesichter waren ausdruckslos. Es herrschte Stille. »Ja, natürlich«, sagte Timothy. »Es war nur so eine Geschichte. Wir haben es uns halt ausgemalt.«

»Nur vorgestellt«, sagte Lucy.

Lisa fühlte sich von einer Welle der Erleichterung überflutet. »Dann ist ja alles in Ordnung«, meinte sie und zog, während sie noch sprach, ihre Handschuhe an. »Und jetzt, Kinder, fahre ich mit Onkel Matt nach London. Verbringt den Tag schön. Abends sehen wir uns wieder. Wo ist Constanza?«

Constanza war das spanische Au-pair-Mädchen, das die Zwillinge zu beaufsichtigen hatte, damit Lisa frei war, das gesellschaftliche Leben ohne Störungen zu genießen. Die Zwillinge waren stolz darauf, daß eigentlich sie Constanza beaufsichtigten. Nach drei Monaten beherrschten sie sie völlig.

»Oben!« sagte Lucy.

»Gut; seid also brav, Kinder!« Sie küßte die beiden rasch und eilte zur Tür. »Ich möchte Onkel Matt nicht warten lassen . . . Wiedersehen, Kinder! Habt viel Spaß!«

Sie verabschiedeten sich im Chor und wandten sich zum Fenster, um die Abfahrt ihrer Mutter zu beobachten. Der Stiefvater ging schon nervös neben seinem Rolls-Royce auf und ab.

»Sie hat ihn warten lassen«, sagte Timothy.

»Wie gewöhnlich«, sagte Lucy. »Er sieht wütend aus.«

»Gestern abend war er erst wütend.«

»Wirklich, wann?«

»Um ungefähr Mitternacht. Ich bin aufgewacht und habe sie gehört. Die haben ganz schön Krach gemacht, wenn man bedenkt, wie spät es war.«

»Was haben sie gesagt?«

»So genau habe ich das nicht gehört.«

»Bist du nicht gegangen und hast gelauscht?«

»Ja, eigentlich wollte ich schon«, sagte Timothy, »aber dann war es mir das nicht wert. So interessant hat es auch nicht geklungen.«

»Haben sie wirklich gestritten?«

»Ja, sicher.«

»Wer war mehr wütend, Onkel Matt oder Mutti?«

»Onkel Matt. Es ging um Steuern und Geld. Er möchte auf den Kanalinseln oder so wo wohnen, weil er dann Geld spart. Mutti sagte: ›Die Kanalinseln? Du mußt verrückt sein‹, hat sie gesagt. ›Warum soll ich dort in der Einöde leben?‹ Dann wurde Onkel Matt wirklich sehr zornig und sagte, er würde sich nicht deshalb auf die Bahamas zurückziehen, damit sie ihren Spaß hätte. Und Mutti sagte –«

»Timmy, du hast sie ja doch belauscht!«

»Na ja, nur so ein, zwei Minuten lang. Ich hab' irrsinnig Hunger gehabt und war auf dem Weg hinunter in die Küche . . . Also Mutti sagte: ›Auf den Bahamas hätte ich wenigstens etwas Unterhaltung.‹ Und Onkel Matt sagte: ›Sonst hast du nichts im Kopf, nicht?‹ hat er gesagt. ›Nun, ich werde mich auf den Kanalinseln unterhalten‹, hat er gesagt – und es klang sehr wütend. ›Ob dir das lieb ist oder nicht!‹ hat er gesagt.«

»Was ist dann passiert?«

»Ich hab' weglaufen müssen, weil Mutti aus dem Zimmer gestürzt ist. Ich bin ihr gerade noch entwischt!«

»Wohin ist sie gegangen?«

»Ach, nur ins Gästezimmer, nichts Besonderes.«

»Wenn Leute verheiratet sind, dann sollen sie sich nicht über mehrere verschiedene Schlafzimmer ausbreiten«, sagte Lucy. »Ich habe den Koch zu unserer Mrs. Pearse sagen hören, daß man daran erkennt, ob eine Ehe gut ist oder nicht.«

»Wahrscheinlich hat Mrs. Pearse nur geflucht, weil sie zwei Betten statt nur eines machen mußte . . . Schau, da kommt Mutti! Onkel Matt schaut immer noch wütend aus.« Beide sahen schweigend zum Fenster hinaus. Dann sagte Lucy:

»Timmy, glaubst du –«

»Ja!«

»Wenn Mutti und Onkel Matt sich voneinander scheiden lassen . . ., ich mein', ich nehm' das jetzt nur an –«

»Und wenn Daddy aus China zurückkommt.«

»Tibet.«

»– dann wär das ganz nett . . . Obwohl ich Onkel Matt mag.«

»Ja, er ist in Ordnung.«

»Vielleicht könnten wir ihn auch immer noch besuchen – nach der Scheidung.«

»Ja, das könnten wir vielleicht.« Sie lächelten einander an. »Ich bin ganz davon überzeugt«, sagte Timmy fest, »daß alles zum Schluß gut ausgehen wird.«

»Ja, schon, aber wie lange sollen wir noch warten, bis Daddy heimkommt«, sagte Lucy verzweifelt. »Manchmal habe ich das Gefühl, wir müssen ewig warten.«

Timothy gab keine Antwort. Sie standen immer noch schweigend am Fenster, als der Rolls-Royce anfuhr und die Kurven der Auffahrt hinunterrollte, um die 18 Meilen nach London zurückzulegen.

IX.

Nach einer Weile sagte Matthew Morrison: »Entschuldige wegen
gestern abend.« Es kostete ihn große Überwindung, das zu sagen.
Matt war stolz und entschuldigte sich nicht gern. Und überdies hatte er das Gefühl, daß eigentlich Lisa sich hätte bei ihm entschuldigen
müssen.

»Oh?« sagte Lisa sehr kühl. Sie sah an diesem Morgen blendend
aus. Das Aprilwetter war unstet, aber sie trug ein schickes Früh-
lingskleid mit dazupassendem Mantel, als gäbe es keinen Zweifel
daran, daß der Winter vorbei war und der Sommer vor der Tür
stand. Das Kleid war kurz und gestattete Matt einen guten Blick auf
ihre langen, eleganten Beine.

»Du bist ein schrecklicher Autofahrer, Matt«, sagte Lisa. »Du
kannst deinen Blick doch nicht einfach von der Straße nehmen. Ich
wollte, du würdest einen Chauffeur anstellen!«

Matt aber hielt nichts von Chauffeuren. Er war 55 und hatte sich
allmählich an die Bequemlichkeiten gewöhnt, die für Geld zu haben
waren. Der Gedanke aber, nur Passagier im eigenen Auto zu sein,
störte ihn. Er hatte auch insgeheim Angst davor, sich, wie er es nannte, ›aufzuplustern‹ oder ›zu versuchen, etwas zu sein, was er im
Grunde nicht war‹. Das war eine Art Snobismus mit umgekehrten
Vorzeichen, der Wunsch, die einfachen Lebensgewohnheiten beizubehalten, die er vor Jahren angenommen hatte, lange bevor er sich
vom Lehrling bis zum Generaldirektor eines riesigen Industriekon-
zerns hinaufgearbeitet hatte. Jetzt besaß er ein großes Haus, in dem
er sich immer ein bißchen ungemütlich fühlte, hatte einen erstklas-
sigen Koch, der die gute englische Hausmannskost, die Matt so liebte, verachtete, und nannte auch eine wunderschöne und kultivierte
Frau sein eigen, deren Geschmack er jedoch nicht teilen konnte. Insgeheim schimpfte er über das Haus (›die riesige alte Bruchbude‹
nannte er sie manchmal, wenn er ärgerlich war), die Talente des
Kochs (verdammter, französischer Blödsinn) und sogar auf seine
Frau, von der er wußte, daß sie verwöhnt und eigensinnig war.
Gleichzeitig aber wußte er genau, daß er all das nur mit großem Wi-
derstreben hätte aufgeben können. Er wollte sich im Grunde nur als

ein einfacher Mensch sehen, den der Erfolg nicht verdorben hatte, aber er war sich selbst gegenüber ehrlich genug, einzugestehen, daß er sich sehr wohl verändert hatte, und daß, so unangenehm ihm dieses Eingeständnis auch sein mochte, er die pompösen Dinge zu schätzen gelernt hatte, die sein Reichtum und seine Position ihm gebracht hatten. Das aber behielt er sorgfältig für sich. Er wußte sehr gut, was man von Emporkömmlingen hielt, die ihren Reichtum offen genießen, und er wünschte nicht, als ›nouveau riche‹ bezeichnet zu werden.

»Ich glaube nicht an Chauffeure«, sagte er laut zu seiner Frau. »Heutzutage ist das nichts als Angeberei. Und du willst doch nicht als Angeberin dastehen!«

»Nein, natürlich nicht«, sagte Lisa. »Du glaubst einfach daran, ein ›einfacher Mensch‹ zu sein und dich nach deiner Pensionierung in irgendeinem Winkel der Kanalinseln verstecken zu müssen.«

»Aber Lisa –«

»Was für einen Sinn hat es, Geld bei der Steuer zu sparen, wenn man es dann nicht ausgeben kann?«

»Wir brauchen ja nicht das ganze Jahr lang auf den Kanalinseln zu leben.«

»Ich verstehe nicht, was du gegen die Bahamas hast. Dort könntest du schwimmen und fischen und dein ›einfaches Leben‹ genauso gut führen wie hier, und das Klima dort ist ganz herrlich.«

»Es ist zu weit von England.«

»Oh, Matt, wie schrecklich britisch! Und überhaupt, heute spielen Entfernungen doch gar keine Rolle mehr!«

»Ja, wenn du glaubst, daß ich jetzt zu einem Mitglied des ›Jet-set‹ werde –«

»Was hast du gegen den Jet-set, wenn du es dir doch leisten könntest? Zu angeberisch, nehme ich an. Ach, was bist du doch für ein Heuchler, Matt.«

»Du verstehst mich nur nicht«, sagte Matt gekränkt.

»Nun, wenn du dann im Juni in Pension gehst, können wir wenigstens einen anständigen Urlaub machen, bevor du beschließt, wo du dich dann niederläßt. Warum fahren wir nicht wieder nach Spanien?«

»Im Juni ist Spanien verdammt heiß, und ich vertrage das blödsinnige Essen dort nicht, ich möchte viel lieber hier in England irgendwo am Meer bleiben.«

»Guter Gott«, sagte Lisa, »gleich wirst du mir sagen, du möchtest zu Jane und Benedikt nach Colwyn.«

Matt sah überrascht drein. Sind die jetzt dort?«

»Noch nicht, aber Benedikt mietet ein Häuschen auf dem Besitz für die großen Ferien. Hab' ich dir nicht erzählt, worüber ich gestern mit Jane gesprochen habe?«

»Du warst zu sehr beschäftigt damit, mir zu erzählen, daß du auf den Bahamas leben möchtest. Vielleicht können wir sie im Juni auf ein paar Wochen in dem Häuschen besuchen?«

»Jetzt machst du aber Spaß!«

»Wie groß ist das Häuschen?«

»Ach, es ist ein schrecklich kleines Loch und sehr eng. Matt, das kann doch nicht dein Ernst sein!«

»Dieser Teil der walisischen Küste gefällt mir«, sagte Matt. »Walter Colwyn hat Glück, daß er einen Familienbesitz an der Gower-Halbinsel hat.«

»Jetzt verstehe ich, warum du so enttäuscht warst, als Evan Colwyn Nicole stehenließ und nach Afrika ging!«

»Er hat sie nicht stehenlassen!« sagte Matt und dachte mit schmerzlicher Sehnsucht an seine Tochter. »Sie waren nicht einmal miteinander verlobt.«

»Nicole war zu zurückhaltend«, sagte Lisa. »Sie hat natürlich überhaupt keine Ahnung, wie man mit Männern umgeht.«

»Wenigstens ist sie ein anständiges Mädel, das einem Mann nicht zu weit nachgibt, nur damit er sie heiratet!«

»Wieso weißt du denn das?« fragte Lisa. »Du siehst sie ja fast nie.«

»Und wer ist daran schuld?« schrie Matt und achtete einen Augenblick lang nicht auf die Straße. Der Wagen kam ins Schleudern, als er sich plötzlich wütend zu Lisa umwandte. Sie schrie auf. »Um Gottes willen, paß doch auf! Wenn du nicht vernünftig fahren kannst, Matt, dann möchte ich lieber aussteigen und mir ein Taxi nehmen, meine Nerven halten das nicht durch!«

Matt schwieg. Seine Finger umspannten das Lenkrad noch fester, und er starrte auf die Straße; keiner von beiden sprach mehr, bis sie den Frisiersalon in Knightsbridge erreicht hatten, in dem Lisa ihren Termin hatte.

»Ich hoffe, du hast einen angenehmen Tag«, sagte er kurz, als sie ausstieg. »Abends sehen wir uns wieder.«

»Danke!« Weg war sie. Als er sie in den Frisiersalon eintreten sah, dachte er an seine erste Frau, Nicoles Mutter, die schon vor zehn Jahren gestorben war. Verzweifelt fragte er sich, wie es denn möglich war, daß er nach einer so glücklichen ersten Ehe mit seiner zweiten so viel Pech hatte.

X.

In Colwyn Court ging Gwyneth zum erstenmal nach dem Beginn ihrer rätselhaften Erkrankung wieder aus. Sie wanderte mit Tristan Poole den Pfad entlang, der zu den Felsklippen hinaufführte, auf denen die Ruine von Colwyn Castle der See trotzte. Als sie die Mauern des Schlosses erreicht hatten, setzte Gwyneth sich nieder, um auf dem Rasen ein wenig auszuruhen. Interessiert lauschte sie dem Klopfen ihres Herzens.

»Ich hoffe, unser Spaziergang war nicht zu viel für mich«, sagte sie nach einem Augenblick.

Poole antwortete nicht. Er stand einige Meter vom Rand der Klippen entfernt, und seine schwarze Jacke flatterte im Wind.

»Tristan.«

Er wandte sich ihr lächelnd zu. »Entschuldigen Sie, was haben Sie gesagt?«

»Sie glauben doch nicht, daß der Spaziergang hier herauf mich zu sehr angestrengt hat? Mein Herz scheint schrecklich schnell zu schlagen.«

»Es wird Ihnen bestimmt nicht schaden. Ruhen Sie sich hier nur ein wenig aus!«

Gwyneth lehnte sich im Gras zurück, legte die Hände unter ihren Kopf und ging in ihrer Fantasie eine Szene durch. Nachdem sie gesagt hatte, wie schnell ihr Herz schlüge, würde Tristan bei ihr niederknien und mit seinen langen Fingern ihren Herztakt fühlen und dann . . .

»Sie haben eine blühende Fantasie«, sagte Tristan Poole. Sie setzte sich plötzlich steif aufrecht. Ihre Wangen brannten. Einen Augenblick lang war sie sprachlos. Aber er lachte sie nicht aus. Er stand immer noch da und blickte hinaus aufs Meer.

»Warum haben Sie das gesagt?« wollte sie mit schwankender Stimme wissen.

»Warum nicht?« sagte er und wandte sich ihr zu. »Ist es denn nicht wahr?«

Sie war völlig überrascht. In ihrer Verwirrung suchte sie das Thema zu wechseln, aber es fiel ihr nichts ein.

»Die Fantasie«, sagte Poole, »befriedigt selten so sehr wie die Wirklichkeit. Haben Sie einmal darüber nachgedacht, Gwyneth?«

Gwyneths Gedanken wirbelten in Tausenden unzusammenhängenden Stücken durch ihren Kopf. Sie öffnete den Mund, um zu sprechen, fand aber keine Worte.

»Warum fürchten Sie sich vor der Wirklichkeit, Gwyneth?«

»Ich fürchte mich ja gar nicht«, sagte Gwyneth laut, aber sie zitterte. Sie mußte gegen den Wunsch ankämpfen, zum Haus zurückzulaufen und sich in der beruhigenden Sicherheit ihres Zimmers einzuschließen.

»Aber Sie ziehen doch die Welt der Fantasie vor.« Poole seufzte. Ihm ging durch den Kopf, was er von Anfang an gewußt hatte: Das Mädchen war zu neurotisch, um für ihn interessant zu sein. Es war so schade. Eine solche Verschwendung. Aber es war sinnlos, mit schadhaftem Material zu arbeiten. Die Ängste in Gwyneth würden alle gegen ihn arbeiten, so daß sie sich dem, was er anzubieten hatte, verschließen würde. Sie konnte ihn nur in seiner Verkleidung als Arzt akzeptieren. In jeder anderen Rolle würden ihre Ängste sie in ihre Fantasiewelt zurücktreiben und damit von jeder Welt trennen, die er ihr zeigen könnte.

Gwyneth blickte verzweifelt um sich, und als sie das kleine Häuschen weit unten am Strand sah, sagte sie rasch: »Daddys Vetter Benedikt wird bestimmt im Juni herkommen. Hat Daddy es Ihnen schon gesagt? Er ist schrecklich gelehrt und unmodern und weiß nicht, was heutzutage los ist. Er lebt in der Vergangenheit, aber sie ist sehr süß, seine Frau Jane meine ich, obwohl auch sie altmodisch ist. Aber sie ist recht hübsch, natürlich nicht so hübsch wie Lisa, Lisa ist ihre Schwester, und sie ist wirklich hübsch! O Gott, ich wollte, ich wäre Lisa. Sie ist so schick, und sie ist sogar mit einem Millionär verheiratet – haben Sie einmal von dem Industriellen Matthew Morrison gehört?«

Poole sah, wie die Wellen sich tief unten am Strand brachen. »Ja, ich glaube, ich hab' von ihm gehört.« Er sah Gwyneth scharf an. »Also hat Mrs. Jane Shaw einen Millionär zum Schwager.«

»Ja, weil Janes Schwester –«

»Wie sagten Sie doch, heißt sie?«

»Lisa«, antwortete Gwyneth.

»Lisa Morrison. Welch charmanter Name.«

»Oh, sie ist so charmant wie ihr Name«, sagte Gwyneth erleichtert, weil es ihr gelungen war, seine Aufmerksamkeit von sich abzulenken. »Sie ist wirklich eine überaus attraktive Frau.«

»Wirklich?« meinte Tristan Poole und wandte sich wieder dem Meer zu. Dann sagte er mehr zu sich selbst als zu Gwyneth: »Das ist aber sehr interessant . . .«

2. Kapitel

I.

Es war Juni. In Cambridge wand sich der Fluß an den Gartenseiten der einzelnen Colleges vorbei; der Rasen in den Schulhöfen war bestens gepflegt. Die Studenten waren fort, und die Stadt war wieder in die Ruhe einer kleinen Provinzstadt zurückgesunken. In dem kleinen Haus am Rande der Stadt war Jane, etwas desorganisiert, am Packen und versuchte, den Kopf nicht völlig zu verlieren.

»Sicher werde ich irgend etwas vergessen«, sagte sie zu Benedikt. »Habe ich die Milch und die Zeitung abbestellt? Ich kann mich wirklich nicht mehr erinnern, was ich gemacht und was ich nicht gemacht habe. Wenn wir nur schon in Colwyn wären und diese schreckliche Packerei hinter mir läge!«

»Da die Zeitungen heut früh nicht gekommen sind«, sagte Benedikt, »und da wir schon keine Milch mehr haben, darf ich wohl annehmen, daß du beides abbestellt hast. Was hast du hinsichtlich der Katze unternommen?«

»Ach, Marble kommt natürlich mit! Ich kann sie unmöglich hierlassen!«

»Oh, Jane, sie wird davonlaufen, wenn du sie nach Wales mitnimmst! Du weißt doch, wie Katzen sind! Ihr Instinkt führt sie in ihr Heim zurück, wenn man versucht, sie in eine ganz neue Umgebung zu verpflanzen.«

»Marble ist keine Katze wie alle anderen«, sagte Jane.

»Du wirst doch nicht glauben, daß ich von hier bis Wales fahre, während das verdammte Biest die ganze Zeit am Hintersitz schreit und winselt –«

»Sie wird in ihrem Körbchen auf meinem Schoß sein«, sagte Jane bestimmt. »Und sie wird lammfromm sein.«

»Das möchte ich erst einmal sehen«, entgegnete Benedikt. Aber er ließ die Sache auf sich beruhen. Er selbst hatte die Katze Jane vor einem Jahr geschenkt, nachdem sie das weiße Kätzchen in ihrer Tierhandlung gesehen hatte. Seither war das Tier liebevoll umsorgt worden. Jetzt war es 14 Monate alt, ein großes, elegantes Geschöpf mit dichtem weißem Fell, bösartigen rosa Augen und scharfen Klauen. Benedikt, der nicht gerade ein Katzenliebhaber war, hatte das Tier zuerst bewundert, betrachtete aber nun seine Anwesenheit im Haus mit gemischten Gefühlen. Er glaubte etwas Trauriges in Janes Liebe zu dieser Katze zu spüren. Er hielt es für eine solche Verschwendung, daß Jane, die soviel Mutterliebe besaß, diese zur Gänze für eine launische Albinokatze aufwenden sollte.

»So komm doch mit, Marble«, sagte Jane, hob die Katze auf und setzte sie in das Körbchen. »Wir gehen auf einen wunderschönen Urlaub.« Marble sah sie mißmutig an. Kaum war sie im Auto, begann sie zu protestieren und man hörte wütende Laute.

»Hab' ich es dir nicht gesagt«, meinte Benedikt.

»Sie wird sich schon beruhigen«, sagte Jane.

»Mhm . . . haben wir jetzt alles?«

»Ich glaube schon . . . ach du lieber Himmel, ich habe das Brot nicht weggeworfen! Nur einen Augenblick –«

»Ich mach das schon«, sagte Benedikt, »bleib du lieber bei dem Vieh. Ich möchte nicht für sie verantwortlich sein.«

Schließlich fuhren sie doch los. Benedikt lenkte den Wagen in der für ihn typischen wirren Art aus der Stadt hinaus und hielt sich dann in westlicher Richtung nach Südwales. Die Katze beruhigte sich. Jane stieß einen Seufzer der Erleichterung aus, und Benedikt begann, ein Motiv aus Beethovens Pastorale zu summen.

»Ich hab' schon geglaubt, wir kommen überhaupt nicht weg«, sagte Jane zu ihm. »Warum ich nur immer so wirrköpfig bin? Es muß herrlich sein, eine dieser dynamischen, praktischen und geschickten Frauen zu sein, die nie in ein Schlamassel geraten.«

»Dynamische, praktische und geschickte Frauen sind mir von Herzen zuwider«, sagte Benedikt. »Wärst du nicht genauso, wie du bist, so wäre mir nicht im Traum eingefallen, dich zu heiraten.«

Jane seufzte erleichtert und glücklich auf. Einen Augenblick erinnerte sie sich daran, wie Lisa einmal bei einer Party zu einer Freundin gesagt hatte: »Ich versteh' nicht, was Jane an ihm findet!« Lisa hatte das nie verstanden, ebensowenig wie ihre Mutter, die vor einem Jahr gestorben war. Janes Gedanken wanderten noch weiter in die Vergangenheit. Sie konnte noch heute ihre Mutter in höflicher Verzweiflung sagen hören: »Jane, Liebste, glaubst du nicht, es wäre an der Zeit, deine Frisur zu ändern . . . die entspricht nicht ganz der jetzigen Mode, und dein Haar hängt immer so wirr herum . . . Liebling, ich glaube nicht, daß dieses Kleid dir steht . . . Jane, du bist doch wirklich ganz hübsch, wenn du dich ein bißchen mehr bemühen wolltest, könntest du recht anziehend sein. Man muß sich nur etwas anstrengen . . . Lisa, zum Beispiel –«

»Aber ich bin nicht Lisa, ich bin ich.«

Und sie dachte plötzlich auch an die jungen Burschen bei längst vergangenen Partys.

»Du bist doch nicht etwa Lisas Schwester? Bist du's wirklich, oh . . .« Und dann die Lehrer in der Schule: »Ja, Jane bemüht sich, aber . . .« Lisa ist es in der Schule auch nicht gut gegangen, aber das war, wie jeder wußte, weil Lisa sich nicht bemühte. Und schließlich gab es da noch diese schrecklichen Schwierigkeiten mit dem Übergewicht. »Es ist wirklich ein Pech, daß du nicht veranlagt bist wie Lisa, Liebste. Lisa ißt doppelt soviel wie du und scheint niemals auch nur ein Gramm zuzunehmen . . .«

Lisa, immer, immer wieder Lisa.

»Du kannst mich unmöglich liebhaben«, hatte sie einmal zu Benedikt gesagt. »Ich bin dick und sehr dumm und sehe meist fürchterlich aus. Und gerate immer in Schlamassel, und im Vergleich zu Lisa –«

»Frauen wie Lisa sind mir widerlich«, hatte Benedikt festgestellt.

»Aber –«

»Du bist mir gerade recht, so wie du bist«, hatte Benedikt gesagt. »Wenn du je versuchen solltest, dich zu verändern, dann werde ich sehr wütend werden.«

Das hatte er in den sechs Jahren, die sie einander nun kannten, mehrmals wiederholt, aber selbst heute noch wagte Jane kaum zu glauben, daß es ihm damit ernst war. Während das Auto an diesem Junitag ruhig und gleichmäßig westwärts nach Wales dahinfuhr, streichelte sie Marbles dickes Fell. Es ging ihr durch den Kopf, daß das schläfrige Schnurren der Katze auch ihrem eigenen überwältigenden Gefühl der Zufriedenheit und des inneren Friedens entsprach.

Als sie den großen Industriehafen von Swansea erreichten, war es schon Abend, und als sie endlich an all dieser von Menschen geschaffenen Häßlichkeit vorbeigefahren waren und sich der Gower-Halbinsel näherten, war die Sonne schon untergegangen. Das Dorf Colwyn lag einen Kilometer vom Meer entfernt an der Südseite der Halbinsel. Während sie auf den Ort zufuhren, verschwand der bewaldete Teil der Halbinsel hinter ihnen, bis sie inmitten offener Landschaft waren: von Steinmauern begrenzte Felder, weite Farmen und Äcker, die bis zur Heide über den Felswänden reichten oder sich zur steinigen Küste hin erstreckten. Man hätte hier ebensogut 300 wie nur 30 Kilometer von Swansea entfernt sein können.

»Evan wird sich sicher darauf freuen, wieder heimzukommen«, sagte Jane und blickte verträumt auf die dunkel werdende See jenseits der Felder. »Jetzt dauert es nicht mehr lange, bis er zurückkommt, nicht wahr?«

Sie fuhren durch das Dorf und dann das lange Sträßchen bis zu den Toren von Colwyn Court. Die Zufahrt war durch ein Spalier von blühenden Büschen eingesäumt und endete schließlich in einer scharfen Kurve direkt vor dem Haus. Das Haus war alt und stammte aus der Zeit der Königin Elizabeth I., aber ein Colwyn, der mit der Zeit gehen wollte, hatte es im 18. Jahrhundert ›modernisiert‹. Die weiße Fassade aus der Zeit König Georgs war streng gegliedert, dahinter aber – von der Zufahrt nicht zu sehen – erstreckten sich zwei Flügel aus dem elizabethanischen Zeitalter und in strenger Geometrie der elizabethanische Garten.

»Der Bau sieht wie ein Leichenschauhaus aus«, sagte Benedikt. »Vielleicht sind alle schon schlafen gegangen. Wie spät ist es, Liebling?«

»Neun Uhr.«

»Es muß sicher schon später sein!«

»Ja richtig, meine Uhr ist stehengeblieben. Ich habe sicher vergessen, sie aufzuziehen. Wie dumm von mir! Was sollen wir jetzt tun?«

»Nun, wir werden halt nachsehen, ob Walter noch auf ist – oder

wir lassen ihm wenigstens eine Nachricht, daß wir glücklich angekommen sind; dann können wir zum Häuschen hinunterfahren.«
»Gut.« Jane verschloß Marbles Korb sorgfältig mit dem Deckel und folgte Benedikt. Nach der langen Autofahrt hatte sie ein steifes Gefühl in den Beinen und plötzlich bekam sie Sehnsucht, sich in einem heißen Bad zu entspannen.

Nachdem Benedikt die Türglocke betätigt hatte, hörte man eine Weile nichts. Über ihnen leuchteten die Sterne, und eine Fledermaus stürzte sich im Blindflug durch die Dämmerung.

»Es scheinen alle schon zu Bett gegangen zu sein.« Er läutete nochmals. »Wir hätten von Cambridge früher aufbrechen sollen«, fügte er hinzu. »Aber es macht nichts, wir können morgen nach dem Frühstück vom Häuschen heraufkommen. Ich hoffe, Walter hat wenigstens daran gedacht, es offen zu lassen.«

In diesem Augenblick wurde es in der Halle hell. Als Benedikt sich wieder umdrehte und Jane unentschlossen beim Auto stand, öffnete sich die Tür, und es erschien eine mollige Frau mittleren Alters mit weichem grauem Haar und einem glücklichen Lächeln.

»Guten Abend«, sagte sie mit warmer Stimme. »Professor Shaw und Gattin, nehme ich an. Darf ich mich vorstellen? Ich bin Agnes Miller, die Sekretärin der Sektion Colwyn der ›Gesellschaft zur Förderung gesunder Ernährung‹. Kommen Sie doch herein!«

II.

Marble sah durch das Geflecht des Korbes auf dem Vordersitz des Wagens und versuchte auszubrechen. Da sie Benedikts Stimme aus einiger Entfernung und Janes Murmeln etwas näher hörte, war ihr klar, daß man sie verlassen, aber doch nicht ganz verlassen hatte. Marble wurde wütend. Sie haßte ihren Weidenkorb. Sie haßte Autos, es war ein langer, beschwerlicher Tag gewesen.

Sie atmete tief ein, jaulte dann los, krümmte den Rücken und stemmte sich mit allen vier Pfoten hoch. Der Deckel des Korbes flog auf. Marble blinzelte in das helle Licht der Einfahrt, sprang dann triumphierend durch das offene Fenster des Autos in die Freiheit und landete auf dem Kiesweg.

»Was für eine reizende Katze!« rief eine unbekannte Frauenstimme, und eine ihr fremde Hand liebkoste sie am Rücken.

»Geben Sie acht, Miß Miller«, sagte Benedikt nervös. »Sie mag fremde Menschen nicht.« Marble durchlief ein Zittern. Ein Schauer berührte ihr Rückgrat, das Fell sträubte sich und um ihren Hals bildete sich eine Krause. Sie fühlte sich verzaubert und überwältigt und ganz ungewöhnlich.

»Komm, Marble«, sagte Jane plötzlich und nahm die Katze auf. Die fremde Zärtlichkeit war vorbei. Marble blinzelte wieder, erinnerte sich daran, daß sie jetzt frei war, und sprang aus Janes Armen. Dann schoß sie die Treppe ins Haus hoch.

»Marble!« rief Jane.

Marble meldete sich nicht. Ein älterer Herr kam die Treppe herauf und sagte: »Benedikt, wie schön, dich wieder hier zu sehen! Ich möchte mich entschuldigen, daß ich dich erst jetzt begrüße – aber ich war in meinem Arbeitszimmer . . .«

»Marble«, rief Jane verzweifelt.

Marble fühlte sich wunderbar bösartig. Sie hatte einen langen, schweren Tag hinter sich und war nun entschlossen, zu feiern. Sie fand einen Gang, der von der Halle weg führte, und lief ihn entlang. Auf halbem Weg hielt sie inne, die Nüstern gebläht – aber es gab keinen verlockenden Geruch, sondern nur ihren sicheren Instinkt, daß sie in die richtige Richtung strebte.

»Marble«, rief Jane immer noch verzweifelt von weit her. »Du schlimme Katze, komm sofort her!«

Marble lief geschickt um eine Ecke und fand sich in einem anderen Korridor. Zu ihrer Linken fiel aus einem Türspalt Licht in den Gang. Marble schoß vorwärts , hob sich auf die Hinterpfoten und stemmte sich mit beiden Vorderpfoten gegen die Tür. Sehr zu ihrer Zufriedenheit gab diese nach, und im nächsten Augenblick wanderte sie in eine riesige Küche. Ein seltsamer Geruch kitzelte ihre Nase. Sie hielt inne. Jemand bemerkte sie.

»Was für eine wunderbare Katze!« sagte eine andere fremde Frauenstimme. »Sieh doch, Harriet, sieh nur die Katze!«

»Komm, Kätzchen, komm!« Marble suchte sich zu verstecken.

»Gib ihr doch ein wenig Milch.«

»Wo ist sie denn hergekommen?«

Jemand öffnete den Kühlschrank und nahm eine Milchflasche heraus. Eine andere Person beugte sich nieder, um sie zu berühren, aber Marble machte einen Buckel und fauchte. Sie wußte durchaus nicht, wo sie war und mochte den fremdartigen Geruch, der vom Herd ausströmte, nicht. Instinktiv sah sie sich nach Jane um, aber die hatte offenbar die Verfolgung aufgegeben. Sie war allein.

»Hierher, Kätzchen!« sagte eine der fremden Frauen.

Es waren lauter Frauen – alle.

»Ist sie nicht süß?«

»Gib ihr etwas Milch in eine Tasse.«

Marble versuchte, die Tür zu finden und stieß gegen ein Tischbein. Jetzt war sie verschreckt. Sie wollte eben in die nächste Ecke schießen, wo sie sich dann gegen jedermann wehren konnte, als ein leiser Luftzug ihr Fell kräuselte. Sie sah, wie sich in der Nähe eine Tür öffnete, eine Tür, die hinaus in die Freiheit der Nacht führte.

Marble sauste so schnell durch die Küche, daß sie nicht einmal die schwarzen Hosen des Mannes sah, bis sie in diese hineinrannte. Der Zusammenprall versetzte ihr einen richtigen Schock. Sie jaulte auf und sprang verschreckt zurück, fiel auf den Rücken und schlug mit den Klauen in die Luft.

»Ich sehe, wir haben einen unerwarteten Gast«, sagte eine dunkle, ruhige Stimme von der Tür her.

Marble keuchte. Die Tür war immer noch offen, und sie konnte den Hof draußen sehen und die frische nächtliche Meeresluft riechen, aber es fiel ihr seltsam schwer, sich zu bewegen. Und dann beugte sich der Mann über sie und berührte ihren Nacken mit langen, zarten Fingern. Da vergaß Marble die Autofahrt und den Geruch vom Herd und die Möglichkeit, nach wenigen Metern außerhalb der Tür in Freiheit zu sein.

»Wie heißt du?« fragte der Fremdling mit ruhiger, dunkler Stimme. »Oder warst du immer namenlos und hast nur auf mich gewartet?«

Marble streckte eine schwache Pfote vor und hakte ihre Klauen in ein schwarzes Schuhband.

»Ich taufe dich Zequiel«, sagte die ruhige Stimme, »und beanspruche dich für mich.«

Und plötzlich hoben sie starke Hände durch die Luft; sie roch ein reines, weißes Hemd, fühlte die glatte Seide einer Männerkrawatte und empfand unermeßlichen Frieden.

»Marble!« hörte man Janes Stimme vom Gang vor der Küchentür rufen: »Marble, wo steckst du?«

Aber Marble hörte sie nicht. Sie hatte die Augen geschlossen und lag, alle Glieder entspannt, in den Armen des Mannes. Sie schnurrte in einer tranceartigen Ekstase.

III.

»Machen Sie sich keine Sorgen, Mrs. Shaw«, sagte Agnes Miller, die Jane knapp vor der Küche abfing. »Wir werden sie schon finden. Seien Sie nicht beunruhigt, die Katze muß ja irgendwo wieder auftauchen.«

Jane war dennoch sehr unglücklich. Sie wußte, daß ihre Sorge unvernünftig war und daß Miß Millers Rat und Zuspruch vernünftig war. Aber dennoch war sie aufgeregt. Sie versuchte sich einzureden, daß ihr ungewöhnliches Verhalten durch die lange Reise ausgelöst wurde, aber gleichzeitig wußte sie, daß dies nicht der Fall war. Ihr unangenehmes Gefühl schien von irgendeiner seltsamen Atmosphäre in diesem Haus verursacht. Vielleicht rührte es sogar von der Anwesenheit dieser unbekannten Frau her, die mit Marble so leicht Freundschaft geschlossen hatte, oder von der Fledermaus, die durch die Dämmerung geflattert war, nachdem Benedikt an der Tür geläutet hatte. Vielleicht stand diese Unruhe auch in Verbindung mit dem fremdartigen Duft, der ihr aus der halbgeöffneten Küchentür entgegenströmte. Jane war sich einer keinem Vernunftgrund zugänglichen Panik bewußt. Mit Schrecken merkte sie, daß sie nahe daran war, in Tränen auszubrechen.

»Ich muß sie finden«, sagte sie und wendete sich blindlings der Tür zu. »Ich muß einfach!«

Miß Miller trat vor sie hin und streckte den Kopf in die Küche. »Hat irgend jemand hier –«, sagte sie fröhlich und rief dann erfreut: »Aber da ist sie ja! Es ist alles in Ordnung. Hier ist sie, gesund und munter. Sie ist bei Freunden und unterhält sich bestens!«

Marble hat keine Freunde, dachte Jane wütend. Nur mich und Benedikt. Wieder füllten sich ihre Augen mit Tränen und dann, als sie noch dastand, ihrer Stimme kaum mächtig, fiel ein Schatten zwischen sie und das Licht. Eine Männerstimme sagte höflich: »Ihre Katze, Mrs. Shaw.«

Jane blinzelte, um die Tränen zurückzudrängen, aber ehe sie noch recht sehen konnte, hörte sie schon Marbles Schnurren. Sie lag entspannt in den Armen des Mannes, und ihr Fell sah gegen das dunkle Sakko sehr weiß aus.

»Du schlimme Katze, Marble«, sagte Jane mit unsicherer Stimme, hob sie auf und drückte sie an ihre Brust. »Du schlimme, ungehorsame Katze.« Marble fauchte und versuchte, sich freizukämpfen.

»Ruhig!« Der Fremdling legte seinen Zeigefinger auf den Kopf der Katze. »Benimm dich.« Das Tier war sofort ruhig.

Nun sah Jane zum erstenmal zu dem Mann auf, der vor ihr stand.

»Mrs. Shaw«, sagte Agnes Miller, »das ist Mr. Poole, der geschäftsführende Direktor unserer Gesellschaft. Vielleicht hat Mr. Colwyn Ihnen schon von ihm erzählt.«

»Ich glaube nicht, daß er . . . wenigstens bin ich nicht sicher – ich kann mich eigentlich nicht erinnern . . . Es freut mich, Sie kennenzulernen, Mr. Poole.«

»Ganz meinerseits, Mrs. Shaw.« Er lächelte sie an.

Jane sah weg. »Ich danke Ihnen vielmals, daß Sie Marble eingefangen haben . . . Ich fürchte, ich habe mich recht dumm benommen . . . Ich habe mich ins Bockshorn jagen lassen. Marble ist nicht gewohnt, außer Haus zu sein, und ich hatte Angst, sie würde entlaufen und sich verirren.«

»Selbstverständlich«, sagte Poole. »Ich verstehe das sehr gut.«

»So eine nette Katze«, sagte Miß Miller warmherzig, »so eine wunderschöne Katze.«

Poole sagte nichts. Jane kam plötzlich zu Bewußtsein, daß er Marble gegenüber ganz unsentimental war. Kein Wort darüber, wie hübsch die Katze war, keine dummen Bemerkungen darüber, wie schlimm das Tier gewesen war. Keine unaufrichtigen Beteuerungen, wie sehr er sich freute, ihr dienlich gewesen zu sein. Statt dessen hatte er einfach die Katze mit fester Hand behandelt, etwa so wie ein Veterinärarzt. Und nur eine kurze Ermahnung, als das Tier sich feindselig benommen hatte. Jane hatte den Eindruck beherrschter Kraft, durchdachter Bewegungen und einer kühlen, berechnenden Maskulinität, die gar nicht zu einem Mann zu passen schien, der mit Katzen umgehen konnte, und der sich seinen Lebensunterhalt damit verdiente, etwas zu leiten, das Benedikt als ›eine Gesellschaft von Spinnern‹ bezeichnet hatte.

»Ich wünsche Ihnen einen angenehmen Aufenthalt in dem Häuschen am Meer, Mrs. Shaw«, sagte der Mann. »Ich nehme an, wir werden einander während Ihres Besuches gelegentlich sehen.«

»Ja . . . ich danke Ihnen«, sagte Jane, die selbst nicht recht wußte, was sie sprach. »Wenn Sie mich jetzt entschuldigen –«

»Selbstverständlich, gute Nacht, Mrs. Shaw.«

»Ich begleite Sie hinaus in die Halle«, sagte Agnes Miller. »Ich hoffe, Sie finden in dem Häuschen alles, was Sie brauchen. Ich habe mich ein wenig um die Vorbereitungen gekümmert, weil Mr. Colwyns Haushälterin vor ein oder zwei Wochen gekündigt hat. Man bekommt heutzutage so schwer Personal, und die Mädchen und ich haben einstweilen den Haushalt selbst geführt.«

»Mädchen?«

»Ja, wir sind zwölf«, sagte Miß Miller freundlich. »Alle Altersgruppen und Berufssparten sind vertreten. Es ist sehr anstrengend! Meine Schwester Harriet und ich leiten sozusagen die Gruppe und teilen die verschiedenen Arbeiten und Aufgaben auf. Wir kümmern uns um all den Alltagskram, so daß Mr. Poole freie Hand hat, die wichtigeren Tätigkeiten der Gesellschaft zu planen und zu lenken.«

»Ich verstehe«, sagte Jane, »das machen also Sie zwölf.«

»Dreizehn«, sagte Miß Miller, »mit Mr. Poole.«

»Ja, ja, ich verstehe schon, aber was tun Sie eigentlich?«

Miß Miller antwortete mit ihrer klaren Stimme: »Wir befassen uns mit einer soziologischen Untersuchung der physischen und psychischen Vorzüge einer Ernährungsweise, die durch menschliches Zutun nicht verdorben oder verändert ist. Wir gehen von der Annahme aus, daß wir durch die Tatsache, von Chemikalien unberührte Nahrung, also Früchte des natürlichen Bodens, zu uns zu nehmen, mit der Natur verschmelzen und uns jenen natürlichen Kräften nähern, die unsere Geschicke bestimmen.«

Guter Gott! dachte Jane. »Ja, ja, ich verstehe schon«, sagte sie wieder. Es schien das Beste zu sein, nicht mehr zu sagen.

»Wir sind nur die jüngste mehrerer kleiner Gruppen, die über das ganze Land verstreut sind«, sagte Miß Miller fröhlich. »Wir sind sehr stolz darauf, daß Mr. Poole uns so viel von seiner wertvollen Zeit gewidmet hat, um uns zu helfen, hier Fuß zu fassen. Mr. Poole ist – wie soll ich es ausdrücken? – unser Leitstern. Er hält Kontakt mit allen Gruppen und kümmert sich um die Richtlinien auf nationaler Ebene. Wenn unsere Gruppe erst einmal in sich gefestigt ist und Fuß gefaßt hat, dann geht er wieder anderswo hin. Im Augenblick aber haben wir das Glück, daß er noch hier ist und sich persönlich um unsere Arbeit kümmert.«

»Ah«, sagte Jane. »Ja, natürlich.«

»Ach, du lieber Himmel, Sie machen sich schon bestimmt Sorgen um das Häuschen, und ich stehe hier und rede immer von der Gesellschaft. Ich muß mich wirklich entschuldigen. Also, hier ist der Schlüssel zum Häuschen. Im Eisschrank finden Sie Milch, und in der Speisekammer habe ich ein paar Dinge zusammengestellt, mit denen Sie wohl auskommen werden, bis Sie selbst einkaufen gehen können. Der Küchenherd ist elektrisch, ich persönlich habe Gas lieber, aber elektrisch zu kochen ist sehr sauber und wirtschaftlich, wenn man sich erst einmal daran gewöhnt hat. In der Küche sind genügend Töpfe, Pfannen, Messer, Teller und Besteck, die Bettwäsche ist in dem Schrank unmittelbar vor dem Badezimmer. Das Auto der Wäscherei kommt hier jeden Mittwoch vorbei. Wenn Sie also die Schmutzwäsche am Mittwoch früh heraufbringen, kümmere ich mich um alles. Ich glaube, das ist das Wichtigste, wenn Sie aber sonst noch irgend etwas brauchen, so sagen Sie es mir, bitte . . . Ach, da ist ja Ihr Mann und Mr. Colwyn – und Gwyneth in ihrem Frisiermantel! Gwyneth, mein Liebling, ich dachte, Tristan hätte dir geraten, heute früh zu Bett zu gehen.«

»Ich habe schon geschlafen«, sagte Gwyneth, »aber ich bin natürlich aufgewacht, als alle nach der Katze zu brüllen begannen. Hallo, Jane! Das ist also die Katze! Ist das Ding echt? Sie sieht wie ein Stofftier aus.«

»Leider ist sie nur allzu echt«, sagte Benedikt. »Jane, ich glaube, wir sollten uns auf den Weg machen.«

»Ja«, sagte Jane, »natürlich.«

»Kommt doch morgen herauf, sobald ihr euch eingerichtet habt«, sagte Walter. »Inzwischen wünsche ich euch eine gute Nacht. Jane schaut sehr müde aus.«

»Du siehst selbst ziemlich müde aus«, sagte Benedikt kurz angebunden. »Ich glaube, uns allen täte eine ruhige Nacht gut.«

»Ach, ich bin schon in Ordnung«, sagte Walter unsicher und ging mit ihnen bis zur Tür. »Kennt ihr den Weg? Geht nur bei den Ställen entlang und dann hinunter zum Meer.«

»Gut, und wo ist der Schlüssel?«

»Den habe ich«, sagte Jane. »Gute Nacht, Miß Miller. Nochmals vielen Dank. Gute Nacht, Gwyneth und Walter! Bis morgen.«

Sie gingen. Marble, die nun zu schläfrig war, um sich zu wehren, wurde wieder in ihren Korb gelegt. Benedikt schaltete die Scheinwerfer ein, und der Wagen rumpelte vom Haus hinunter über den dunklen Weg, der zur Küste führte.

»Benedikt«, sagte Jane, »in dem Haus ist irgend etwas sehr Merkwürdiges los. Diese Leute haben es völlig mit Beschlag belegt. Hast du bemerkt, wie schrecklich Gwyneth und Walter aussehen? Was, zum Kuckuck, glaubst du, geht dort vor?«

»Liebling, mach nicht aus allem ein Mysterium«, sagte Benedikt, der versuchte, den Schlaglöchern in der Straße auszuweichen. »Gwyneth sieht immer wie die Hauptdarstellerin eines Dramas aus dem Victorianischen Zeitalter in der Endphase der Schwindsucht aus, und Walter ist, seit wir ihn das letztemal gesehen haben, ein wenig älter geworden, das ist alles. Natürlich muß er am Rande des Bankrotts sein, sonst hätte er nicht diesen ganzen Leuten erlaubt, sich in seinem Haus einzunisten, aber –«

»Das ganze Haus, Benedikt! Miß Miller führt sogar den Haushalt!«

»Nun, wie dem auch sei, so hat er sich wenigstens die Kosten einer Haushälterin erspart. Aber jedenfalls möchte ich mit ihm möglichst bald ein vertrauliches Gespräch führen. Vielleicht kann ich ihn in finanziellen Dingen beraten. Ich kenne Walter! Er stolpert in alle möglichen Schwierigkeiten, wenn ihn nicht jemand fest bei der Hand nimmt und ihm wieder heraushilft. Das ganze Mißgeschick hat wahrscheinlich begonnen, als Evan vor einem Jahr ins Ausland ging und niemand sich darum kümmerte, was hier in Colwyn Court geschah. Gott sei Dank wird Evan gegen Monatsende wieder daheim sein. Wir beide sollten schon imstande sein, die Sache wieder in Ordnung zu bringen.«

»Aber Benedikt, diese Gesellschaft!«

»Nur eine Handvoll harmloser, älterer Damen, meine Liebe, die sich ein wenig mit Kräuterheilkunde befassen. Ich war wirklich erleichtert, als ich Miß Miller kennenlernte und gesehen habe, was für eine nette Frau sie ist. Ich bin überzeugt, daß die Gesellschaft selbst ungefährlich ist. Es ist ihnen lediglich gelungen, Walters ungünstige wirtschaftliche Lage völlig legitim für sich auszunützen.«

»Du hast Mr. Poole noch nicht kennengelernt«, sagte Jane.

»Wer ist Mr. Poole?«

»Miß Miller hat ihn den ›Leitstern‹ genannt.«

»Das ist komisch. Walter hat gesagt, es wären lauter Frauen . . . Nun, was stört dich an Mr. Poole? Ich könnte mir vorstellen, daß ein Mann, der mit einem Dutzend ›mittelalterlicher‹ Frauen arbeitet, die mit natürlichen Nahrungsmitteln experimentieren, irgendein ältlicher Homosexueller ist, aber –«

»Das ist Mr. Poole durchaus nicht«, sagte Jane. »Er ist etwa 35 Jahre alt, hochgewachsen, gutaussehend, gebildet, gut angezogen, sehr höflich und –«

»Und –?« sagte Benedikt, der zu überrascht war, um auch nur eine Spur von Eifersucht zu fühlen.

»Und recht beunruhigend«, sagte Jane. Sie zitterte so sehr, daß Marbles Korb fast von ihrem Schoß glitt.

IV.

Drei Tage vergingen. Benedikt hatte seine tägliche Routine aufgenommen, den ganzen Vormittag zu arbeiten, am Nachmittag zu lesen und am Abend wieder zu arbeiten. An diese Tageseinteilung hatte Jane sich in den Jahren ihrer Ehe schon gewöhnt, aber sie fühlte sich dabei immer noch einsam und alleingelassen, wenn sie selbst nicht ganz ausgelastet war. Am Tag nach ihrer Ankunft hatten sie mit Walter und Gwyneth zu Mittag gegessen, aber Colwyn Court hatte bei Tag weniger unheimlich ausgesehen. Die Mitglieder der Gesellschaft waren in ihrem eigenen Teil des Hauses geblieben, so daß einem kaum zu Bewußtsein kam, daß die Colwyns ihr Haus nicht mehr allein bewohnten. Walter hatte erklärt, Mr. Poole sei aus irgendwelchen Gründen nach London gefahren und würde dort ein oder zwei Tage bleiben. Jane fühlte sich zunächst erleichtert, als sie dies hörte, bedauerte dann aber, daß Benedikt immer noch nicht Gelegenheit haben würde, Miß Millers ›Leitstern‹ kennenzulernen.

Vielleicht aber hätte Benedikt auch Mr. Poole ebenso angenehm alltäglich gefunden wie Miß Miller.

Nach dem Mittagessen hatte Jane Gwyneth vorgeschlagen, die Männer allein zu lassen und hinunter zum Strand zu gehen. Gwyneth aber hatte diesen Vorschlag ohne Begeisterung aufgenommen, sie hatte eingewendet, daß sie nun ihre nachmittägliche Ruhe halten müsse und daß es überhaupt zu heiß sei, bis zu der kleinen Bucht hinunterzugehen. Ihr Gesundheitszustand habe sich wohl gebessert, aber sie hätte kürzlich einen kleinen Rückfall gehabt, und ›Tristan‹ hätte ihr geraten, sich einige Tage zu schonen.

»Heißt er wirklich Tristan Poole?« hatte Jane plötzlich gefragt. Gwyneth schaute sie erstaunt an. »Warum denn nicht?«

»Ach . . . ich weiß nicht. Mir kommt einfach vor, daß das ein sehr unwahrscheinlicher Name ist.«

»Ich verstehe nicht, warum du das sagst«, hatte Gwyneth mißbilligend geantwortet. »Poole ist ein durchaus üblicher Nachname und Tristan – nun, es *gibt* doch Leute, die Tristan heißen, nicht? Mir kommt der Name nicht ungewöhnlicher vor als Benedikt.«

Jane, die nicht streiten wollte, hatte das Thema fallenlassen und war allein zum Strand hinunter spaziert. Colwyn Cove, die kleine Bucht, war Privatbesitz und gehörte zu Walters Gut. Sie hatte einen kleinen, felsüberstreuten Sandstrand und war von hohen Felsklippen umsäumt. Das Landhaus, in dem Benedikt und Jane wohnten, lag an einem Punkt über dem Strand, an dem diese Felswände am niedrigsten waren. Dort erhoben sie sich nur etwa sechs Meter über dem Sandstreifen, und das Haus lag etwa 150 Meter vom Felsabfall entfernt. Die Lage war ausgezeichnet, und aus dem großen Fenster des Wohnzimmers konnte man nicht nur die Wellen in der Bucht brechen sehen, sondern man hatte auch einen Blick nach Norden zu den Ruinen der Burg und der Kapelle, oben auf der Spitze des am weitesten entfernten Felsens, und nach Süden auf den windgepeitschten Adlerfarn und das Heidekraut auf den Klippen in der Nähe. Die Sonnenuntergänge waren prächtig. Nach ihrem ersten Abendessen im Haus waren Jane und Benedikt noch lange Zeit am Fenster gesessen und hatten die Sonne im dunkelnden Meer versinken gesehen.

»Du hast recht gehabt wie immer«, hatte Benedikt gesagt, ihre Hand ergriffen und ihr zugelächelt. »Du hast gewußt, daß das für mich der beste Arbeitsplatz sein würde.« Und am nächsten Morgen hatte er den großen Koffer geöffnet, der seine Bücher enthielt, hatte seine Papiere über den Tisch verstreut und auf seine ältliche Schreibmaschine einzuklopfen begonnen, umgeben von leeren Kaffeetassen und gehäuften Aschenbechern. Walters Schwierigkeiten waren vergessen. Benedikt hatte von seinem Vetter erfahren, daß er ›etwas an Bargeldmangel litt‹, wie Walter es genannt hatte, aber durchaus nicht in ernsten finanziellen Schwierigkeiten war. Diese Entdeckung, zusammen mit der augenscheinlichen Harmlosigkeit der Gesellschaft, hatte Benedikt davon überzeugt, daß er sich grundlos Sorgen gemacht hatte.

»Ich, natürlich«, hatte er zu Jane gesagt, »ich hätte es nicht gerne, wenn ich einen Teil meines Hauses einer Gruppe Fremder überlassen sollte, selbst dann nicht, wenn sie so wohlerzogen wären, wie diese Leute offenbar sind. Aber wenn es Walter finanziell hilft und ihm nichts ausmacht, sehe ich nicht ein, warum dieses Arrangement nicht für alle Beteiligten günstig sein sollte. Es tut Gwyneth bestimmt gut, etwas mehr Menschen um sich zu haben. Meines Erachtens war das Leben, das sie hier führte, ohnehin viel zu zurückgezogen.«

Jane dachte lange über Gwyneth nach. Obwohl sie mehr als dreizehn Jahre älter war als diese, hatte Jane bei den seltenen Gelegenheiten, bei denen sie sich trafen, doch stets Minderwertigkeitsgefühle gehabt. Gwyneth hatte daheim nur eine unzulängliche Ausbildung durch eine Gouvernante erhalten. Das aber änderte nichts an der Tatsache, daß sie einen scharfen Intellekt hatte. Sie hatte einen großen Teil ihres Lebens in schlechtem Gesundheitszustand verbracht, was aber ihrer guten Erscheinung keinen Abbruch tat. Jane hatte lange ihre schlanke Figur, ihr lockiges rotes Haar und ihre weitstehenden blauen Augen bewundert. In der Gegenwart von Gwyneth fühlte sie sich unweigerlich dick und ungeschickt und ziemlich dumm. Überdies trug Gwyneths Vorliebe für die moderne Subkultur, ihre psychodelischen Poster von Popkünstlern, ihre Sammlung von Platten des gerade in Mode befindlichen weißen Blues, ihre Bücher über Berühmtheiten der sechziger Jahre, wie Che Guevara, Andy Warhol und Stokely Carmichael, das alles trug dazu bei, in Jane das Gefühl zu verstärken, sie habe keinen Kontakt mit dieser aggressiven und mysteriösen Generation.

So kam es, daß Jane, auch als Benedikt sich schon ganz in seine Arbeit vertieft hatte und sie viel Zeit für sich hatte, es vermied, tägliche Besuche in Colwyn Court zu machen. Vor sich selbst entschuldigte sie das damit, daß sie Gwyneth nicht dadurch langweilen wollte, daß sie tagtäglich zum Plaudern bei ihr erschien, und daß Gwyneth, wenn sie Geselligkeit wünschte, sicherlich den einen Kilometer vom Herrenhaus zum Landhaus gehen könnte. Offenbar aber verlangte es Gwyneth nicht nach Geselligkeit. Sie besuchte das Haus nicht, und obwohl Jane darüber Erleichterung empfand, bedauerte sie es doch auch wieder.

Abgesehen von ihrem morgendlichen Einkaufsbummel in den Läden des Dorfes, sah sie außer Benedikt niemanden, und es wäre ihr angenehm gewesen, manchmal mit einer anderen Frau zu sprechen.

So aber begnügte sie sich damit, lange Spaziergänge zu machen.

Sie ging zu der Burgruine auf den Felsen hinauf und jenseits, oben auf dem Plateau, an einem Dutzend verlassener Felsbuchten vorbei, bis zur äußersten Spitze der Gower-Halbinsel. Das war das steinige Gebiet von Worm's Head. Sie machte auch Spaziergänge in die andere Richtung, ging, östlich von Colwyn, um ein weiteres Dutzend Buchten herum, in Richtung auf Port Eynon. Auf keinem ihrer Spaziergänge begegnete sie irgend jemandem. Im Juni hatte die Urlaubssaison noch nicht so richtig eingesetzt, und das Wetter war für Tagesausflügler noch zu unsicher. Nach ihren Spaziergängen war ihr die Isoliertheit des Hauses nur um so stärker bewußt.

Am vierten Tag nach ihrer Ankunft besserte sich das Wetter. Die letzten beiden Tage hatte es geregnet, aber an diesem Morgen schien die Sonne, und Jane beschloß, das bessere Wetter auszunützen und den Vormittag mit einem Sonnenbad am Strand zu verbringen. Nachdem sie das Frühstücksgeschirr abgewaschen hatte, ließ sie Benedikt in seinem Zigarettenrauch und mit seinen intellektuellen Gedanken allein und ging mit ihrem Bademantel hinunter auf den Sandstreifen. Die letzte Ausgabe ihres Lieblings-Frauenmagazins trug sie unter dem Arm.

Die Katze ging ihr nach. Seit der Ankunft hatte sie das Tier kaum gesehen. Denn Marble war allmorgendlich auf ihre eigenen Expeditionen verschwunden und vor Nacht nicht zurückgekehrt. Heute aber blieb sie bei ihr und tappte hinter ihr den Weg zum Strand hinunter. Die Katze war unruhig. Einmal landete eine Möwe nur wenige Schritte von ihnen, und sie jagte sie zum Meer hin. Aber die einströmende Flut erschreckte Marble, und sie war außerstande, sich in den Sand zu setzen und sich friedlich zu sonnen.

Nach einer Weile teilte sich ihre Unruhe Jane mit, und sie sah auf. Es war aber nichts zu sehen, außer den Möwen war kein Lebewesen in Sicht; nur oben am Felsen bei der Ruine grasten die wilden Pferde friedlich auf der Wiese. Jane wandte sich wieder ihrem Magazin zu, merkte aber bald, daß sie nichts von dem Gelesenen behielt. Als sie wieder aufsah, merkte sie, daß Marble davongelaufen war.

Sie trabte über den Sand dem Pfad zu, der vom Strand hinaufführte. Ihr Schwanz bewegte sich sanft, die Ohren waren hoch aufgerichtet, und als Jane genauer hinsah, um festzustellen, was sie denn anzog, sah sie eine Gestalt am oberen Rand des Pfades, die innehielt, bevor sie zur Küste hinabstieg.

Es war Tristan Poole.

V.

Als er sie sah, hob er die Hand, und nach einer Sekunde winkte sie zurück und griff nach ihrem Bademantel. Sie hatte keine Ahnung, warum sie es für notwendig hielt, den Mantel anzuziehen. Ihr Schwimmanzug war durchaus anständig und schmeichelte sogar ihrer Figur, und sie schämte sich wirklich nicht ihrer Beine, die stets – selbst zu den Zeiten, in denen sie am dicksten gewesen war – wohlgeformt waren. Dennoch zog sie den Bademantel an. Erst als sie versuchte, den Gürtel zu binden, kam ihr zu Bewußtsein, wie nervös sie war. Ihre Finger zitterten, und ihre Handflächen fühlten sich auf dem rauhen Gewebe feucht an.

Marble hatte nun Poole erreicht und versuchte, dessen Aufmerksamkeit dadurch auf sich zu lenken, daß sie sich um die Knöchel des Mannes schmiegte. Poole sagte irgend etwas – Jane konnte seine Stimme hören, aber nicht verstehen –, und die Katze blieb gehorsam einen Schritt zurück.

Niemand kann eine fremde Katze so beherrschen, dachte Jane. Es ist einfach widernatürlich. Sie mußte ihre ganze Willenskraft zusammennehmen, um nicht zu schaudern, als er auf sie zutrat.

»Hallo«, sagte er, und es klang so natürlich und normal, daß sie ihre Nervosität sofort vergaß. »Wie geht es Ihnen? Übrigens, Ihre Katze scheint mir sehr zugetan zu sein, ich verstehe selbst nicht, warum. Wie haben Sie gesagt, heißt sie?«

»Marble. Sie müssen mit Katzen wirklich gut umgehen können. Sie verhält sich Fremden gegenüber meist sehr feindselig.«

»Feindseligkeit ist zumeist nur ein Ausdruck der Furcht. Ihre Katze fürchtet sich, so wie viele Menschen, vor allen möglichen Dingen. Beseitigen Sie die Furcht, so beseitigen Sie damit auch die Feindseligkeit – und schon haben Sie ein völlig zahmes Tier.« Er beugte sich nieder, streichelte Marbles Kopf gedankenverloren und sah lächelnd auf Jane herab. »Darf ich Ihnen einen Augenblick Gesellschaft leisten?«

»Ja, natürlich«, sagte Jane, die ihre eigene Angst nicht durch feindseliges Verhalten zu erkennen geben wollte. »Wann sind Sie nach Colwyn zurückgekommen?«

»Noch spät gestern abend. Ich war geschäftlich in London ... Kennen Sie eigentlich London?«

»Nicht wirklich. Meine Familie stammt aus Hampshire. Und seit ich geheiratet habe, wohne ich in Cambridge. Meine Schwester hat eine Zeit in London gelebt, aber ich bin ihrem Beispiel nie gefolgt.«

»Sie haben also eine Schwester?«

»Ja, eine. Keine Brüder. Sie ist jünger als ich.«

»Lebt sie immer noch in London?«

»Nein, sie wohnt mit ihrem Mann etwa zwanzig Meilen von der Stadt, in Surrey. Ich glaube aber, daß Lisa gerne, außer dem Haus auf dem Land, eine Wohnung in der Stadt hätte, wenn ihr das möglich wäre. Matt, mein Schwager, aber ist damit nicht so recht einverstanden. Er möchte sich bald aus dem Geschäftsleben zurückziehen, und er möchte auf eine Weile weg von London.« Himmel, dachte sie plötzlich verwundert, warum erzähle ich ihm das alles? Sie versuchte, ihn etwas über sein Leben zu fragen, aber er sprach schon, ehe sie noch eine Frage formulieren konnte.

»Wenn jemand der Stadt auf eine Weile entrinnen wollte«, sagte Poole, »dann sollte er doch hierher kommen. Ich weiß nicht, ob Ihr Schwager das Meer mag, aber der Streifen Küste hier ist meines Erachtens so gut wie hundert Lichtjahre von London entfernt.«

»Ja, das sagt auch Matt. Und er ist, nachdem er Lisa vor drei Jahren geheiratet hat, einmal hierhergekommen, und ich kann mich gut erinnern, daß ihm die Gegend hier, während sie in Colwyn Court wohnten, sehr gut gefiel. Wissen Sie, er ist wirklich ein ganz offener Mensch mit entsprechend natürlichem Geschmack ...« Und Sie ertappte sich dabei, daß sie ihm alles über Matthew Morrison, über dessen stürmische Werbung um Lisa und über Lisas ersten Mann erzählte, der Fernsehproduktionen und Dokumentarfilme über Zeitgeschehen gemacht hatte. Sie erzählte ihm sogar, daß Lisas erster Mann tödlich verunglückt war, als er einen Film über die chinesische Infiltration Hongkongs gedreht hatte. Während einer wagemuten Erkundungsfahrt entlang der Küste Rotchinas war er ertrunken. Von Lisas erstem Mann kam das Gespräch auf deren Kinder, und dann kam Jane auf Nicole zu sprechen, die Matts einziges Kind war. Eben war sie dabei, die Geschichte von Nicoles unglücklicher Liebe zu Evan Colwyn zu erzählen, als ihr plötzlich klar wurde, wieviel sie dem Fremden schon gesagt hatte. »Entschuldigen Sie«, sagte sie verlegen. »Sicherlich kann das alles Sie nicht interessieren. Wie dumm von mir.«

Er lächelte. Sein Lächeln war sehr anziehend. Sie merkte, daß seine Zähne nicht ganz ebenmäßig waren, aber irgendwie machte das sein Lächeln noch netter. Nun, da sie ihn sich genauer ansehen konnte, bemerkte sie, daß er gar nicht so gutaussehend war, wie es auf den ersten Blick geschienen hatte. Sein Mund war zu breit, auch seine Backenknochen. Sein Kinn schien etwas zu eckig. Aber er war anziehend. Zu anziehend, dachte sie, und blickte schnell fort, da sie fürchtete, daß ihr unfreiwilliges Interesse an seinem Gesicht falsch gedeutet werden konnte.

»Sie irren sich«, sagte er ruhig. »Was sie mir erzählt haben, hat mich außerordentlich interessiert. Menschen – vor allem Menschen wie Ihr Schwager – haben mich immer fasziniert. Ich bewundere jeden, der seine Karriere als Laufbursche beginnt und als Aufsichtsratsvorsitzender beendet. Wahrscheinlich besteht keine Aussicht, daß Ihre Schwester und Ihr Schwager Sie hier besuchen?«

»Matt würde sicher gerne kommen«, sagte Jane, »und auch die Zwillinge.« Vor ihrem geistigen Auge sah sie sich die Zwillinge auf Spaziergänge mitnehmen und mit ihnen im Sand spielen.

»Warum rufen Sie Ihre Schwester nicht an und schlagen das vor?«

»Nun, das Haus ist etwas klein –«

»Es hat doch vier Schlafzimmer, nicht? Wäre das nicht genug?«

»Ja . . . ja, ich glaube schon. Ja, das wäre nett. Aber wissen Sie, mein Mann arbeitet doch an einer wissenschaftlichen Veröffentlichung. Es wäre etwas schwierig –«

»Tagsüber hätte er völlige Ruhe. Alle wären ohnehin fort, um sich zu unterhalten.«

»Ja, das stimmt.«

»Wann beabsichtigt Ihr Schwager, sich zur Ruhe zu setzen?«

»Irgendwann in diesem Monat – das genaue Datum weiß ich nicht. Aber ich weiß, daß es bald ist.«

»Würde es Ihnen nicht Spaß machen, Besuch zu haben? – Allein müssen Sie sich doch ganz schrecklich langweilen.«

»Nun . . .«, sagte sie.

»Sie müssen sich doch wirklich einsam fühlen«, sagte Poole. »Geben Sie's doch zu. Sie sind hier von der Welt ziemlich abgeschnitten.«

»Das stimmt«, sagte Jane.

»Im Haus ist genug Platz.«

»Ja, eine ganze Menge Platz.«

»Ich bin sicher, Ihr Mann hätte nichts dagegen.«

»Ja, das glaube ich auch.«

»Natürlich haben Sie vielleicht schon andere Pläne, aber –«

»Ich werde Lisa anrufen«, sagte Jane, »und sie fragen.«

»Gut!« Er lächelte sie wieder an und stand auf. Dabei klopfte er sich den Sand von seinen schwarzen Hosen. »Tja, jetzt muß ich weiter. Sicherlich sehe ich Sie bald wieder, Mrs. Shaw. Empfehlen Sie mich Ihrem Gatten. Ich hoffe, auch ihn bald kennenzulernen.«

Die Katze regte sich, versuchte aber nicht, ihm zu folgen.

»Sicherlich«, sagte Jane. »Auf Wiedersehen, Mr. Poole.«

Und schon war er gegangen. Sie beobachtete noch, wie er den Steilhang hinaufging, und als er ihren Blicken entschwunden war, legte sie sich im Sand zurück und dachte über ihn nach.

Nach einer Weile dachte sie: Ich tu's nicht. Ich werde Lisa nicht anrufen. Sicher nicht!

Dieser Entschluß gab ihr ein besseres Gefühl. Sie setzte sich auf, warf ihr Haar zurück und ließ den Bademantel in einer Geste der Befreiung von ihren Schultern fallen. Aber dann dachte sie: Es wäre doch nett, wenn die Zwillinge hier wären. Vielleicht können sie allein hierher kommen.

Aber die Zwillinge waren wohl jetzt in der Schule. Wie konnte sie das nur vergessen. Sie waren in zwei verschiedenen Internaten untergebracht, und das Schuljahr endete erst in der dritten Juliwoche.

Jeglicher Wunsch, Lisa anzurufen, schwand. Jane setzte ihre Sonnenbrille wieder auf, zog die Zeitschrift zu sich heran und verbrachte den Rest des Vormittags mit dem Versuch, nicht an das seltsame Gespräch mit Tristan Poole zu denken. Aber es ging ihr dennoch dauernd durch den Kopf. Selbst als sie zum Haus zurückkehrte, um das Mittagessen zu bereiten, dachte sie noch immer an die ungewöhnliche Wirkung, die seine Anwesenheit auf sie gehabt hatte. Als sie das Wohnzimmer betrat, läutete das Telefon. Normalerweise gab es in dem Haus kein Telefon, damit Walter nicht durch die Laune irgendeines seiner Sommergäste eine riesige Telefonrechnung ins Haus schneite. Ursprünglich aber war ein tragbares Telefon für den pensionierten Chauffeur vorhanden gewesen, das man für die Shaws vor einer Woche wieder in Betrieb gesetzt hatte.

Jane hob den Hörer ab: »Hallo?«

»Liebling«, sagte Lisa, »ich bin's. Hör einmal zu. Die Zwillinge sind wegen Mumps in Quarantäne, und Matt ist drauf und dran, auf die Kanalinseln zu fliegen. Es ist alles einfach scheußlich. Jane, du *mußt* mir helfen. Ich bin verzweifelt. Ich muß Zeit gewinnen und Matt dran hindern, sich ein Grundstück in Guernsey zu kaufen. Die einzige Möglichkeit, ihn davon abzuhalten, ist, eine Einladung nach Colwyn Cottage zu dir und Benedikt zu bekommen. Liebling, es ist mir so peinlich, dich darum zu bitten, aber glaubst du, du könntest nicht doch –«

»Hast du gesagt, die Zwillinge sind daheim?« fragte Jane.

»Ja, und es ist schrecklich für sie, die armen Kinder. Die Semesterferien waren am selben Wochenende, da haben wir sie aus der Schule genommen und haben einen Freund von Matt besucht, der etwa gleichaltrige Enkelkinder hat. Eines von diesen hat dann am nächsten Tag Mumps bekommen, und da sagte Matt: ›Gut, da haben wir eine Ausrede, die Zwillinge überhaupt bis zum Ende des Semesters aus der Schule zu nehmen und uns schon früher nach Guernsey aufzumachen, ehe noch die Urlauber in Massen hinkommen.‹ Nun, ich . . . hallo, bist du noch dran?«

»Ja«, sagte Jane.

»Du sagst nicht sehr viel«, sagte Lisa vorwurfsvoll. »Seid ihr gerade beim Mittagessen oder was?«

»Nein, Lisa –«

»Weißt du, es geht darum: Matt hat sich in den Kopf gesetzt, auf die Kanalinseln zu ziehen, und ich bin hundertprozentig dagegen. Aber ich bin sicher, ich kann es ihm noch ausreden, wenn ich nur noch ein klein wenig mehr Zeit hätte. Wenn wir euch also besuchen kommen könnten –«

»Benedikt arbeitet doch, Lisa.«

»Nun, wir würden ihn dabei nicht stören! Schließlich wäre Matt den ganzen Tag fort, um sein einfaches Landleben zu führen, die Zwillinge wären am Strand und – nun, ich weiß noch nicht, was *ich* tun werde, aber sicherlich werde ich Benedikt nicht stören. Ich könnte unser Au-pair-Mädchen in Surrey lassen, wenn wir dadurch Platz sparen. Die Zwillinge sind auch allein schon ganz vernünftig, und in einer einsamen Gegend wie Colwyn könnten sie wohl nicht allzuviel anstellen.«

»Ich könnte mich ja um die Zwillinge kümmern«, sagte Jane.

»Oh, Liebling, du weißt, ich würde dich nicht als unbezahltes Kindermädchen ausnützen, aber du kannst wirklich so wunderbar mit Kindern umgehen, und die Zwillinge haben dich so gerne –«

»Wann kommt ihr denn?« sagte Jane.

»Vielleicht Ende der Woche – wäre dir das recht? Oh, Jane, du bist einfach großartig. Wirklich, manchmal wüßte ich nicht, was ich täte, könnte ich mich nicht, wenn's wirklich hart auf hart geht, auf dich verlassen! Jetzt möchte ich dich aber nicht länger aufhalten. Ich nehme an, du bist gerade beim Kochen, und ich möchte Matt sofort sagen, daß du uns alle auf zwei Wochen eingeladen hast. Ich ruf dich später wieder an und sag dir dann, wann wir ankommen.«

»Ja . . . schon gut, Lisa. In Ordnung.«

»Auf Wiedersehn, Liebling. Laß Benedikt schön grüßen, und vielen, vielen Dank!«

»Wiedersehn«, sagte Jane und begann darüber nachzudenken, woher sie den Mut nehmen sollte, Benedikt diese unerfreuliche Nachricht beizubringen.

Benedikt war wütend.

»Diese Frau!« schrie er und schlug mit der Faust so fest auf den Tisch, daß die Schreibmaschine einen Zentimeter hoch sprang.

»Wie kann sie es wagen, uns dazu zu mißbrauchen, ihre Ehekrise zu lösen. Was für eine Unverschämtheit!«

»Nun, so schlimm ist es doch wirklich nicht, Benedikt. Ich meine –«

»Es ist nicht nur so schlimm«, schrie Benedikt, »es ist noch schlimmer. Wie, zum Teufel, soll ich Ruhe und Frieden haben, sobald das Haus von Besuchern überquillt! Wie soll ich mit meiner Arbeit weiterkommen, wenn die Morrisons miteinander streiten und die Kinder schreiend und spielend herumschießen –«

»Ich werde dafür sorgen, daß die Kinder dich nicht stören«, sagte Jane.

»Ja, weiß Gott, das wirst du! Daran hat auch Lisa gedacht. Sie hat die zwei Kinder nur als Köder verwendet!«

»Nein, das hat sie nicht«, sagte Jane.

»Natürlich hat sie! Und zu all dem anderen kommt dann noch dieses verdammte Au-pair-Mädchen –«

»Die kommt nicht mit, Benedikt. Es ist ja nur auf zwei Wochen.«

»Ich glaube nicht, daß ich es zwei Wochen lang mit Lisa unter einem Dach aushalte. Ich bekomme sicher einen Nervenzusammenbruch!«

Jane drehte sich wortlos um, ging zum Telefon zurück und begann, Lisas Nummer zu wählen.

»Um Gottes willen«, knurrte Benedikt, riß den Bogen Papier aus der Schreibmaschine, warf ihn zu Boden und trampelte darauf herum, um seinen Gefühlen Luft zu machen. »Was willst du denn jetzt machen?« Er stürzte zum Telefon, nahm Jane den Hörer aus der Hand und warf ihn auf die Gabel. »Du wolltest doch nicht anrufen, um ihr abzusagen?«

Jane war den Tränen nahe. »Was soll ich denn sonst tun?«

»Aber, aber«, sagte Benedikt schuldbewußt. »Aber, aber, du darfst mich nicht so ernst nehmen. Du weißt doch, daß ich manchmal in der Hitze des Gefechtes Dinge sage, die ich nicht so ernst meine. Lassen wir's bei der Einladung.«

»Aber –«

»Ich habe Morrison gerne, und der einzige Grund dafür, daß mir Lisa so zuwider ist, liegt darin, daß ich glaube, daß sie dich meist nur ausnützt. Ich habe um deinetwillen etwas gegen sie, nicht wegen mir.«

»Aber deine Arbeit – ich hätte sie wirklich nicht einladen sollen –«

»Gut, es ist ja nur auf zwei Wochen, und wenn sie nicht Takt genug haben, mich die meiste Zeit in Ruhe zu lassen, dann werde ich mir kein Blatt vor den Mund nehmen.«

»Ich kann wirklich nicht verstehen, warum ich zugestimmt habe«, sagte Jane verzweifelt. »Ich verstehe es wirklich nicht.«

Die Kinder, dachte Benedikt, und es gab ihm einen kleinen Stich ins Herz. Laut sagte er: »Nun, du spielst doch gern mit den Kindern.«

»Es war nicht nur wegen der Kinder«, sagte Jane verbissen.

»Wirklich nicht, Benedikt.«

»Oh!« Er dachte: Wir sollten doch wieder einmal über Adoption sprechen. Ich war vielleicht zu hart, wenn ich früher immer sagte, ich könne ein Kind nicht genug lieben, wenn es nicht mein eigen Fleisch und Blut wäre. Es war ihr gegenüber unfair. »Nun –«

»Ich meine, vielleicht war es teilweise wegen der Zwillinge, aber . . . Benedikt, ich habe Mr. Poole heute morgen am Strand getroffen. Wir haben über Lisa und Matt gesprochen, und er – er hat mir gesagt, ich soll sie doch einladen, und . . . wie Lisa dann angerufen hat, und bat, ich möge sie einladen, da konnte ich einfach nicht nein sagen. Es fehlte mir einfach die Willenskraft, es ihr abzuschlagen. Es war, als ob . . . ach, ich weiß nicht! Aber es ist alles irgendwie Mr. Pooles Schuld – ich weiß es einfach.«

»Schon gut, schon gut«, sagte Benedikt beruhigend. Er schloß sie in die Arme und küßte sie. »Macht nichts. Es tut mir leid, daß ich mich so habe gehenlassen.«

»Benedikt, du hast mir nicht zugehört. Mr. Poole –«

»Dieser Poole hat dich offenbar ganz behext«, sagte Benedikt. »Ich sehe schon, ich werde ihn möglichst bald kennenlernen müssen, um herauszufinden, warum du ihn so unwiderstehlich findest.«

»Benedikt, ich weiß, du nimmst mich nicht ernst, aber es war wirklich, als wäre ich behext – oder hypnotisiert, oder sonst irgendwas.«

»Unsinn«, sagte Benedikt ruhig. »Du hast einfach mysteriöse Dinge gern, Liebling, das ist bei dir schon so, und wenn es kein Geheimnis gibt, dann erfindest du schnell eines. Es liegt einfach in deiner romantischen weiblichen Natur. In Wirklichkeit hat Mr. Poole einfach gesehen, daß du allein am Strand bist, und vernünftigerweise vorgeschlagen, du solltest die übrige Familie einladen. Dann hat Lisa zufällig angerufen und den gleichen Vorschlag gemacht. Dich hat es gereizt, die Zwillinge wieder einmal zu sehen, und du hast ja gesagt. Ich verstehe nicht, warum du jetzt die Schuld an allem dem armen Mr. Poole zuschieben willst, der wahrscheinlich nur freundlich und nett sein wollte.«

»Ja«, sagte Jane. »Ja, sicher hast du recht. Es ist nur –«

»Ja?« fragte Benedikt neugierig.

»– ich kann Mr. Poole nicht leiden«, sagte Jane. »Ich kann mir nicht helfen. Ich mag ihn ganz und gar nicht.«

VI.

Als Poole nach seinem Gespräch mit Jane nach Colwyn Court zurückkam, fand er dort Agnes Miller in dem kleinen Zimmer, das früher der Haushälterin gehört hatte. Agnes addierte eine Kolonne von Zahlen im vor ihr liegenden Haushaltsbuch und sah verwirrt drein.

»Sag jetzt nichts«, sagte sie, als Poole eintrat. »Ich bin jetzt an einem schwierigen Punkt angelangt. 9 minus 4 = 5, 13 weniger 6 = 7, 2 weniger 7 . . . 2 weniger 7? Ach ja, ist schon klar.« Sie schrieb eine Zahl und sah sie mißtrauisch an.

»Ich werde dir noch eine Rechenmaschine kaufen müssen«, sagte Poole amüsiert.

»Mein Lieber, wir haben kaum mehr genug Geld, einen Laib Brot zu kaufen, geschweige denn eine Rechenmaschine! Was werden wir denn tun?«

»Frauen haben doch immer an einer Krise ihre Freude«, sagte Poole und setzte sich auf das danebenstehende Sofa. Die Beine legte er auf das Tischchen. »Frauen lieben es, sich Sorgen zu machen.«

»Da irrst du dich«, sagte Agnes, »mir ist es zuwider.« Sie knallte das Rechnungsbuch zu. »Was für eine häßliche Sache Geld doch ist!«

»Durchaus nicht«, sagte Poole. »Der Mangel an Geld ist häßlich. Geld an sich macht Spaß.«

»Hör mit deinen Haarspaltereien auf«, sagte Agnes mißmutig. Er lachte. Sie sah ihn an und mußte nun selbst lächeln.

»Eines muß man dir lassen«, sagte sie. »In deiner Gegenwart und bei deinem erstaunlichen Selbstvertrauen ist es schwer, deprimiert zu sein. Ich wünschte nur, ich könnte auch so viel Vertrauen in die Zukunft haben.«

»Agnes«, sagte er, »du bist ein sehr kleingläubiges Wesen.«

Agnes wurde plötzlich ernst. »Daran liegt es nicht«, erwiderte sie. »Natürlich fehlt es mir nicht an Glauben! Wenn ich denke, was du schon alles für uns getan hast, etwa uns hier in dieser idealen Umgebung einquartiert, wie du mit den Colwyns fertiggeworden bist, dich um alles gekümmert hast –«

»Dann sorg dich doch nicht um Geld.«

»Gut«, sagte Agnes. »Aber, wie willst du –«

»Frag mich nie nach meinen Plänen, das ist reine Zeitverschwendung. Wenn ich sie dir mitteilen will, so werde ich das tun.«

»Ja . . . aber laß dir sagen, wie es mit uns im Augenblick steht. Bisher sind wir ganz gut mit der Erbschaft unseres letzten Wohltäters durchgekommen. Wie es aber jetzt aussieht, wird uns das Geld irgendwann Mitte August ausgehen, und wenn wir die üblichen Lammas-Ausgaben haben . . . Schau mich nicht so an, Tristan! Man muß sich ja auch um die praktische Seite kümmern. Das kostet doch alles Geld. Ich kann nicht über fünfzig Leute einladen und nur fünf Pence ausgeben wollen.«

»Wirklich nicht«, sagte Poole völlig ausdruckslos.

»Überdies«, sagte Agnes, die sich für das Thema erwärmte. »Ich halte es auch nicht für respektlos, solche Dinge praktisch zu sehen. Denke doch an die Andere Kirche. Die wußten immer gut mit Geld umzugehen. Die Andere Kirche ist sehr geschickt, wenn's darum geht, finanzielle Mittel aufzubringen, und denkt diesbezüglich sehr praktisch.«

Er schwieg. Agnes sah, daß sie zu weit gegangen war.
»Entschuldige«, sagte sie rasch. »Das hätte ich nicht sagen sollen.
Ich wollte wirklich nicht respektlos sein.«

Wieder trat eine Pause ein, und dann lächelte er sie plötzlich an,
und sie vermochte sich wieder zu entspannen.

»Es schadet nicht, von Zeit zu Zeit an einen Rivalen erinnert zu
werden«, sagte Poole leichthin. »Man könnte fast sagen, daß einen
das zu größeren Leistungen anspornt.«

»Ja, genau!« sagte Agnes freudig. Sie blickte wieder auf das Haushaltsbuch und wünschte, trotz allem, was er gesagt hatte, er könne
sie mit einem Wort etwas beruhigen. »Tristan –«

»Du hast einfach überhaupt keinen Glauben, nicht wahr, Agnes«,
sagte er und lachte. »Absolut keinen!«

»Doch«, verteidigte sich Agnes, »aber – Tristan, wie lange willst
du bei uns hier bleiben?«

»Meine liebe Agnes, du kennst die Antwort auf diese Frage so genau, daß ich überhaupt nicht verstehe, wieso du die Frage stellst. Ich
gehe fort, wenn meine Arbeit getan ist, wenn du und die anderen
hier fest etabliert seid und ihr genug Geld habt, um ruhig zu leben.
Walter Colwyn ist schon alt und wird nicht ewig leben. Sein Sohn
möchte gern nach Amerika auswandern. Gwyneth wird entweder
heiraten oder in einer Nervenklinik enden, vielleicht sogar – je nach
dem, was sie will – beides. In nicht allzu ferner Zeit wird Colwyn
Court versteigert werden, alle werden darauf hinweisen, wie schwer
große Häuser heutzutage zu erhalten sind, und ihr werdet den Besitz mit dem Geld, das ich euch zur Verfügung stellen werde, um eine Bagatelle kaufen. Ich mache mir keine Sorgen um eure Zukunft
hier. Ich bin völlig davon überzeugt, daß ich euch einen guten Platz
gesucht und gefunden habe. Bis Lammas kommt, werdet ihr auch
ein stattliches Bankkonto haben; und nach Lammas werde ich mich
wohl auf den Weg machen. Also! Wolltest du das hören?«

»Ich hoffe, du verläßt dich bezüglich des Geldes nicht auf die Colwyns«, sagte Agnes. »Ich bin ganz sicher, daß Mr. Colwyn eine Hypothek auf dem Haus hat, und auch Harriet ist davon überzeugt. Ich
glaube, er wird ohne einen Penny sterben.«

»Wahrscheinlich.«

»Nun«, sagte Agnes, »ich wollte mich nur versichern, daß du dich nicht auf irgendeine Erbschaft von Colwyn verläßt.«

Poole gab keine Antwort. Bald darauf stand er auf und ging ans Fenster. »Wo sind alle?«

»Sie arbeiten im Kräutergarten. Wir haben mit dem Koriander und dem Bilsenkraut Schwierigkeiten. Es ist so ärgerlich . . . Ja, und Margaret und Jackie sind in der Küche und bereiten das Mittagessen. Tristan, ich mache mir etwas Sorge um Jackie. Ich habe den Verdacht, daß das allwöchentliche Treffen in deinem Zimmer sie nicht mehr befriedigt; vor allem jetzt, da wir alle so asketisch leben, um uns auf Lammas vorzubereiten. Ich glaube, sie sehnt sich nach ein paar Glanzlichtern im Alltag und nach Unterhaltung. Du weißt doch, wie jung sie noch ist, und wie unreif in mancher Hinsicht. Jedenfalls hat sie heute morgen gesagt, sie will sich den Wagen ausleihen, um kommenden Samstag abend nach Swansea zu fahren. Es ging mir durch den Kopf, ob . . .«

»So laß sie doch gehen.«

»Aber nehmen wir einmal an –«

»Agnes, manchmal sprichst du, als wärst du die Schwester Oberin eines Nonnenklosters!«

»Aber *darum* geht es doch nicht«, sagte Agnes. »Es ist nur, nehme ich an, etwas langweilig für sie derzeit, und wenn sie ihre Energien vor dem 1. August verpufft, dann wird sie die Riten nicht als eine so lohnende Erfahrung empfinden. Ich wünschte wirklich, du würdest mit ihr darüber sprechen.«

»Sie wird schon tun, was man ihr sagt, mach dir keine Sorgen. Da sie Lammas zum erstenmal erlebt, wird sie kaum wollen, daß es für sie nicht ein wirkliches Erlebnis wird. Das ist doch elementarste Psychologie.«

»Es ist mehr ihre elementare Sexualität, die mir Sorgen macht«, murmelte Agnes, »nicht ihre elementare Psychologie.« Sie steckte das Haushaltsbuch in eine Lade und verschloß diese. »Was hast du denn heute morgen gemacht?«

»Ach, ich bin spazierengegangen. Zum Strand hinunter. Die Katze war dort, mit Mrs. Shaw.«

»Sie scheint mir eine nette Frau zu sein«, sagte Agnes unbestimmt. »Auch Intuition hat sie. Sie mag uns nicht, weil du dir mit ihrer Katze so viel Spaß machst.«

»Spaß!? Agnes, du verwendest manchmal die merkwürdigsten Wörter!« Er rieb die Kante des Vorhangs zwischen den Fingern. »Mrs. Shaw könnte eine recht anziehende Frau sein, wenn sie es wollte«, sagte er nach einer kurzen Pause. »Merkwürdig ist, daß sie es aus irgendeinem Grund nicht darauf anlegt. Vielleicht handelt es sich darum, daß sie sich unbewußt dem Vergleich mit ihrer Schwester nicht stellen will. Gwyneth hat mir gesagt, daß Lisa, die Schwester von Mrs. Shaw, sehr attraktiv ist.«

Agnes begann die Tendenz des Gesprächs zu erfassen. Ihr immer schon sehr beweglicher Geist sprang nun von einer Möglichkeit zur nächsten. »Du kannst unmöglich an Mrs. Shaw ernsthaft interessiert sein«, sagte sie. »Da gibt es zu viel tief verwurzelte Feindseligkeit.«

»Ja, aber sie ist sehr intuitiv«, sagte Poole, »und sehr suggestibel.«

»Aber –«

»Nein, ich bin wirklich nicht sehr an Mrs. Shaw interessiert. Wann waren Professoren schon je Millionäre? Aber Mrs. Shaw hat eine zauberhaft schöne Schwester, und die schöne Schwester hat einen Mann, dem es selbst in diesen Zeiten übermäßiger Besteuerung gelungen ist, außerordentlich reich zu werden.«

Agnes begann das Herz in der Brust aufgeregt zu schlagen. »Wie hast du denn das herausgebracht?«

»Dafür war kein Sherlock Holmes nötig. Der Mann heißt Matthew Morrison.«

»*Der* Matthew Morrison?«

»Mhm. Und, Agnes, weißt du schon das Neueste?«

Jetzt wird er auch erregt, dachte Agnes. Er vergißt seinen britischen Akzent. »So sag's mir!« lud sie ihn lächelnd ein.

»Herr und Frau Professor Shaw werden in allernächster Zeit Besuch bekommen. Und weißt du, wer dieser Besuch sein wird?«

»Der Industriemillionär Matthew Morrison«, sagte Agnes, deren Vertrauen nun völlig wiederhergestellt war. »Und seine wunderschöne, sehr anziehende, sehr begehrenswerte Frau Lisa.«

3. Kapitel

I.

Vier Tage später studierten die Zwillinge im Fond von Matts Rolls-Royce die Straßenkarte. Der Wagen fuhr durch die Obstgärten westwärts zur walisischen Grenze. Die Zweige der Bäume am Straßenrand bogen sich unter der Last reifender Früchte. Es regnete, still und stetig. Das Gras leuchtete frisch und dicht unter den Hecken. »Herrliches Urlaubswetter«, sagte Lisa trocken und schnippte ein Fleckchen Asche von ihrem gegürteten weißen Regenmantel. »Das ist der Jammer mit England. Wer nicht verliebt in den Regen ist, tut besser daran, den Urlaub im Ausland zu verbringen.«

»Heutzutage schimpfen ohnehin schon zu viele Leute auf England«, sagte Matt. »Selbstkritik ist sicher eine gesunde Sache, aber eine dauernde Selbstverurteilung ist sicher falsch.«

»Patriotismus ist heute nicht mehr modern, Liebling«, sagte Lisa. »Das sagen alle, sogar die Amerikaner.«

»Mami«, sagte Timothy vom Rücksitz. »Wales ist doch nicht England. Du hast gesagt, wir fahren auf Urlaub in England. Das stimmt doch nicht, wir fahren nach Wales.«

»Ach, das ist doch alles dasselbe«, sagte Lisa.

»Wenn du das Walisern sagst, lynchen sie dich«, sagte Matt.

»Onkel Walter sagt, daß die Gower-Halbinsel in Wirklichkeit weder walisisch, noch englisch ist«, sagte Lucy und versuchte, mit ihrem Wissen zu glänzen. »Er sagt, es gibt in Gower eine Menge englischer Namen, aber auch walisische, und kaum irgend jemand spricht hier so walisisch, wie man es im übrigen Wales spricht.«

»Offiziell ist es walisisch«, behauptete Timothy. »Sieh dir doch die Landkarte an.«

»Mir geht die Landkarte schon auf die Nerven«, sagte Lucy. Sie rückte unruhig auf dem Sitz hin und her und preßte ihr Gesicht gegen die Scheibe.

»Guter Gott, Lucy«, sagte Lisa, »kannst du nicht einmal fünf Minuten still sitzen?«

»Warum sollte ich?« fragte Lucy, die von der Reise schon genug hatte und sich über eine Kritik ärgerte, die sie für ungerecht hielt. »Hier auf dem Rücksitz gibt es eine Menge Platz, und Timmy macht's nichts aus.«

»Nun, mir schon«, sagte Lisa. »Und widersprich mir nicht so. Das gehört sich nicht.«

»Ich bin nicht die einzige Person, die gern das letzte Wort hat«, sagte Lucy unvorsichtigerweise.

»Lucy!«

»Genug«, sagte Matt kurz und in einem Ton, der alle zum Schweigen brachte. »Die Fahrt ist lange genug, ohne daß alle sich bemühen, sie noch länger erscheinen zu lassen.«

»Ich wollte, wir wären schon dort«, sagte Timothy schließlich.

Ich auch, dachte Matt.

Wären wir nur auf dem Weg zum Flugplatz, dachte Lisa, mit dem Ziel Nassau, Bermuda oder Jamaika.

»Ich wollte, es würde zu regnen aufhören«, sagte Lucy, hauchte gegen die Fensterscheibe und malte auf dem beschlagenen Glas Bildchen. »Sicher hört es bald zu regnen auf.«

Und so war es auch. Als sie die eintönige Landschaft des Rhondda-Tales hinter sich hatten, wurde die Wolkendecke dünner, der Regen hatte aufgehört, und im Westen war der Himmel schon ganz klar. In Swansea schien die Sonne, und als sie Colwyn im letzten Abendlicht erreichten, lag ein goldener Schein auf den Feldern, die sich zum Meer hin erstreckten.

»Wir können zur Burg hinaufgehen«, sagte Timothy. Es war nun schon drei Jahre her, seit sie alle Colwyn Court nach Matts Heirat mit Lisa besucht hatten. Die Zwillinge waren damals erst sechs gewesen, aber Timothy erinnerte sich noch genau an die Ruine ganz oben auf dem Felsen und an die gegen die Steinküste donnernde See.

»Und die Pferde«, sagte Lucy, »vergiß nicht die wilden Pferde bei der Burg.«

»Und die Höhlen am Strand!«

»Und das Wasser in den Felsmulden, oh –«

»– und Muscheln –«

»Und die dummen Schafe oben entlang den Klippen – der anderen Klippen, vis-à-vis von der Burg –«

»Vielleicht hat Tante Jane Keks für uns gebacken.«

»Kuchen, denke ich.«

»Oder Karamellen! Kannst du dich noch an Tante Janes Karamellen erinnern?!«

»Lecker!«

Die Zwilinge waren nun wieder fröhlich geworden. Erwartungsvoll hüpften sie auf den Rücksitzen des Rolls-Royce herum.

»Ich wollte, wir könnten in Colwyn Court bleiben«, sagte Lisa nicht zum erstenmal. »Ist es denn möglich, daß diese merkwürdige Gesellschaft den *ganzen* Platz für sich beansprucht? Das wäre wirklich schrecklich.«

»Ich bleibe lieber bei Jane«, sagte Matt. »Ich wette, sie kocht besser als Walters Haushälterin.«

»Das ist ja die Schwierigkeit mit Jane«, sagte Lisa. »Sie kocht zu gut. All diese Kalorien!«

»Nicht alle Männer lieben Frauen, die wie Telefonstangen aussehen, weißt du.«

»Danke, Liebling«, sagte Lisa.

Sie ereichten Colwyn Court, und Matt fuhr den Feldweg zu dem Landhaus hinunter. Der Rolls, der auf der schmalen Fahrspur riesig wirkte, schnarrte sanft in die Schlaglöcher und aus diesen wieder heraus und wippte nur mißbilligend in der Federung.

»Da ist ja Tante Jane!« rief Lucy und kurbelte das Fenster herunter. »Tante Jane! Hallo, hast du Karamellen für uns gemacht?«

»Lucy«, rief Lisa, »hast du überhaupt keine Manieren?«

Timothy schob Lucy vom Fenster fort und streckte nun seinen Kopf zum Fenster hinaus. »Hast du eine Torte gebacken?«

Jane lachte, als Matt den Rolls hinter Benedikts Austin anhielt.

»Ich habe eine Schokoladetorte gebacken«, rief sie, »ein ganzes Tablett Karamellen und einen Schokoladekuchen.«

Die Zwilinge heulten vor Vergnügen und stürzten aus dem Auto direkt in Janes Arme.

Matt öffnete gerade seiner Frau den Schlag des Wagens, als Benedikt aus dem Haus trat. Sein spärliches Haar stand zu Berge, und seine Brille balancierte auf der Spitze seiner Nase. »Guter Gott, was für ein Krach«, sagte er nachsichtig.

»Tut mir wahnsinnig leid«, sagte Lisa schuldbewußt. »Lucy, Timothy, hört doch endlich auf! Genug!«

»Ach, laß sie doch«, sagte Jane. »In Wirklichkeit macht es Benedikt gar nichts aus ... Wie geht's euch allen? Ich bin so froh, euch wiederzusehen ...«

Nun kamen einige wirre Augenblicke, während Benedikt und Matt sich des Gepäcks annahmen, die Zwillinge losrasten, um die Schokoladetorte zu kosten, und Lisa sich im Wohnzimmer in einen Lehnstuhl sinken ließ und nach einem Drink verlangte.

»Ja, gleich«, sagte Jane und suchte nach der Flasche Gin, die sie am Morgen gekauft hatte. Sie schien plötzlich verschwunden.

»Da ist sie ja«, sagte Lisa. »Bewahrst du gewöhnlich die Getränke im Kohleneimer auf?«

»Oh! ... Ich muß sie wohl aus irgendeinem Grund da abgestellt haben ...« Jane wurde sich eines rasch wachsenden Gefühls der Desorganisation bewußt.

»Gib mir die Flasche«, sagte Lisa. »Ich mach das schon! Matt, möchtest du einen Drink?«

»Ich habe auch Whisky gekauft«, sagte Jane. »Er muß hier irgendwo sein.«

In kaum drei Minuten hatte Lisa die Drinks gemixt. Die beiden Männer waren immer noch oben mit dem Gepäck beschäftigt, und die Stimmen der Zwillinge verloren sich, als sie zur Hintertür hinausgingen, nachdem sie von der Torte genug hatten.

»Ich kann dir gar nicht sagen, wie schrecklich diese Fahrt war«, sagte Lisa. »Gott sei Dank, ist das nun vorbei. Jane, es tut mir wirklich gut, dich zu sehen. Hör einmal, du mußt mir einen Rat geben. Wenn dein Mann plötzlich auf den Gedanken käme, sich auf dem Nordpol anzusiedeln, was würdest du dann tun?«

»Nun, ich glaube, ich würde mit ihm gehen«, sagte Jane. »Aber ich kann mir wirklich nicht vorstellen, warum Benedikt am Nordpol leben wollte.«

»Ach, Jane, du weißt doch, daß ich's nicht so meine. Weißt du, es geht darum, daß –«

Die beiden Ehegatten kamen geräuschvoll die Treppe herab, und das Gespräch der Frauen endete abrupt.

»Da hast du deinen Drink, Matt«, sagte Lisa.

»Einen Moment noch«, sagte Matt, »ich möchte die Kiste Wein aus dem Auto holen.«

»Eine Kiste Wein«, rief Benedikt und folgte seinem Gast vor das Haus, um zu sehen, ob er recht gehört hatte.

»Natürlich kann man sich immer noch scheiden lassen«, sagte Lisa leise. »Aber . . . weißt du, das mag ich nicht. Weißt du, ich würde sicher Alimente bekommen und all das, aber es wäre doch nicht dasselbe – du weißt, wie das ist, Jane, man gewöhnt sich ein wenig an den Luxus, und außerdem – die Zwillinge . . . Ich glaube, ihretwegen sollte ich durchhalten, nicht wahr? Matt ist so gut zu ihnen. Und nur durch ihn kann ich sie in die besten Schulen schicken . . . Und schließlich liebe ich Matt doch. Wirklich. Es ist nur, daß er in letzter Zeit so wenig Verständnis gezeigt hat – du weißt doch, wie Männer manchmal sind –«

»Ja, ich glaube schon«, sagte Jane. »Nun ja, vielleicht, nein, ich glaube doch nicht. Lisa –«

Die Männer kamen zurück mit der Kiste Wein und stellten sie auf den Eßzimmertisch.

»Das ist wirklich sehr nett von dir, Matt«, sagte Benedikt und studierte die Etiketten voll Interesse.

»Nein, es ist sehr nett von dir«, sagte Matt, »daß du nichts gegen unsere Invasion hast. Wo ist mein Drink, Lisa?«

»Hier, Liebling.«

»Wie geht es deiner Tochter, Matt?« sagte Benedikt und griff nach seinem Whisky-Soda.

»Ja, wie geht's Nicole?« sagte Jane. Sie war froh, damit Lisas Eheproblem auszuweichen. »Ich wünschte, sie würde uns manchmal in Cambridge besuchen.«

»Ach, du kennst Nicole doch«, sagte Matt. »Man muß sie immer ein wenig drängen, bevor sie etwas tut. Aber ich bin sicher, sie würde euch gerne besuchen.«

»Nicole ist jetzt so festgefahren«, sagte Lisa. »Immer den gleichen Job, die gleiche alte Wohnung in Hampstead . . . Es ist wirklich ein Jammer.«

»Wenn sie dabei zufrieden ist, sehe ich nicht ein, warum das so ein Jammer sein sollte«, sagte Matt scharf. »Wenn sie mit dem Stand der Dinge zufrieden ist, so ist das ein Glück.«

»So sei doch nicht naiv, Matt«, sagte Lisa. »Kein unverheiratetes und auch nicht verlobtes Mädchen Mitte der Zwanzig wird je mit dem Stand der Dinge zufrieden sein.«

»Ich war's«, sagte Jane. »Es war eine der glücklichsten Zeiten meines Lebens. Ich habe mich um diese Kinder in Schottland gekümmert und mich glänzend unterhalten. Die ganze Familie war so nett.«

Das Gespräch begann sich um Schottland zu drehen und Matt, der ein begeisterter Fischer war, begann den riesigen Lachs zu beschreiben, den er dort im vergangenen Sommer gefangen hatte.

Jane fiel plötzlich die Kasserolle ein, die sie im Backrohr stehen hatte, und sie stellte ihr Glas mit Sherry auf den Tisch. »Guter Gott, ich habe ganz aufs Essen vergessen, bitte entschuldigt mich.«

Lisa ging ihr in die Küche nach.

»Ich wüßte gern, wo die Zwillinge sind«, sagte Jane und hoffte, jeder weiteren Diskussion über Lisas eheliche Situation auszuweichen. »Das Abendessen wird in etwa zwanzig Minuten fertig sein. Meinst du nicht, daß du nachsehen solltest, wo sie sind?«

»Vielleicht sollte ich das«, sagte Lisa unglücklich. »Kann ich dir hier mit etwas helfen?«

»Nein, nein, es ist alles in Ordnung. Es sieht etwas wirr aus, ich weiß, aber ich schaff' es schon . . .« Sie öffnete das Backrohr und sah hinein.

»Nun, vielleicht können wir später sprechen«, sagte Lisa, »nur du und ich. Ich habe das Gefühl, ich *muß* einfach jemandem mein Herz ausschütten, oder ich zerplatze. Und du verstehst mich doch so gut, Jane.«

»Mhm«, machte Jane und stach eine Karotte an, um zu sehen, ob sie schon gar war.

»Vielleicht morgen irgendwann?«

»Gut.« Erleichtert sah sie, wie Lisa auf der Suche nach den Zwillingen zum Hinterausgang ging. »Zwanzig Minuten, Lisa«, rief sie ihr nach.

»Gut, Liebling. Ich hoffe, die beiden kleinen Ungeheuer sind nicht zu weit fortgelaufen.« Lisa verließ das Haus und schlug den Pfad ein, der an den Strand hinunterführte, aber die Zwillinge waren nirgends zu sehen. Glücklicherweise trug sie ihre neuen schmalen Wildlederschuhe, die ganz speziell für Wochenenden auf dem Land angefertigt waren. So fiel es ihr nicht schwer, an den Strand zu gelangen und in Richtung der Höhlen zu gehen, die die Zwillinge bei ihrem früheren Besuch in Colwyn unwiderstehlich gefunden hatten.

»Lucy!« rief Lisa. »Timothy!« Aber es kam keine Antwort.

Sie ging weiter. Es hatte kurz vor ihrer Ankunft geregnet, das sah sie nun, da der Sand im starken Schein der Sonne dampfte. Der aufsteigende Dunst ließ alles geisterhaft erscheinen, und Lisa hatte ein seltsam unwirkliches Gefühl, als schritte sie durch eine Fantasielandschaft. Sie konnte die Höhlen nicht mehr klar erkennen.

»Lucy!« rief sie. »Lucy, bist du hier?«

Immer noch keine Antwort. Widerstrebend schritt sie weiter auf die Höhlen am Fuße des Felshanges zu, und es schien ihr, als bewege sich jemand durch die geisterhaften Nebelsäulen auf sie zu.

Lisa hielt an. Wie viele Stadtmenschen hatte sie eine unheimliche Furcht vor der Einsamkeit auf dem Land und die Angst vor der Begegnung mit einem Fremden, wenn sie sich allein an einem einsamen Ort befand.

»Wer ist da?« rief sie scharf.

Es war ein Mann. Sie konnte ihn immer noch nicht klar erkennen, aber sie wußte, daß er hochgewachsen war, einen dunklen Pullover und dunkle Hosen trug.

Der Teufel soll die Zwillinge holen, dachte Lisa, nur ihretwegen bin ich jetzt hier. Sie wußte nicht, ob sie fortlaufen oder aber bleiben und sich völlig unbesorgt geben sollte. Ihr Instinkt hieß sie laufen. Aber der Mann war jetzt schon zu nahe, und sie erschrak plötzlich davor, sich vielleicht völlig lächerlich zu machen, indem sie wie ein erschrecktes Kaninchen davonlief. Sie blickte ihn noch einmal an, und was sie sah, beruhigte sie. Er wirkte völlig vernünftig und durchaus nicht wie ein herumstreunender wahnsinniger Mörder.

»Entschuldigen Sie«, rief sie, einer Eingebung folgend. »Haben Sie zufällig zwei Kinder gesehen, einen Knaben und ein Mädchen, etwa neun Jahre alt, blond und mit blauen Augen?«

»Ich fürchte nein.« Er lächelte sie an. »Sie sind wohl Mrs. Morrison, nicht wahr?«

Nun, da er ihr näher war und der unheimliche Nebel sie nicht mehr trennte, fühlte sie ihre Furcht schwinden. Sie war froh, daß sie nicht in kindischer Angst davongelaufen war. Er sah recht nett aus. Sie mochte sein Lächeln und lächelte selbst zurück.

»Woher wissen Sie das?« fragte sie überrascht.

»Ich bin von Colwyn Court, und ich weiß, daß die Shaws Sie und Ihre Familie heute erwarteten.«

»Oh!« sagte Lisa, sie verstand sofort. »Sie müssen einer von dieser Gesellschaft für – es tut mir leid, ich hab' den Titel jetzt vergessen, aber –«

»Ja, ich bin der Generaldirektor.«

»Ach, ich verstehe, Mr. –«

»Poole«, sagte er darauf, »Tristan Poole. Erfreut, Sie kennenzulernen, Mrs. Morrison.« Er streckte ihr die Hand hin.

Lisa gab ihm ihre Hand und fühlte, wie sich seine Finger um die ihren schlossen. Es entstand eine Pause. Hinter ihnen strömte das Wasser in der Ebbe ab, und die Möwen zogen über dem nassen Strand ihre Kreise. Immer noch stieg der Dampf aus dem Sand auf, aber Lisa merkte es nicht mehr. Sie sah nur noch den Umriß von Pooles Kinn, sein vom Wind wirres Haar und das helle Leuchten seiner Augen.

»Schau, schau«, sagte Poole »jetzt sehen die Dinge in Colwyn weit besser aus.« Und wieder lächelte er.

O Gott, dachte Lisa, was für ein anziehender Mann. »Was tun Sie denn hier?« sagte sie, ohne viel nachzudenken. »Sie sehen aus wie einer, der in London sein sollte oder in Paris oder New York.«

»Das gleiche möchte ich von Ihnen sagen, Mrs. Morrison, vielleicht können wir einander dabei behilflich sein, uns mit der Eintönigkeit des Landlebens abzufinden.«

»Das *einfache* Leben«, sagte Lisa ironisch und dachte an Matt.

»Es gibt kein einfaches Leben«, sagte Poole. »Nur einfache Leute – und einige sind noch einfältiger als der Rest.«

»Da haben Sie aber wirklich recht«, sagte Lisa. Dann hielt sie inne. Wie kam es, daß sie zu einem wildfremden Menschen so offenherzig sprechen konnte? Die ungewohnte Landluft war ihr offenbar zu Kopf gestiegen. »Nun«, sagte sie, »jetzt muß ich aber meine Kinder suchen. In zehn Minuten serviert meine Schwester das Abendessen –«

»Gestatten Sie, daß ich Ihnen beim Suchen helfe. Sind Sie sicher, daß sie hier zum Strand heruntergekommen sind?«

»Nein, ich –«

»Vielleicht sind sie dann zur Burgruine – zur Kapelle hinaufgegangen. So etwas gefällt doch Kindern, denke ich.«

»Ja, natürlich!« rief Lisa aus, und es fiel ihr ein, daß die Kinder früher schon im Auto die Burg erwähnt hatten. »Wie dumm von mir, warum habe ich nicht gleich daran gedacht?«

»Ach, es war ganz natürlich, daß Sie zuerst an den Strand dachten«, sagte er und bot ihr wieder die Hand. »Geben Sie auf die Steine hier acht«, sagte er. »Die sind recht schlüpfrig.«

Lisa ergriff wortlos seine Hand. Ihr Herz pochte schwer gegen ihre Rippen, und sie wußte, daß dies nicht nur mit dem Erklimmen des steilen Felspfades vom Strand herauf zu tun hatte. Als sie, oben angekommen, innehielt, um Atem zu schöpfen, fühlte sie, wie sie die Beherrschung über sich selbst verlor, und ihre Zunge sprach wie von selbst.

»Sind Sie verheiratet?« hörte sie sich plötzlich fragen.

»Im Augenblick nicht.«

»Wollen Sie damit sagen, daß Sie schon einmal verheiratet waren?«

»In einem gewissen Sinne, ja.«

Lisa ging im Geiste verschiedene beschönigende Ausdrücke durch. »Sie wollen sagen, Sie haben mit jemandem zusammengelebt«, sagte sie, »ohne den Segen der Kirche.«

Er lächelte und schwieg.

»Ich bin schon zum zweitenmal verheiratet«, sagte Lisa. »Meine erste Ehe hatte schon beinahe jeden Sinn verloren, als mein Mann verunglückte. Mit meiner zweiten Ehe geht's mir nicht viel besser. Manchmal bin ich sehr gegen die Ehe und halte sie für eine der idiotischesten gesellschaftlichen Einrichtungen.«

»Ja, aber man kann dem doch immer ein Ende bereiten.«

»Nein, das kann ich nicht. Bei mir steht zu viel auf dem Spiel. Eine Scheidung kommt für mich nicht in Frage.«

»Wer hat etwas von Scheidung gesagt?«

»Aber . . . ja, weil ich entweder wirklich verheiratet und treu bleibe oder die Beziehung ganz abbreche. Matt würde sich auf keinen Kompromiß einlassen. Es ist undenkbar, daß er sich mit irgendeinem ›Arrangement‹ zufriedengeben würde. Ich meine, ich könnte ihm einfach nicht untreu sein –«

»Wen wollen Sie eigentlich zum Narren halten, doch hoffentlich nicht mich?«

»Aber! . . .«

»Alles, was Ihnen bisher gefehlt hat, war die günstige Gelegenheit. Ist die einmal gekommen – werden Sie nicht einen Augenblick zaudern.«

»Das ist nicht wahr!« schrie Lisa.

»Lügnerin«, sagte Poole, und sie fühlte seine langen Finger um ihre Taille gleiten.

Nachher konnte sich Lisa nicht mehr deutlich erinnern, was eigentlich dann geschehen war. Sie hatte das ungläubige Gefühl, daß sie sich ihm tatsächlich zugewendet und ihm den Mund zum Kuß geboten hatte, aber das konnte doch nicht wahr sein. Sie hatte sicherlich schon manchmal wilde Dinge getan, aber sie hielt sich nicht für nymphomanisch – und was konnte der Nymphomanin näher liegen, als sich einem fremden Mann anzubieten, den man erst fünf Minuten kannte? Aber, ob nun ihre Rolle passiv gewesen war oder nicht – zweifellos hatte Poole sie geküßt, und sie hatte sich dann an ihn geklammert, bis er sie sanft von sich geschoben hatte.

»Ihr Mann darf uns so nicht sehen«, sagte er lächelnd und blickte über die Schulter zum Haus hin. Lisa war unfähig, auch nur ein Wort zu sagen. Sie zitterte an allen Gliedern. Sie konnte sich kaum bewegen.

»Schon gut«, sagte Poole. »Dank dieses großen und sehr günstig placierten Felsbrockens kann man uns von den Fenstern des Hauses nicht sehen.« Dabei gab er dem Felsen einen freundlichen Klaps und wendete sich von ihr ab. »Warum kommen Sie nicht morgen hinauf ins Herrenhaus?«

»Gut«, sagte Lisa. Dann sagte sie: »Nein, ich sollte besser nicht.« Er zuckte die Achseln und war durch ihren offensichtlichen Kampf mit Vernunft und Gewissen sichtlich amüsiert.

»Ich muß jetzt gehen«, sagte Lisa, rührte sich aber nicht vom Fleck. »Ich muß gehen.«

»Ja, wenn Sie müssen, dann müssen Sie wohl«, sagte Poole.

Sie standen reglos und blickten einander an. Plötzlich vollführte Poole eine seltsame Handbewegung. »Gehen Sie.«

Im Nu flossen Kraft und Koordination wieder in Lisas Glieder, sie begann zu laufen. Der Pfad führte steil hinan, und ihr Atem ging in schluchzenden Stößen, aber sie lief weiter. Sie lief, bis sie den hinteren Eingang des Landhauses erreicht hatte und keuchend auf der Schwelle der leeren Küche stand.

Jane trat einen Augenblick später ein. »Lisa, was ist mit dir los, was ist geschehen?«

»Nichts«, sagte Lisa wütend, »nichts.«

»Aber –«

»Red mich nicht an.«

»Schon gut«, sagte Jane. »Übrigens, die Zwillinge sind zurückgekommen. Ich habe sie hinaufgeschickt, damit sie sich waschen. In etwa fünf Minuten gibt's Abendessen, das Gemüse hat etwas länger gebraucht, als ich dachte.«

Lisa ging ins Wohnzimmer. Dort erzählte Matt gerade von der besonderen Lachsart, die im Wyefluß vorkommt.

Lisa lief nach oben und sah durch die geöffnete Badezimmertür, wie die Zwillinge sie schuldbewußt ansahen. Sie waren gerade dabei gewesen, sich die Hände zu waschen.

»Es tut uns leid, daß du uns suchen gehen mußtest, Mami«, sagte Timothy schließlich. Die Zwillinge hatten sich schon seit langem darauf geeinigt, daß Timothy die bessere Begabung für Entschuldigungen hatte. »Wir wollten dich nicht ängstigen.«

»Schon gut, Kinder«, sagte Lisa. »Ich rege mich ja gar nicht auf.«
Sie sah einen ihrer Koffer im Schlafzimmer nebenan, stürzte über
die Schwelle, schlug die Tür hinter sich zu und ließ sich aufs Bett fallen.

II.

»Vielleicht sollten wir heute am Morgen zum Herrenhaus hinaufgehen«, sagte Matt zu Lisa, während sie sich am nächsten Tag vor dem
Frühstück ankleideten. »Wir sollten Walter und Gwyneth begrüßen.«

»Ich glaube nicht, daß mir danach zumute ist«, sagte Lisa rasch,
und als Matt sie ganz erstaunt ansah, fügte sie verwirrt hinzu: »Natürlich will ich Walter und Gwyneth sehen, aber ich möchte jetzt
noch nicht nach Colwyn Court hinübergehen. Vielleicht kommen
sie ohnedies herunter, um nach uns zu sehen.«

»Warum, zum Teufel, willst du nicht hinauf nach Colwyn Court
gehen?«

»Oh . . .« Lisa sah lustlos drein. »Am liebsten ginge ich heute gar
nirgendwo hin. Mir ist nicht recht gut.« Es war nur eine schlechte
Ausrede, aber zu ihrer Erleichterung schien Matt sie ohne weitere
Fragen hinzunehmen.

»Schon gut«, sagte er. »Vielleicht gehe ich mit den Zwillingen
nach dem Frühstück auf ein paar Minuten hinauf, nur so der Höflichkeit halber. Und während wir oben sind, schlage ich dann Walter
und Gwyneth vor, daß sie irgendwann nachmittags zu uns ins Haus
kommen. Es tut mir leid, daß du dich nicht gut fühlst – warum
bleibst du heute morgen nicht im Bett und ruhst dich aus?«

»Nun, das sollte ich wahrscheinlich«, sagte Lisa. Aber sie tat es
nicht. Sobald Matt und die Zwillinge nach dem Frühstück aufgebrochen waren, zog sie einen blau-weißen Hosenanzug an, vollendete
ihr Make-up, um sich eine dem Landleben gemäße Farbe zu geben,
und band ihr dichtes, blondes Haar mit einem Tuch zurück, das im
Blau zu ihrer übrigen Kleidung paßte.

»Ich geh hinunter zum Strand, Jane«, sagte sie, als sie ihre Schwester in der Küche antraf. »Ich glaube, die Seeluft wird mir guttun ... Kann ich dir beim Abwaschen helfen?«

»Nein, natürlich nicht!« sagte Jane, die ein langes Gespräch über Lisas Probleme fürchtete. »Du bist doch auf Urlaub! Ich freue mich, daß du dich schon besser fühlst.«

»Ach, ich war nur nach der langen Reise etwas müde«, sagte Lisa. »Jetzt habe ich mich schon ausgeruht.« Sie spazierte zur offenen Hintertür hinaus, und Janes Katze folgte ihr.

»Verschwinde!« sagte Lisa, die Marbles schmutzige Pfoten auf den Pastelltönen ihres Hosenanzuges fürchtete. »Marsch!«

Aber Marble folgte ihr bis zum Abfall der Klippen und ging erst zurück, als sie die Felsen zum Sandstreifen hinunterzuklettern begann. Sie konnte noch sehen, wie sie in Richtung auf Colwyn Court davonlief; ihr buschiger Schwanz wehte hinter ihr her, und ihre Beine bewegten sich so schnell, daß sie sich nur als weißer Schein vom Braun des Weges abhoben.

Lisa ging über den Strand und beobachtete die hereinströmende Flut. Die Sonne schien unbeständig; die Luft war kühl, aber Lisa war es in Pullover und Jacke warm genug, und sie merkte nichts davon. Lange stand sie dann und sah aufs Meer hinaus. Sie beobachtete, wie der weiße Schaum den Sand wegschwemmte und fühlte das Dröhnen der hereinbrechenden Wellen. Und als sie sich letztlich umwendete und sah, daß sie nicht mehr allein war, war sie nur darüber überrascht, daß sie so gar nicht überrascht war. Im nächsten Augenblick schlug ihr Herz sehr schnell, ihr Mund war trocken, und etwas in ihrem Rückenmark kitzelte erwartungsvoll.

»Hallo, Lisa«, sagte Tristan Poole, als er über den Sand auf sie zuschritt. »Es ist schön, dich hier zu treffen.«

III.

»Onkel Matt«, sagte Lucy und ergriff die Hand ihres Stiefvaters, »gehen wir doch zur Burg hinauf!«

Inzwischen waren die Höflichkeitsbesuche in Colwyn Court abgewickelt worden, die Zwillinge hatten Limonade getrunken und Ingwerkekse gegessen, während Walter ihnen die neuesten Stücke seiner Sammlung seltener Blumen gezeigt hatte. Und Gwyneth hatte ihnen großmütig gestattet, die neuesten Singles der Hitparade anzuhören.

»Ich mag Gwyneth«, hatte Timothy zu Lucy gesagt, »sie ist überhaupt nicht wie eine Erwachsene.«

Nach dem Besuch bei Gwyneth hatten sie Miß Miller von der Gesellschaft zur Förderung gesunder Ernährung kennengelernt und hatten ihr ganz wunderbar die ›Zwillingsrolle‹ vorgespielt. Sie hatten sie mit großen, unschuldigen Augen angesehen und süß gelächelt, als sie ein über das andere Mal ausrief, wie lustig es sein müsse, Zwillinge zu sein, und daß sie gerade wie zwei kleine Engel aussähen.

»Der Schein trügt, Miß Miller«, hatte Matt eingewendet, und alle Erwachsenen hatten gelacht – recht blöd, wie die Zwillinge meinten.

»Ihr seid in Wirklichkeit kleine Teufel, nicht wahr, Zwillinge?«

»Teufel in Person«, hatte Lucy geruhsam gesagt, und Miß Miller hatte sie dabei ganz seltsam angesehen.

»Diese Miß Miller hat mir nicht gefallen«, hatte Timothy nachher gemeint.

»Warum nicht? Sie ist ein blödes altes Weib wie jede andere. Du weißt, wie dumm sie in dem Alter sind.«

Schließlich, nach mehreren Gläsern Limonade und unzähligen Ingwerkeks, hatte man den gesellschaftlichen Verpflichtungen Genüge getan, und Matt führte die Zwillinge durch den Garten und den Pfad hinab zum Landhaus.

»Waren wir in Ordnung, Onkel Matt?« wollte Lucy wissen. Sie war zwar nicht sicher, daß sie sich bestens benommen hatten, wollte aber doch das Kompliment hören. »Waren wir brav?«

»Vollkommen!« Matt hatte gelächelt, als sie an seiner Seite auf und nieder sprang. »Ihr wart beide wunderbar.«

In diesem Augenblick hatte Lucy, die nun völlig obenauf war, vorgeschlagen, daß sie alle miteinander zur Burg hinaufgingen.

»Ihr wollt doch nicht, daß ein alter Kerl wie ich euch nachläuft?«

sagte Matt, der meinte, er solle nun wohl zum Häuschen zurückgehen, um nach Lisa zu sehen.

»Ja, ja, ja!« schrie Lucy und ergriff seine Hand, um ihn gefangenzunehmen.

»Dreifach ja!« schrie auch Timothy und langte nach der anderen Hand, so daß der Gefangene nicht entkommen konnte.

»Okay!« lachte Matt. Es machte ihm nichts aus, jetzt nicht nach Lisa zu sehen, sie lag wahrscheinlich noch immer im Bett und schmollte wegen der Bahamas. »Schon gut, wir gehen hinauf zur Burg.«

Die Burg war vor etwa 600 Jahren erbaut worden, nachdem Edward I. die Waliser unter seine Herrschaft gebracht hatte, war aber bereits zur Zeit, in der die Tudors Ende des 15. Jahrhunderts an die Macht gelangten, wieder verlassen worden. Jetzt war diese Burg nur mehr eine verwitterte Ruine am Felsgrat westlich der Bucht von Colwyn. Es gab Teile einer Einfriedung, die Außenmauer eines Turmes und eine Reihe verstreuter Mauerreste. Durch die normannischen Fenster hatte man immer noch einen Blick über die Ebene bis zu Meer, Brandung und Sand.

»Ist das nicht ein prächtiger Ort?« sagte Timothy mit leuchtenden Augen.

Nächst der Burg gab es eine Kapelle, die zwar kein Dach mehr hatte, aber dennoch besser erhalten war als die Burg selbst. Ein Archäologe hatte Walter gesagt, die Kapelle sei später aus Ziegeln der Burg erbaut worden, als diese zu verfallen begann. Die Kapelle war aber seit der Zeit der Reformation nicht mehr benützt worden und hatte offenbar nur kurze Zeit ihrem Zweck gedient. Walter hatte beim Bautenministerium um einen Zuschuß angesucht, um die Ruine zu sichern und vor weiterem Verfall zu bewahren. Dieser Zuschuß war unter der Bedingung gewährt worden, daß er seinen Besitz der Öffentlichkeit einmal im Monat zugänglich mache, so daß die Steuerzahler Burg und Kapelle besuchen und sehen konnten, was mit ihrem Geld geschehen war. Es kamen aber nur wenige. Es gab keine gedruckten Broschüren, keine Postkarten, keine Imbißbuden oder Souvenirläden, und die meisten Touristen, die in die Gegend kamen, waren nicht daran interessiert, etwas anzusehen, was die meistern nur für ›schon wieder eine alte Ruine‹ angesehen hätten.

Um die Burg herum weideten etwa zwanzig wilde Pferde aus einem Blut, das sich auf dem Colwynschen Besitz schon seit grauer Vorzeit gehalten hatte. Es waren magere, graziöse Tiere mit langen Nacken, sanften Augen und Schweifen, die im Wind hinter ihnen wehten, so oft sie den Abhang zum Strand hinabgaloppierten. Als Matt und die Zwillinge sich jetzt der Burg näherten, begannen sie zu galoppieren, und eine Minute später donnerte die ganze Herde den Pfad herab, der in die nächste Bucht führte. Dort gab es einen Bach mit frischem Wasser, der die Tränke für die Pferde bildete.

»Hier möchte ich gerne leben«, sagte Timothy, »auf immer und ewig. Hier in der Burg mit meinem eigenen Pferd.« Als er sah, daß Matt einige Schritte entfernt war und in die Bucht von Colwyn hinunter sah, flüsterte er Lucy zu: »Wenn Daddy aus China herauskäme –«

»Timmy, wir haben uns doch auf Tibet geeinigt.«

»Vielleicht ist er jetzt schon in Indien. Liegt Indien bei Tibet? Aber, wenn er schließlich heimkommt –«

»Mit seinem großen Reichtum«, sagte Lucy, »seinen Juwelen aus dem Taj Mahal, könnte er die Burg hier restaurieren und wir könnten alle drin wohnen –«

»Für immer und ewig«, fügte Timothy hinzu und sagte dann plötzlich: »Worauf starrt den Onkel Matt?«

»Ich weiß es nicht . . . Onkel Matt, nach was siehst du?«

Matt antwortete nicht, und so gingen die Zwillinge zu ihm, um selbst einmal hinunterzusehen. »Das ist ja Mami!« sagte Lucy überrascht. »Am Strand! Wer ist der Mann?«

»Gehen wir hinunter und sehen nach«, sagte Matt und begann rasch den Burghügel hinabzugehen.

»He, wart auf uns!« rief Lucy.

»Warte, Onkel Matt«, schrie auch Timothy. Aber Matt verlangsamte kaum seinen Schritt, und die Zwillinge mußten laufen, um nicht zurückzubleiben.

»Jetzt gehen sie vom Strand weg«, keuchte Timothy nach kurzer Zeit. »Bis wir hinkommen, sind sie schon oben überm Felsrand.«

»Machen wir ein Wettrennen«, sagte Lucy, von Matts langen Schritten angeregt. »Komm, Timmy, laufen wir!«

Sie liefen und sausten bergab auf den Strand zu. Sie kamen keuchend auf dem Pfad an, der vom Strand zum Landhaus führte.

»Oh!« keuchte Lucy und hielt sich den Leib. »Jetzt habe ich Seitenstechen.«

»Ich auch!« Timothy ließ sich ins Heidekraut fallen.

»Wo ist Mami? Ach, da kommt sie schon. Schau, der Mann, der mit ihr kommt, sieht aus wie der Kerl im Fernsehen.«

»Welches Programm?«

»Ach, du weißt doch, Trottel . . . nein, er sieht doch nicht so aus. Er ist hübscher als der Kerl im Fernsehen.«

Timothy antwortete nicht. Er stand langsam auf, sah seine Mutter an und dachte, wie gut sie aussah. Ihre Wangen waren von der Seeluft gerötet, in ihren Augen tanzten Fünkchen, und ihr Haar schimmerte im fahlen Sonnenschein.

»Kinder«, sagte Lisa, »das ist ja eine herrliche Überraschung. Seid ihr schon in Colwyn Court gewesen?«

»Ja – und oben auf der Burg!« Lucy sah Poole an. »Wer ist denn das?«

»Das ist Mr. Poole, der Generaldirektor der Gesellschaft in Colwyn Court. Tristan, darf ich Ihnen . . .«

»Freut mich, Sie kennenzulernen«, sagte Lucy, die gerne die Gelegenheit ergriff, zu zeigen, wie gut sie sich benehmen konnte. Sie steckte ihr süßestes, unschuldigstes Lächeln auf, das Lächeln, das seine Wirkung noch nie verfehlt hatte – und sagte mit pretiöser Aussprache: »Wir haben soeben Miß Miller in Colwyn Court kennengelernt. Sie hat von Ihnen gesprochen und uns viel von Ihrer wunderbaren Gesellschaft erzählt. Wir fanden sie wirklich sehr sympathisch, nicht wahr, Timothy?«

Aus irgendwelchen Gründen, die er nicht verstand, fühlte sich Timothy sehr verlegen. Er merkte, wie er errötete, und drehte sich um, um seine Verwirrung zu verbergen.

Poole lächelte. Er sah Timothys Unbehagen und registrierte es. Er sah Lucys langes glattes, helles Haar, ihre weitstehenden blauen Augen mit den dunklen Wimpern, ihren rosenfarbenen Mund und stellte fest, daß sie ein ungewöhnlich hübsches Kind sei. Er sah die Unschuld in ihren Augen und den engelhaften Ausdruck ihres Gesichtes und stellte fest, daß sie bezüglich Agnes Miller log. Dennoch lächelte er weiter.

»Hallo, Lucy«, sagte er mit angenehmer Stimme. Das Kind zögerte noch, lächelte aber nach einem Augenblick gerne zurück.

»Timothy, grüß Mr. Poole schön«, sagte Lisa streng, aber Timothy wurde dadurch der Antwort enthoben, daß nun Matt auf der Szene erschien. Lisa wurde dadurch sofort abgelenkt. »Matt«, begann sie, »das hier ist Mr. Tristan Poole, der Generaldirektor der Gesellschaft in Colwyn Court . . . Tristan, darf ich Ihnen meinen Mann vorstellen.«

Die beiden Männer blickten einander an. Ein langer Augenblick verging, ehe Mr. Poole Matt die Hand hinstreckte und irgend etwas Förmliches murmelte.

Matt nahm die dargebotene Hand, schüttelte sie kurz und ließ sie wortlos fallen. »Fühlst du dich schon besser?« sagte er völlig ausdruckslos zu seiner Frau.

»Großartig«, sagte Lisa unüberlegt und fügte hinzu: »Die Meeresluft hat mich völlig geheilt«, was die Dinge noch schlimmer machte.

Wieder trat eine Pause ein.

»Tristan hat uns zum Mittagessen nach Colwyn Court eingeladen«, sagte Lisa hastig, »uns alle, mein ich. Ich war gerade dabei, zum Haus zu gehen, um Jane zu sagen, sie solle sich nicht damit abplagen, etwas für uns zu kochen.«

»Ich habe etwas anderes vor«, sagte Matt.

»Oh, aber –«

Matt sah sie mit einem Gesichtsausdruck an, den er in Tausenden von Aufsichtsratssitzungen erworben hatte. Das verfehlte seinen Eindruck nicht, sie war still.

»Vielleicht ein andermal«, sagte Poole sorglos. »Kein Grund, warum es ausgerechnet heute sein sollte. – Und, wenn Sie mich jetzt entschuldigen . . .« Er entfernte sich ganz gleichgültig und ruhig, und als er dann den Pfad nach Colwyn Court hinauf einschlug, hörten sie ihn noch vor sich hinpfeifen, ehe er verschwand.

»Kinder«, sagte Lisa zu den Zwillingen, »lauft voraus zum Haus und sagt Tante Jane, ich würde nicht zum Mittagessen kommen.«

Die Zwillinge sahen Matt an, der aber sagte nichts.

»So geht doch schon«, sagte Lisa. Die Zwillinge drehten sich um und gingen wortlos in Richtung auf das Landhaus. Bald reichten sie einander die Hände und gingen Seite an Seite den schmalen Pfad hinan, versuchten aber nicht, zurückzublicken.

»Also«, sagte Matt leise. »Jetzt sprich – sprich schnell. Was, zum Teufel, ist hier los?«

»Matt, ich –«

»Und fang nicht zu lügen an, oder es wird dir leid tun. Ich hab' gesehen, was du am Strand gemacht hast!«

»Aber, Matt, wir haben doch nichts getan.«

Er versetzte ihr einen Schlag über den Mund. Sie trat einen Schritt zurück.

»Warum –?«

»Ich hab' dir gesagt, es würde dir leid tun, wenn du anfängst zu lügen.«

»Wie kannst du es wagen, mich ins Gesicht zu schlagen! Ich dachte, du wärst ein Gentleman, inzwischen bist du nur ein hergelaufener Kerl aus den Slums von Birmingham –«

»Jetzt hör mit dem Quatsch auf; wärst du eine Lady, anstatt der egoistischen kleinen Nutte, die du wirklich bist, dann hätte ich dich nicht angerührt. Jetzt hör mal her, Lisa, ich weiß nicht, wer der Mann ist und wie lange du ihn schon kennst; aber eins weiß ich: du wirst ihn nicht mehr treffen. Wenn du mit ihm geflirtet hast, um mir eins auszuwischen, weil ich dir wegen der Bahamas nicht nachgegeben habe –«

»Aber ich habe mit ihm nicht geflirtet! Nur weil ich es nett fand, mit einem hübschen Mann meines Alters am Strand zu sitzen –«

»Du bist nur lange, lange auf dem Rücken im Sand gelegen, und er hat dich geküßt, bis er bemerkt hat, daß ihr beobachtet würdet. So sei doch nicht so dumm, Lisa! Diesmal kannst du dich nicht herausreden, warum versuchst du es also? Wären die Zwillinge nicht dabei gewesen, hätte ich den Kerl beim Kragen genommen und ihn zurück hinunter auf den Strand geschmissen. Du wirst ihn nicht mehr sehen, und du gehst auch nicht zum Mittagessen hinauf nach Colwyn Court.«

»Ach, sei doch nicht so komisch, Matt! Walter wird dabei sein und Gwyneth und Tristans Mitarbeiterin, Miß Miller –«

»Jetzt hör mal gut zu«, sagte Matt. »Muß ich es dir noch deutlicher sagen? Mag sein, ich bin altmodisch, aber ich hab' gewisse Grundsätze und beabsichtige nicht, von ihnen abzugehen. Du bist meine Frau, und solange du meine Frau bist, spielst du mit anderen Männern nicht herum. Wenn ich dich dabei erwische, daß du dem Saukerl auch nur zublinzelst, dann –«

»Oh, Matt!« Lisa brach in Tränen aus. Die Tränen waren völlig ehrlich, aber zufällig waren sie auch die beste Taktik, die sie anwenden konnte. Wie die meisten Männer, die gerne dominieren und sich hart geben, war Matt im Grunde weichherzig.

»Aber Lisa . . .« Schon fühlte er sich schwach werden.

»Ach, du verstehst mich einfach nicht!« schluchzte Lisa und entzog sich seinen ausgestreckten Armen. Immer noch verzweifelt schluchzend, stolperte sie den Pfad zum Haus entlang.

Matt aber fürchtete, daß er nur allzu gut verstand.

IV.

Am Nachmittag ging Jane mit den Zwillingen zum Strand hinunter, Benedikt kehrte zu seiner Arbeit zurück, und Lisa blieb in ihrem Schlafzimmer, in das sie sich noch vor dem Mittagessen zurückgezogen hatte. Matt war alleine unten. Nachdem er über verschiedene Möglichkeiten nachgedacht hatte, den Nachmittag zu verbringen, verwarf er sie alle und fuhr mit seinem Wagen von der Gower-Halbinsel in Richtung Swansea. In den Vororten angekommen, hielt er bei einer Reihe von Geschäften an, suchte eine Telefonzelle auf und begann sein Wechselgeld für einen Anruf nach London zu zählen.

»Ich möchte einen Direktruf«, sagte er der Vermittlung. »An Miß Nicole Morrison, Hampstead 5961.« Nicole aber war nicht daheim. Es war Samstag, und sie war ausgegangen.

»Tut mir leid«, hörte er die fröhliche Stimme von Nicoles Mitbewohnerin zur Vermittlung sagen. »Aber ich werde ihr sagen, wer angerufen hat, sobald sie wieder zurückkommt.« Die Vermittlung hatte ihr den Anrufer gleich anfangs bekanntgegeben.

Matt seufzte. Er wußte nicht recht, warum er so dringend mit seiner Tochter sprechen wollte, aber er fühlte sich einsam und unglücklich, und außer Nicole hatte er auf der ganzen Welt keine Verwandten.

Das Telefon läutete, als er eben das Landhaus durch die Vordertür betrat. Benedikt, der ein Nickerchen machte, hatte das Läuten nicht gehört, und sonst schien niemand im Hause zu sein.

Matt nahm den Hörer ab: »Hallo?«

»Daddy? Ich bin eben heimgekommen, Judy hat gesagt, du hättest angerufen, aber ich mußte mich furchtbar anstrengen, um zu dir durchzukommen. Die Vermittlung sagte erst, das Telefon im Häuschen wäre gar nicht angeschlossen. Wie steht's in Colwyn?«

»Nun . . .« Er sah die Treppe hoch, um festzustellen, ob die Tür zu Lisas Zimmer geschlossen war. Von seinem Standort aus aber konnte er das nicht erkennen. »Nicht allzu gut. Walter hat sein halbes Haus an irgendeinen verrückten Klub für natürliche Ernährung vermietet, und Lisa scheint drauf und dran, sich diesen Leuten anzuschließen.«

»Guter Gott, Daddy, das kann doch nicht dein Ernst sein?«

Er ging nicht darauf ein. »Warum kommst du nicht auf ein paar Tage her? Walter und Gwyneth haben sich beide nach dir erkundigt, als ich sie heute morgen besuchte.«

»Ach, das würde auf keinen Fall gehen.«

»Warum nicht?«

»Tja . . . ich habe erst im September Urlaub.«

»Nimm ihn früher.«

»Das wäre für meinen Chef sehr unangenehm.«

»Quatsch«, sagte Matt. »Niemand ist unentbehrlich. Und dein Chef würde dich wahrscheinlich mehr schätzen, wenn ausnahmsweise einmal nicht alles nach seinem Willen ginge.«

»Nun . . .«

»Evan ist nicht hier, weißt du. Man erwartet ihn nicht vor nächster Woche.«

»Das hat damit nichts zu tun«, sagte Nicole, obwohl sie genau wußte, daß ihr Widerwille gegen einen Besuch in Colwyn daher stammte, daß dort so viele Erinnerungen an Evan und die schönen Zeiten, die sie gemeinsam dort verbracht hatten, auf sie lauerten.

»Ganz und gar nichts.«

»Nun, denk noch mal drüber nach. Es ist ja hier im Haus nicht sehr viel Platz, aber Gwyneth hat gesagt, es gäbe trotz der verdammten Gesellschaft immer noch ein Gästezimmer in Colwyn Court.« Er hörte an einem leisen Knarren, daß die Tür zu Lisas Zimmer nun offen stand. »Nun, wie geht's in Hampstead?«

»Prächtig, eigentlich gibt's gar nichts Neues.«

»Nun gut, gib gut acht auf dich und versuche herzukommen, wenn du kannst. Ich sehe dich neuerdings ohnedies fast nie.«

Nicole war schuldbewußt. Nachdem sie sich verabschiedet und den Hörer aufgelegt hatte, dachte sie eine Weile darüber nach, daß Lisa ihr die Besuche bei ihrem Vater so schwer machte. Und was hatte Matt wohl mit der Gesellschaft und mit Lisas Interesse für diese gemeint? Nicole runzelte die Stirn und ging in die Küche, um sich Kaffee zu machen. Zum erstenmal begann sie darüber nachzudenken, ob ihr Vater tatsächlich so glücklich verheiratet war, wie sie immer angenommen hatte; ihre kurzen und ungemütlichen Besuche daheim hatten ihr keine Anzeichen dafür geboten, daß die Beziehung zwischen Matt und Lisa gestört war.

Sie dachte immer noch an die beiden, als zehn Minuten später das Telefon läutete. Judy war fortgegangen und Nicole allein in der Wohnung. Sie kippte ihren Stuhl etwas hintüber, als sie nach dem Hörer griff.

»Hallo?«

Es gab eine Reihe von Geräuschen in der Leitung des Münzfernsprechers, ehe die Verbindung klappte und die Leitung frei wurde. Was sie hören konnte, deutete darauf hin, daß der Anruf von einem Flugplatz, Bahnhof oder einer Busstation kam. Man hörte Stimmen aus Lautsprechern, das Hasten von Menschen und Stimmen.

»Hallo?« wiederholte Nicole.

»Hallo«, antwortete die Stimme, von der sie sich schon tausendmal gesagt hatte, daß sie sie nie wieder hören würde. »Du bist also immer noch in derselben Wohnung, wie geht's dir?«

Der Schock war so stark, daß sie nicht sprechen konnte. Sie dachte, es müsse eine Halluzination sein. Sie war offenbar nahe daran, verrückt zu werden.

»Hallo, Nicki, bist du dort?«

Er klang wie sonst, knapp und freundlich, und auf einmal konnte sie ihn klar vor sich sehen: sein rotes Haar, kurz und gekräuselt, die sommersprossige Nase, die man ihm vor Jahren beim Rugby gebrochen hatte, die blauen, lustigen Augen.

»Das kann doch nicht sein«, sagte sie laut vor sich hin. »Du kommst doch erst nächste Woche, jemand hält mich zum besten.«

»Niemand hält dich zum besten!« Er sprach leichthin, aber sie wußte, daß es ihm schwerfiel, die rechten Worte zu finden. »Ich habe mir um meinen Vater Sorgen gemacht, und es ist mir geglückt, früher von Afrika wegzukommen. Mein Flugzeug ist vor einer halben Stunde angekommen. Im Augenblick bist du der einzige Mensch in ganz England, der weiß, daß ich hier bin.«

»Soll ich vielleicht nun vor Freude ohnmächtig umfallen?« Sie hatte die Worte kaum gesagt, da hätte sie sich am liebsten selbst getreten. Sie hatte wirklich nicht sarkastisch klingen wollen.

»Nein, das erwarte ich eigentlich nicht.« Sie wußte, daß er sich zurückgewiesen fühlte, und das Herz tat ihr weh. Sie wollte sagen: ›Ich bin so froh, daß du wieder da bist! Ich freue mich so, daß du angerufen hast! Wie ich mir wünsche, dich wiederzusehen!‹ Tatsächlich aber sagte sie: »Wann fährst du hinunter nach Colwyn?«

»Morgen. Aber ich hatte mir vorgestellt, ich würde heute abend in London bleiben und mich etwas von der langen Reise ausruhen. Hör mal, Nicki –«

»Ja?« sagte sie. Ihr Mund war ganz trocken.

»– sag doch, bitte, niemand, daß ich hier bin, ja? Ich möchte die in Colwyn überraschen.«

»Ist gut.«

Es trat eine Pause ein. Jetzt muß ich etwas sagen, dachte Nicole verzweifelt, oder er hängt ein. »Wie war's in Afrika?« fragte sie, denn etwas Besseres fiel ihr nicht ein. Ihre eigene Stimme klang ihr oberflächlich und falsch. »Es muß ein großartiges Erlebnis gewesen sein.«

»Ja.«

O Gott, dachte Nicole. Ihre Finger umspannten den Hörer so fest, daß sie schmerzten. So sag doch etwas, betete sie innerlich. Bitte, sag doch etwas. Bitte. Häng doch nicht ein.

»Nicki«, sagte Evan.

»Ja?«

»Ich hatte in Afrika viel Zeit, nachzudenken.«

»Oh –«

»Ich hätte dir geschrieben, aber –«

»Nein, ich hab' dir doch gesagt, du sollst nicht.«

»Ja, ich weiß schon . . . Nun, ich habe dir oft und oft beinahe geschrieben.«

»Wirklich?« Tränen traten ihr in die Augen. Sie mußte sich sehr beherrschen, um ihre Stimme ruhig klingen zu lassen.

»Ja, ich . . . nun, jetzt rückblickend, erscheint alles so unnötig, wie es mit uns aus war . . . du verstehst? Obwohl du vielleicht damit recht hattest, dich so zu verhalten, aber –«

»Du hattest auch deine Gründe«, sagte Nicole. »Es hätte für mich klar sein müssen, daß es für dich notwendig war, nach Afrika zu gehen.«

»Ja, aber . . .« Sie hörte ihn tief Atem holen. »Ich vermute, daß du inzwischen einen anderen hast«, sagte Evan. »Aber vielleicht könnten wir uns doch treffen, nur so, um Erinnerungen aufzufrischen. Was hältst du davon?«

»Warum nicht?« sagte Nicole. Es wunderte und erschreckte sie, wie gleichgültig sie klang. Wieder überkam sie Furcht. »Ja«, sagte sie und versuchte, begeistert zu klingen, verfiel aber nur in ihren früheren, oberflächlich fröhlichen Ton. »Das wäre wirklich prima.«

»Wie wär's heut abend mit einem Drink? Weil heute Samstag ist, vermute ich, daß du schon eine Einladung zum Abendessen hast, aber –«

»Nein, heute nicht«, sagte Nicole.

»Nein? Nun, darf ich dich dann auch zum Abendessen einladen?« Überrascht stellte sie fest, daß sie nun wirklich weinte. Große Tränen rollten still ihre Backen hinab. »Ja«, sagte sie, »das möchte ich gerne.«

»Gut. Ich miete mir einen Wagen und hole dich um halb sieben ab.«

»Sehr gut.«

»Prächtig! Auf bald, Nicki«, sagte er erfreut und war so aufgeregt, daß er sich nicht einmal verabschiedete. Er schoß aus der Telefonzelle, nahm seine Koffer, fand ein Taxi und gab die Adresse des Hotels im Zentrum Londons an, in dem er ein Zimmer bestellt hatte. Er war daheim und in wenigen Stunden würde er Nicole wiedersehen. Noch während das Taxi ihn in die City brachte, vergaß er alle seine Familiensorgen und dachte nur an den kommenden Abend.

V.

Nachdem an diesem Abend alle anderen im Landhaus zu Bett gegangen waren, blieb nur noch Matt auf, um an seine Tochter zu schreiben. Alles war völlig still. Nur einige hundert Meter entfernt brachen sich die Wellen am sandigen Strand, aber außer dem Murmeln der Brandung und dem Ticken der Pendeluhr bei der Treppe war es im Haus völlig still. Die Zwillinge waren längst eingeschlafen, und Lisa hatte sich nach dem Abendessen mit Kopfweh entschuldigt und war hinaufgegangen. Benedikt hatte vor einer Stunde seine letzte Zigarette ausgestippt, um hinauf zu Jane zu gehen. Matt war allein.

›. . . so also steht die Sache derzeit‹, schrieb er an Nicole. Er versuchte, sich sein Leid und seine Zweifel von der Seele zu schreiben. ›Hast du übrigens jemals von einem gewissen Tristan Poole gehört? Er ist ein junger Bursche, etwa in Lisas Alter . . .‹

Das tat weh, dachte er, während er diese Worte versonnen anblickte und ihm einfiel, daß er nun dem Sechziger schon näher war als dem Fünfziger. Aber es geschah ihm ganz recht. Hatte er doch ein Mädchen geheiratet, das seine Tochter hätte sein können.

›. . . sieht ganz normal aus, keine besonderen Merkmale, gutes Benehmen, höflich. Ich hätte gerne gewußt, ob Du ihm vielleicht einmal bei einer Deiner Partys in London begegnet bist. Es geschehen ja manchmal die unwahrscheinlichsten Dinge. Jedenfalls bin ich sicher, daß Lisa ihn schon von früher kennt. Ich kann einfach nicht glauben, daß sie ihn nur zweimal auf ein paar Minuten gesehen hat, obwohl sie schwört, daß es so ist. Sie hat sich da wirklich etwas gehenlassen, aber ich denke, ich habe ihr jetzt den Kopf zurechtgerückt . . .‹

Er wünschte, Nicole wäre jetzt bei ihm hier im Zimmer. Sie war der einzige Mensch, mit dem er gerne sprach, wenn er sehr deprimiert war. Er erinnerte sich an die Stunden, die sie nach dem Tod von Nicoles Mutter miteinander verbracht hatten. Danach hatte er sich Nicole auf besondere Weise zugehörig gefühlt. Bis er Lisa geheiratet hatte.

›. . . und doch wünsche ich, es lägen hundert Meilen zwischen Lisa und diesem verflixten Poole‹, schrieb er. Die Feder grub sich tief ins weiße Papier, so daß ihm die Worte in gewichtigen Lettern entgegenstarrten. ›Es würde mich gar nicht überraschen, wenn er ein Gauner wäre. Walter Colwyn ist einer der leichtgläubigsten Leute, die ich kenne. Und wie es mit Gwyneth steht, weißt du ja selbst . . .‹

Die Tür knarrte. Er blickte jäh auf, aber es war nur die Katze, die sich aus der Küche hereindrückte.

›. . . Ich glaube, Evan wird sich um die Dinge hier in Colwyn Court kümmern müssen, wenn er von Afrika zurückkommt. Ich hoffe, er entdeckt dann nicht, daß Poole Walter mit irgendeinem Gaunertrick um den ganzen Besitz gebracht hat . . .‹

Marble ließ sich beim Kamin nieder und begann, ihre Vorderpfoten zu lecken.

›. . . Tut mir leid, daß in dem Brief soviel über Poole steht, aber der Kerl regt mich einfach auf. Eins kann ich Dir heute schon sagen: Wenn ich entdecke, daß Lisa noch einmal mit ihm herumspielt, dann ist der Teufel los. Ich bin einfach zu stolz, um mir das gefallen zu lassen. Lieber eine Scheidung, als als alter Trottel dastehen. Der Wahrheit die Ehre – ich glaube, wenn das Geld nicht wäre, würde sich Lisa aus einer Scheidung gar nichts machen. Nun sie kriegt mein Geld, solange ich lebe, aber damit genug. Wenn es jetzt noch irgend etwas gibt, dann werde ich dafür sorgen, daß sie nach meinem Tod keinen Penny kriegt . . .‹

Er hielt inne. Ihm kam plötzlich zu Bewußtsein, daß die Katze auf die Kommode hinter ihm gesprungen war und ihm in den Nacken blies.

»Marsch, runter«, sagte Matt streng, und als sich die Katze nicht wegrührte, stieß er sie an, so daß sie zu Boden mußte.

Marble stieß einen Klagelaut aus. Ihre rosa Augen verengten sich zu feindselig starrenden Schlitzen.

Matt schrieb nur noch einen Satz, um den Brief zu beenden, adressierte den Umschlag und verschloß den Brief dann. Jetzt war es Zeit, schlafen zu gehen. Er ließ den verschlossenen Brief auf dem Tisch liegen, als er langsam die Treppe zu seinem Zimmer hinaufging, in dem Lisa zu schlafen vorgab. Als er das Licht löschte, versank das Wohnzimmer in Dunkelheit.

Marble wartete einige Minuten. Dann, als auch noch der Lichtspalt unter der Türe von Matts Schlafzimmer verschwunden war, sprang sie auf den Tisch, griff sich den Brief mit scharfen weißen Zähnen und verschwand lautlos in der Nacht.

VI.

»Das ist doch merkwürdig«, sagte Matt. »Jane, hast du den Brief weggenommen, den ich gestern abend auf dem Tisch liegen ließ?«

»Brief? Nein, ich glaube, ich habe ihn nicht einmal bemerkt. Benedikt, hast du einen Brief gesehen, den Matt hier am Tisch im Wohnzimmer gelassen hat?«

»Nein, da war kein Brief«, sagte Benedikt. »Ich war schon um sieben unten, und es war nichts am Wohnzimmertisch. Ich hätte das sicher bemerkt, denn ich hab' meinen Schuh auf den Sessel da gestellt, um ein Schuhband nachzuknüpfen.«

»Zwillinge«, sagte Jane, »habt ihr einen Brief gesehen, den Onkel Matt gestern abend am Wohnzimmertisch gelassen hat?«

»Nein«, sagte Timothy, »was gibt's zum Frühstück, Tante Jane?«

»Würstchen und Eier. Lucy, hast du –?«

»Nein«, sagte Lucy gähnend. »Kann ich ein verlorenes Ei haben?«

»Heute nicht, das ist zu kompliziert. Ich mache Rührei für alle«, sagte Jane, und zu Matt gewendet fügte sie hinzu:»Bist du sicher, du hast ihn hier gelassen?«

»Schon gut«, sagte Matt.»Ich glaube, ich kann mir denken, was passiert ist!« Und er ging schnell hinauf in sein Zimmer. Lisa war angezogen und saß vor dem Frisiertisch, um ihr Gesicht zurechtzumachen. Als er eintrat, blickte sie auf.

»Okay«, sagte Matt,»wo ist er?«

»Wo ist was?« sagte Lisa erstaunt.

»Der Brief, den ich gestern abend an Nicole geschrieben habe.«

»Aber lieber Matt! Warum sollte ich einen Brief nehmen, den du an Nicole geschrieben hast?«

»Weil ich darin ein paar unfreundliche Dinge über deinen geliebten Mr. Poole geschrieben habe!«

Lisa wußte nicht, ob sie sich verwirrt, zornig oder empört fühlen sollte. Schließlich gewann ihr Zorn.»Wie kannst du es wagen, Nicole zu erzählen, was zwischen mir und Tristan geschehen ist!«

»Also hast du ihn doch genommen«, sagte Matt.

»Nein!«

»Du bist in der Nacht aufgestanden, hinuntergegangen, und –«

»Ich habe mich überhaupt nicht aus dem Zimmer gerührt!« Wieder war Lisa wütend.»Wie kannst du es wagen, deiner Tochter von unseren höchst privaten und persönlichen Schwierigkeiten zu erzählen?«

»Ja, glaubst du denn, daß nicht ohnedies schon jeder davon weiß?« Er drehte sich um und sah nach, ob die Türe tatsächlich fest verschlossen war. Dann kehrte er sich wieder jäh Lisa zu.»Also gut«, sagte er, kurz angebunden.»Setzen wir uns einmal nieder und denken in Ruhe darüber nach. Ich glaube, es ist höchste Zeit, daß du und ich einmal sehr ernst und vernünftig miteinander sprechen.«

VII.

Eine Stunde später kam eine völlig aufgelöste und atemlose Lisa in Colwyn Court an und wollte Mr. Tristan Poole sprechen.

»Ich gehe ihn holen«, sagte Agnes, als man ihr die Nachricht in die Küche brachte. »Führt sie solange in den Salon.« Sie war eben damit fertig geworden, die verschiedenen Arbeiten für den Vormittag einzuteilen, und hatte mitgeholfen, daß Frühstücksgeschirr abzutrocknen.

Poole war in seinem Zimmer. Als sie anklopfte, kam er zur Tür.

»Ja?«

»Lisa ist gekommen und will mit dir sprechen.«

»Schwierigkeiten?«

»Ich weiß nicht, ich habe nicht selbst mit ihr gesprochen.«

Er ging wortlos zurück in sein Zimmer. Sie sah, daß eines seiner Bücher aufgeschlagen auf dem Nachttisch lag und daß hinten im Ankleideraum die schwarze Kiste unversperrt offen stand.

»Hat es irgendwelche Probleme gegeben, Tristan?«

»Morrison ist schwer unter Kontrolle zu halten. Er ist ein zäher Bursche.« Er schlug das Buch laut zu, um es dann in die Kiste zurückzulegen. Als er zurückkam, fragte er leichthin: »Wo ist sie?«

»Unten im Salon.«

»Schon gut, ich gehe jetzt zu ihr.« Als er an Agnes vorbeiging, gab er ihr ein zusammengefaltetes Blatt Papier: »Lies das und verbrenn es dann.«

»Ja, Tristan.« Sie senkte den Blick und begann Matts Brief an Nicole zu lesen.

Sie war immer noch in seinem Zimmer und sah immer noch auf den Brief, als er zehn Minuten später zurückkam. Er fand sie auf der Bettkante sitzend. Sie sah nachdenklich drein. Als er das Zimmer betrat, blickte sie erschreckt auf.

»Ist sie schon fort?«

»Sie ist immer noch da. Ich mußte dich zwischendurch einmal sprechen. Hör mal zu, Agnes: Diese Ehe zerfällt für meinen Geschmack viel zu schnell. Ich hatte gehofft, in ihm den besorgten Gatten zu finden, der seine junge Frau gern mit allem, was er besitzt, überschüttet. Aus dem Brief aber kannst du sehen, daß dies durchaus nicht der Fall ist. In Wirklichkeit ist es beinahe genau umgekehrt. Sie hatten heute morgen einen schlimmen Streit, als er sie wegen des verschwundenen Briefes beschuldigte. Ein Wort gab das andere, bis auf einmal das Wort ›Scheidung‹ wie ein Pingpongball hin und her schwirrte. Das mit dem Brief war natürlich ein Pech, aber es hätte vielleicht zu unerfreulichen Nachwirkungen geführt, wäre er abgeschickt worden. Überhaupt ist die Ehe jetzt so zerrüttet, daß, hätte sich dieser Anlaß nicht ergeben, sich sicher ein anderer für den Streit gefunden hätte. Also müssen wir handeln, und zwar rasch. Sie sagt, Morrison hätte den Wagen genommen und sei wütend nach Swansea gefahren. Die Sache sieht schlimm aus, aber ich denke, wir haben noch vierundzwanzig Stunden, bevor er irgendwelche definitive, für uns nachteilige Schritte unternimmt. Ich möchte, daß du nun folgendes tust: Fahr hinunter ins Dorf, geh in eine Telefonzelle und rufe mich hier in Colwyn Court an. Ich übernehme das Gespräch im Salon in Lisas Gegenwart und sage ihr, ich sei dringend nach Swansea gerufen worden. Damit werde ich sie los. Wenn du dann zurückkommst, sieh zu, daß mich niemand stört. Wie sieht es mit Opfertieren aus?«

»Wir haben derzeit vier schwarze Hähne und sechs Hasen.«

»Gut! Bring einen der Hähne auf mein Zimmer. Nach der Opferung geb' ich dir das blutbefleckte Messer, und du kannst dann die Haselrute für den Zauberstab schneiden, während ich ein Bad nehme und meine Gewänder anlege. Ja, und noch etwas: Reinige, bitte, mein Zimmer. Das solltest du vielleicht gleich tun. Verwende Lorbeerblattsaft, Kampfer, weißes Harz und Schwefel – und vergiß nicht auf Salz. Ich weiß, Salz ist normalerweise für uns alle der Bannfluch, aber es symbolisiert Reinheit, und ich möchte mich bei der Reinigung des Zimmers auf nichts einlassen. Wir nehmen schon ein hinlänglich großes Risiko auf uns dadurch, daß wir die Haselrute nicht bei Morgengrauen schneiden und all die anderen üblichen Vorsichtsmaßnahmen ergreifen, aber die Zeit arbeitet gegen uns und wir haben keine andere Wahl.«

»Ja, Tristan. Und wenn du dann fertig bist – soll ich dir helfen, den Kreis zu zeichnen? Möchtest du, daß ich beiwohne?«

»Hast du heute morgen gefrühstückt?«

Agnes sah betroffen drein.

»Es tut mir leid, Agnes, aber ich möchte lieber jemand, der wenigstens pro forma gefastet hat. Wer in der Gruppe hält jetzt eine hinlänglich strenge Diät, um wahrscheinlich kein Frühstück genommen zu haben?«

»Jackie, aber –«

»Ja, sie wird gut sein. Ich brauche ohnedies eine Hellseherin.«

»Versuch es doch mit Sandra«, schlug Agnes vor, »ihre Kräfte in dieser Hinsicht sind weit besser entwickelt, und sie trinkt immer nur ein Glas Orangensaft zum Frühstück.«

»Nein, es ist jetzt Zeit, daß Jackie sich ihr Brot verdient. Und überdies wird es ihre Langeweile hinsichtlich des Landlebens auf einige Stunden unterbrechen. Ja, und dann, Agnes –«

»Ja, Tristan?«

»Ruf die Katze herbei.«

VIII.

Matt gehörte zu den Männern, die es gewohnt sind, die Sachlage klar zu erfassen und unter Zeitdruck rasche Entscheidungen zu treffen. So hatte er seine geschäftlichen Angelegenheiten mehr als dreißig Jahre lang geführt, und wenn es sich ergab, dann war er durchaus bereit, auch seine Privatangelegenheiten in der gleichen Weise zu ordnen. Der letzte erbitterte Streit mit Lisa hatte ihm das geliefert, was er für unwiderlegbare Beweise hielt. Seine Frau liebte ihn nicht und hatte im geheimen schon seit einiger Zeit eine Scheidung gewünscht. Nur sein Geld und sein sonstiger Besitz hatten sie bisher zögern lassen. Schon gut, dachte er wütend, schon gut. Vielleicht war es seine Schuld, weil er in seinem Johannistrieb nachgegeben und ein Mädchen wie Lisa geheiratet hatte. Vielleicht hätte er sie überhaupt nicht heiraten sollen. Aber sie hatten nun einmal geheiratet, und die Ehe war gescheitert. Nun wollte er dieser Tatsache dadurch Rechnung tragen, daß er das Eheband mit Lisa so rasch wie möglich löste. Matt zog es vor, ehrlich zu sein. Er sah lieber der Wahrheit ins Auge, akzeptierte sie und paßte ihr sein Leben an. Das machte einen Teil jener Stärke aus, auf die er immer so stolz gewesen war. Jetzt also stand er dem Ende dieser Ehe gegenüber und tat dies in seiner eigenen, dickköpfigen, praktischen Weise. Dabei begann er sofort an sein Geld zu denken.

Sobald er an diesem Morgen in Swansea angekommen war, ging er in eines der größten Hotels, benützte zehn Minuten lang dessen Schreibzimmer und führte dann von einem Münzfernsprecher im Foyer ein Ferngespräch.

Dabei gingen ihm eine ganze Reihe von Regeln durch den Kopf, die er sich vor langer Zeit zu eigen gemacht hatte, als er noch im beruflichen Aufstieg begriffen war. Was du heute kannst besorgen, das verschiebe nicht auf morgen. Sieh dir die Tatsachen an, triff deine Entscheidung und bleib dabei. Unentschlossenheit und langes Überlegen kosten nur Zeit und Geld. Unentschlossenheit und Zögern waren Zeichen der Schwäche.

Knapp bevor er das Gespräch führte, dachte er noch: Männer meines Alters streckt der Herzschlag jeden Tag nieder. Besser, nichts dem Zufall zu überlassen. Nichts.

Sein Gespräch am Telefon dauerte einige Zeit, weil sein Gesprächspartner so zweifelnd und mißbilligend war. Aber schließlich war es doch vorbei, und Matt war in der Lage, die nötigen Formalitäten der Aufgabe, die er sich gestellt hatte, zu vollenden. Nun mußte er entscheiden, was er als Nächstes tun wollte. Nach einigem Überlegen beschloß er, ins Landhaus zurückzukehren und nachzusehen, was während seiner Abwesenheit geschehen war. War Lisa fort, so würde er bleiben und seinen Urlaub, wie geplant, beenden. War sie aber noch da, so mußte er wohl auf seinen Urlaub verzichten und selbst aus dem Haus ausziehen. Dabei ging ihm durch den Kopf, was wohl aus den Zwillingen werden würde. Würde Lisa sie mitnehmen, wenn sie das Haus verließ, oder würde sie sie dort bei Jane lassen, während sie sich mit ihren Anwälten besprach und versuchte, ihr Privatleben umzustellen? Er wußte es nicht, aber sein Mund verzog sich in bitterem Verzicht, als er an die beiden Kinder dachte.

Die Ausfahrt aus Swansea ging glatt vonstatten, aber als er auf die

Gower-Halbinsel kam, erhöhte er die Geschwindigkeit des Wagens, bis er auf der leeren Straße die Kurven schnitt, und er kümmerte sich um keine Geschwindigkeitsbegrenzung. Als er sich Colwyn näherte, begann ein leichter Regen zu fallen. Die offene Landschaft, die sich zum verschwommenen Grau der See hin erstreckte, sah wüst und öde aus. Jetzt war er schon im landwirtschaftlichen Gebiet, und die Straße wurde rechts und links von Steinmauern begrenzt, mit denen die Felder eingesäumt waren.

Er sah die Katze erst, als es schon zu spät war. Er kam um eine Ekke gebogen, und da saß sie in der Mitte der Straße und leckte ihre verdammten weißen Pfoten, als hätte sie das beste Anrecht, da zu sitzen.

Matt zerbiß einen Fluch, trat heftig auf die Bremse und verriß das Lenkrad. Das Letzte, was er noch sah, ehe er die Beherrschung über den Wagen verlor, war, daß die Katze sich mit einem Sprung in Sicherheit brachte. Weißes Fell flog, und das Maul war wie in einem Grinsen um scharfe, böse Zähne verzogen.

4. Kapitel

I.

Evan war verwirrt. Er hatte sich so sehr darauf gefreut, Nicole wiederzusehen, daß er, als die Zeit gekommen war, und er sie wirklich von Angesicht zu Angesicht sah, etwas wie Enttäuschung empfand. An diesem Samstag war er in einem wahren Fieber der Erwartung zu ihrer Wohnung gerast, und als er an der Glocke läutete, hatte seine Hand gezittert. Sobald sie aber die Tür geöffnet hatte, war es ihm schwergefallen, irgend etwas zu sagen. Selbst jetzt am Ende des Abends konnte er noch immer nicht verstehen, was eigentlich geschehen war. Warum, so fragte er sich verwirrt, fühlte er sich so enttäuscht? Nicht etwa, daß sie nicht ausgezeichnet ausgesehen hätte. Ihr glänzendes, dunkles Haar schwang sich in den Spitzen sanft aufwärts wie immer. Und ihre grauen Augen waren immer noch so groß und schön, ihr Blick so fest, wie er ihn in Erinnerung hatte. Aber die Unmittelbarkeit ihres Verhaltens, die er so geliebt hatte, war verschwunden. Sie schien jetzt ernster, zurückgezogener und unzugänglicher. Schließlich meinte er, es sei die Förmlichkeit ihres Verhaltens, die ihm am meisten auf die Nerven ging.

»Möchtest du vielleicht hereinkommen und einen Drink nehmen, ehe wir fortgehen?« hatte sie ihn höflich gefragt, als er um halb sieben gekommen war, aber er hätte nicht zu sagen vermocht, ob sie wirklich wollte, daß er diese Einladung annahm oder nicht.

»Nun . . . ich möchte deine Mitbewohnerin nicht stören –«

»Sie ist heute nachmittag übers Wochenende heimgefahren.«

»Oh, nun dann vielleicht später . . .«

Aber später hatte sie ihn nicht mehr aufgefordert.

»Kann ich mit hinaufkommen?« hatte er nach diesem verwirrenden Abend gesagt, an dem er mit ihr endlose Gespräche über Afrika geführt hatte. Das Taxi war vor dem Haus stehengeblieben, in dem

Nicole ihre Wohnung hatte, und er hatte ihr hinausgeholfen, ehe er den Fahrer entlohnte.

»Ja, warum nicht«, hatte sie ohne viel Interesse gesagt und sich abgewendet, als er dem Fahrer sagte, er möge nicht warten.

Sie gingen ins Haus, durch die Halle und die Treppe hinauf, ohne auch nur ein Wort zu sagen. Evan begann sich zu fragen, warum er um diese Einladung gebeten hatte. Nach einem so steifen Abend wäre es nur natürlich gewesen, so rasch wie möglich das Weite zu suchen. Aber irgendein jäher Instinkt ließ ihn darauf beharren, den Abend auszudehnen, bis er mit Nicole wieder intimeren Kontakt gefunden hatte. Er hatte das Gefühl, er hatte zu lange und zu viel an sie gedacht, als er noch in Afrika war, um ihr nun den Rücken zu kehren, ohne auch nur den Versuch zu machen, zu verstehen, was eigentlich geschehen war.

»Kaffee?« fragte sie mit jener gleichgültig höflichen Stimme, die er so verabscheute.

»Bitte.« Er begann, im Wohnzimmer herumzugehen, während sie in die Küche ging. Nach kurzer Zeit wallte seine Enttäuschung in ihm so sehr hoch, daß er es nicht mehr ertragen konnte. »Nicki!«

»Ja?«

»Was ist geschehen?«

Sie sah bestürzt auf: »Nichts, was meinst du?«

»Du hast einen anderen, nicht wahr?«

»Nein.« Sie setzte den Wasserkessel auf den Herd und drehte den Hahn an. »Pulverkaffee, ich hoffe, es macht dir nichts aus.«

»Wäre es dir lieber, wenn ich jetzt ginge?«

Sie schüttelte den Kopf heftig und begann, Tassen und Untertassen aus dem Schrank zu nehmen.

»Wer ist es?«

Keine Antwort. Nun begann sich Zorn in Evans Enttäuschung zumischen. »Warum hast du nicht gesagt, ich möge verschwinden, wenn du mich nicht wirklich wiedersehen wolltest? Warum hast du mich an der Nase herumgeführt? Was hattest du damit vor?«

»Ich wollte dich doch wiedersehen. Es tut mir leid, daß der Abend so mißlungen ist.« Sie wandte ihm den Rücken zu und schaufelte den Pulverkaffee mit ungeschickten Bewegungen in die Tassen.

»Ach, du guter Gott!« Er versuchte, seines Ärgers Herr zu werden. »Hören wir jetzt mit dem Herumspielen auf, ja? Warum gehen wir der Wahrheit nicht auf den Grund? Du hast einen anderen gefunden, und du bist heute nur mit mir zusammengekommen um alter Zeiten willen, und ich habe mich völlig daneben benommen. So war's doch?«

Keine Antwort.

»Schläfst du mit ihm?«

Das traf. Er sah, wie sich ihr Rücken stolz straffte, und ihr Kopf hochschoß.

»Nein.«

»Es gibt also einen anderen!«

»Nein.«

»Warum dann, also?«

»Nein, nein, nein!« Sie wirbelte herum, um ihm ins Gesicht zu sehen; mit ihrer Selbstbeherrschung war's vorbei. Tränen leuchteten in ihren Augen. »Es gibt keinen anderen – niemand, niemand, niemand! Und jetzt geh und laß mich allein!«

»Nicki! . . .« Als er sie in die Arme schloß, versuchte sie nicht, ihn fortzuschieben. Er begann sie zu küssen. Am Herd begann das Wasser zu kochen, aber sie bemerkten es nicht.

»Evan, oh –«

Er küßte ihren Mund, und plötzlich war alles so wie in seiner Erinnerung, und ihr Körper lehnte sich weich und gewährend gegen seinen.

»Wie sehr du mir gefehlt hast!« hörte er sie sagen, als sie ihren Mund wieder frei bekam. »Oh, wie hab' ich mich nach dir gesehnt – daß du wieder hier bist . . .«

Der Dampf des kochenden Wassers und das harte Licht der Deckenbeleuchtung kamen ihm nebelhaft zu Bewußtsein, aber er hatte vergessen, wo er sich befand. Die Welt bestand nur mehr aus glänzendem, dunklem Haar und seidiger Haut und seiner eigenen schmerzenden Sehnsucht.

»Hier . . .« Er hielt den Arm fest um ihre Taille geschlungen und griff nach der Tür.

»Evan –«

Er hob sie auf, um eine weitere Debatte zu verhindern. Es war so leicht, sie aufzuheben und aus der Küche zur verschlossenen Schlafzimmertür zu tragen.

»Mach die Tür auf«, sagte er zu ihr, während er sie in seinen Armen hielt und darauf wartete, daß sie mit ihrer freien Hand die Klinke ergriffe. Sie aber tat es nicht. »Mach schon.«

»Evan, ich –«

Er setzte sie ab und riß die Tür so heftig auf, daß sie in den Angeln zitterte. Dann drehte er sich um, um sie mit sich ins Schlafzimmer zu ziehen, aber sie hatte sich schon entfernt.

»Nicki, Nicki«, sagte er.

Da stand sie und starrte ihn an, und Schweigen senkte sich über sie. Schließlich sagte sie: »Du mußt mich für schrecklich dumm halten.«

»Schau, ich liebe dich doch, ich liebe dich wahnsinnig, ich –«

»Das hast du schon vor fünfzehn Monaten gesagt. Ganz genau mit denselben Worten.«

»Jetzt ist aber alles anders –«

»Das muß auch so sein oder ich will nichts davon wissen.«

»Hör mal, ich –«

»Nein!« sagte sie. Plötzlich war sie wieder so ehrlich und unvermittelt, wie er sie in Erinnerung hatte. »Nein, jetzt hör mir mal zu! Drei ganze Jahre lang, seit mein Vater wieder geheiratet hat und ich dich und deine Familie durch Lisa und Jane kennengelernt habe, habe ich dich romantisch umschwärmt wie irgendein Teenager, der in das jeweilige Idol verknallt ist. Nach den ersten achtzehn Monaten – während denen du kaum meine Existenz zur Kenntnis nahmst – hast du schließlich aus deiner olympischen Höhe herabgesehen und mich bemerkt. Großartig! Kein Wunder, daß ich damals den Kopf verlor und mich wie ein verrücktes Schulmädchen ohne ein Gramm Verstand aufgeführt habe. Gut! Also bist du weggegangen. Ist mir recht geschehen. Das hatte ich verdient. Dann hatte ich ein ganzes Jahr, um wieder zu mir zu kommen. Gut! Genau, was ich brauchte! Und dennoch hast du jetzt – *jetzt* die kaum glaubliche Unverfrorenheit, aus Afrika zurückzukommen, wieder aus olympischer Höhe herabzublicken und genau dort fortzusetzen, wo du damals aufgehört hast. Was bildest du dir eigentlich ein? Wenn du wüßtest, was ich in all diesen Monaten mitgemacht habe, während du deine edle Seele im wilden Afrika geläutert hast –«

»Es tut mir leid. Ich habe nicht gewollt, daß du es so siehst.«

»Nun, ich sehe es aber so –«

»Aber Nicki –«

Sie wich vor ihm in die Küche zurück. »Bitte mich nicht, zu tun, was du jetzt willst, denn ich werde es nicht tun. Ich habe zuviel Angst, wieder verletzt zu werden.«

»Aber Nicki, ich verspreche –«

»Ja?« sagte sie wild und drehte das Gas unter dem Wasserkessel ab. »Was versprichst du?«

Aber Evan wußte nicht recht, was er sagen sollte. Es schien der falsche Augenblick für eine Brautwerbung, und er war überdies gar nicht so sicher, daß er sie um ihre Hand bitten sollte, ehe er sich nicht wieder in England niedergelassen, seine Familienprobleme geklärt und über seine nähere Zukunft entschieden hatte. »Gut«, sagte er schließlich und wandte sich automatisch der Eingangstür zu. »Wenn du es so willst.«

»Evan –«

»Ja?« Er merkte, daß er sich viel zu rasch umdrehte und damit verriet, wie sehr er hoffte, daß sie es sich noch überlegen würde.

»Was ist mit deinem Kaffee?«

»Oh . . .« Er strich sich mit der Hand ungeduldig durchs Haar. »Vielleicht ein andermal . . . Hör zu, Nicki. Ich ruf' dich nächste Woche aus Wales an, wenn ich etwas festeren Boden unter den Füßen habe. Vielleicht könntest du auf ein langes Wochenende nach Colwyn kommen.«

»Gut«, sagte sie. »Ich werde also von dir hören.« Sie ging auf ihn zu, als er die Eingangstür öffnete. »Ich danke dir für das Abendessen. Es tut mir leid, wenn du mich für dumm hältst. – Nicht, daß du mir gleichgültig wärst –«

»Ich weiß!« Und das Verlangen nach ihr überfiel ihn mit solcher Gewalt, daß er nicht einmal einen raschen Kuß zu riskieren wagte. »Paß auf dich auf«, murmelte er. »Es war nett, dich wieder einmal zu sehen! Wiedersehen!« Und im nächsten Augenblick stürzte er die

Treppe hinunter, immer zwei Stufen auf einmal nehmend, und rannte die Straße hinauf, um seinen heftigen Gefühlen durch körperliche Anstrengung Luft zu machen.

Am nächsten Nachmittag um drei Uhr gab es einen Zug nach Swansea. Nachdem er am Morgen wie im Fieber im Park herumgegangen war und sich wieder an den Anblick und die Geräusche von London gewöhnt hatte, kehrte er in sein Hotel zurück. Kaum hatte er sein Zimmer betreten, läutete das Telefon neben dem Bett. Nicole war der einzige Mensch, der wußte, daß er in England war. Er griff so hastig nach dem Hörer, daß er ihn beinahe fallen ließ. »Hallo?«

»Evan . . .« Ihre Stimme klang fern und verschleiert.

»Nicki?« fragte er zweifelnd.

»Oh, Evan, ich . . .« Er hörte ein ersticktes Schluchzen.

»Was ist los?« fragte er. »Was ist denn plötzlich geschehen?«

»Ich habe gerade aus Wales gehört – Jane hat angerufen . . . mein Vater . . . er . . . er hatte einen Unfall, Auto . . . Oh, Evan, er ist tot . . . Ich kann's noch nicht glauben. Es war ein Autounfall – auf einer Freilandstraße. Kein anderes Auto – Er ist in eine dieser Steinmauern gerutscht und war sofort tot.«

»Ich bin schon unterwegs!« sagte Evan. Die Worte kamen hastig aus seinem Mund. Er wollte bei ihr sein, wenn sie ihn brauchte. »In zehn Minuten. Ich bin bei dir so rasch ich nur kann.«

II.

›Industriemillionär bei Autounfall getötet‹, verkündeten die Montagsausgaben der Massenpresse, so daß Benedikt sich wieder einmal über das in diesem Zusammenhang ordinäre Wort ›Millionär‹ aufregen konnte. ›Rätselhafter Todesfall auf einsamer walisischer Straße.‹

›Untersuchung des Todes von Morrison ergibt eindeutigen Unfall‹, las man am Donnerstag. ›Behörden warnen vor überhöhter Geschwindigkeit.‹

Keine der Zeitungen erwähnte, wann oder wo die Beisetzung stattfinden sollte, und zwar aus dem einfachen Grund, weil keine es wußte. Matts Sekretäre und engere Mitarbeiter waren nach seinem Tod rasch nach Colwyn gekommen, hatten sich mit Nicole besprochen, die gemeinsam mit Evan Sonntag abend nach Colwyn Court gekommen war, und hatten zwischen Presseerklärungen die Vorbereitungen für ein stilles Begräbnis in jenem Dorf in Surrey getroffen, wo Matt seit seiner zweiten Heirat gelebt hatte. Die Sekretäre und engeren Mitarbeiter hatten versucht, das Begräbnis mit Lisa zu besprechen. Lisa war aber so verstört gewesen, daß sie ihnen nur bedeutet hatte, sich an Nicole zu wenden.

»Die arme Lisa ist vom Gram völlig zerstört«, sagte Walter besorgt zu Agnes Miller. »Sie tut mir so leid.«

»Arme Seele«, sagte Agnes anteilnehmend. »Wirklich tragisch für ein junges Mädchen.«

»Da sieht man es wieder«, sagte Gwyneth, die immer schon Lisas Glanz und Auftreten bewundert hatte, »all diese Leute, die immer bösartig gesagt haben, Lisa hätte Matt nur seines Geldes wegen geheiratet, haben sich gründlich geirrt. Sie hat ihn wirklich geliebt.«

Wenn ich ihn nur hätte ein wenig mehr lieben können, dachte Lisa in tiefstem Schuldbewußtsein. Wenn ich jetzt nur wenigstens Trauer fühlen könnte, statt dieser schrecklichen geheimen Erleichterung, daß nun alles vorbei ist und ohne eine häßliche Scheidung. Wenn ich nur zu jemand darüber sprechen könnte, wie mir wirklich zumute ist. Wenn nur . . .

Wenn nur Tristan Poole nicht auf eine Woche zu einem seiner geheimnisvollen Besuche nach London beordert worden wäre.

Sie hatte nicht gewagt, ihn in den ersten beiden Tagen nach Matts Tod aufzusuchen, sondern hatte erst bei der Leichenschau mit Agnes Miller gesprochen, die ihr von Pooles Abwesenheit berichtet hatte. Lisa hatte sie nach seiner Telefonnummer in London fragen wollen, hatte es aber dann nicht gewagt. Sie hatte nicht einmal gewagt zu fragen, wann Poole zurückkommen würde, obwohl Agnes ihr schließlich von selbst gesagt hatte, daß er innerhalb einer Woche wiederkehren würde. Jetzt versuchte sie, nicht an Poole zu denken. Aber je mehr sie sich nach jemand sehnte, dem sie sich eröffnen konnte, desto mehr sehnte sie sich nach ihm. Schließlich war sie unfähig, die Einsamkeit ihrer Schuld länger zu ertragen und wendete sich an ihre Schwester.

»Mir ist so schrecklich zumute, Jane«, sagte sie am Abend nach der Leichenschau. Sie waren in der Küche. Jane bereitete in ihrer eher unordentlichen Weise das Abendessen, und Lisa wußte nicht recht, ob sie ihr überhaupt richtig zuhörte. Dennoch war ihr Bedürfnis, sich jemand anzuvertrauen, so stark, daß sie sich um Janes zerstreute Art nicht kümmerte. »Wenn nur Matt und ich nicht, kurz bevor er starb, so häßlich gestritten hätten –«

»Ja, ich weiß«, sagte Lane. »Es muß scheußlich sein, Liebste. Aber wir wissen alle, wie sehr ihr euch – trotz aller eurer Schwierigkeiten – geliebt habt. Glaub nicht, daß wir das nicht verstehen.«

»Aber ich hab' ihn gar nicht geliebt!« sagte Lisa wild. »Ich bin froh, daß er tot ist!«

»Ach, Liebling, Lisa, du bist nur noch ganz durcheinander, und du weißt nicht, was du sagst –«

Es war hoffnungslos. Lisa gab es auf. Am nächsten Morgen, Donnerstag, verließen sie alle das Landhaus und fuhren zum Begräbnis nach Surrey, das dort am Freitag nachmittag stattfinden sollte.

Matts schwer beschädigter Rolls-Royce war immer noch in einer der größeren Reparaturwerkstätten von Swansea, also fuhr Benedikt Lisa und Walter in seinem Austin nach Surrey, während Evan in Walters geräumigem Bentley mit Nicole, Jane und den Zwillingen nachkam. Nicole hatte fünf wirre Tage in Colwyn Court verbracht, wobei sie nur vage Walters Güte, Janes Obsorge und Evans ernste Aufmerksamkeit wahrgenommen hatte. Die Existenz der Gesellschaft war ihr kaum zu Bewußtsein gekommen. Evan hatte ein- oder zweimal zu ihr gesagt, daß er ein offenes Gespräch mit seinem Vater vorhabe, sobald sich die Dinge wieder etwas normalisiert hätten, aber sie hatte nicht recht verstanden, was er damit meinte. Mit Lisa hatte sie kaum gesprochen. Lisa war sofort, nachdem sie einander begrüßt hatten, in Tränen ausgebrochen, und seither war Nicole ihr aus dem Weg gegangen, da sie fürchtete, so geräuschvolles Leid könne ansteckend sein, und sie würde sich dann auch nicht mehr zusammennehmen können.

»Du solltest weinen«, sagte Evan. »Es ist unter diesen Umständen völlig natürlich. Mir ist selbstverständlich klar«, fügte er rasch hinzu, als ihm ein philosophisches Buch einfiel, das er einmal gelesen hatte, »daß Gram und Trauer bei verschiedenen Menschen auch unterschiedlichen Ausdruck finden.« Es hatte keinen Sinn, ihr Schuldbewußtsein zu wecken, weil sie vielleicht aus irgendeinem Grund über ihren Vater keine Träne vergießen konnte.

»Ich habe geweint«, sagte Nicole. »Aber ich möchte nicht Lisas Beispiel folgen und mich dauernd an der nächstgelegenen Schulter ausweinen.«

»Lisa kann nichts dagegen tun, sie ist so.«

»Sie kann nichts dagegen tun, daß sie eine Heuchlerin ist. Sie hat Daddy nur seines Geldes wegen geheiratet.«

»Ich glaube nicht, daß Lisa ganz so schlimm ist«, sagte Evan, ehe ihm noch klar wurde, daß er damit das Falsche sagte.

»Das sagen alle Männer«, sagte Nicole und ging ohne ihn spazieren.

Evans unmittelbare Reaktion darauf war, daß er sich über sie ärgerte. Aber er nahm sich zusammen und beherrschte seinen Unmut. Er sagte sich, es sei unvernünftig, von Nicole ihm gegenüber ein normales Verhalten zu erwarten, ehe nicht wenigstens das Begräbnis vorbei und der Schockzustand im Schwinden war. Er wollte seine Gedanken von ihr ablenken und wandte sich den anderen zu. Aber ihm blieb nicht viel zu tun. Jane und Benedikt hatten sich zwar auch erregt, waren aber nun ruhig; Lisa weinte viel, aber erholte sich sichtlich; die Zwillinge waren unerwarteterweise phlegmatisch.

»Alle Leute sterben, wenn sie alt werden«, sagte Lucy. »Traurig dran war nur, daß es ein Unfall war – das war traurig daran.«

»Der Unfall war das schlimmste daran«, echote Timothy.

»Bei weitem das schlimmste. Armer Onkel Matt.«

»Es ist auch ein Jammer für Mami«, sagte Timothy, »aber andererseits ist es auch wieder gut.«

»Wieso das?« fragte Evan.

»Weil . . . ach, nur so.«

»Sie ist jetzt wieder frei«, sagte Lucy.

»Ja, sie kann jetzt wieder eines Tages heiraten.«

Evan sah, wie die beiden Kinder intime, wissende Blicke austauschten.

»Am Schluß wird noch alles gut«, sagte Lucy geheimnisvoll. »Nicht wahr, Timmy?«

»Natürlich«, sagt Timothy.

Evan dachte darüber nach, was hier wohl los sei, unternahm aber keine weiteren Anstrengungen, herauszufinden, warum die Zwillinge an eine mögliche Wiederverehelichung ihrer Mutter dachten. Er war bereits zu der Auffassung gekommen, daß es ihn nicht überraschen würde, zu erfahren, daß Lisa einen Liebhaber hätte. Nachdem er mit ihr gesprochen hatte, argwöhnte er, daß, obwohl ihr Elend ungeheuchelt war, die Quelle des Jammers dunkler sei, als irgend jemand annahm.

Aber Lisa konnte nicht wissen, daß von all den Leuten in Colwyn Court Evan sie noch am ehesten verstand. Sie bemühte sich nicht, sich ihm weiter anzuvertrauen, und am Tag ihrer Rückkehr nach Surrey war sie so sehr damit beschäftigt, sich für die Beerdigung zu stählen, daß dies sogar ihre Schuldgefühle beiseite schob. Schließlich, als alle Gäste in ihren Zimmern untergebracht waren, wollte sie sich schon zurückziehen, um früh zu Bett zu gehen, als das Dienstmädchen ihr meldete, jemand wolle sie am Telefon sprechen.

»Wenn es jemand von der Presse ist«, sagte Lisa, »dann möchte ich nicht mit ihm sprechen.«

»Er hat gesagt, er sei nicht von der Presse, gnädige Frau«, sagte das Dienstmädchen. »Ich habe extra noch gefragt. Er sagte, er sei der Direktor einer Gesellschaft für natürliche Ernährungsweise –«

»Ich möchte mit ihm sprechen«, sagte Lisa und eilte hinauf in ihr Zimmer. Der Hörer entglitt fast ihrer feuchten Hand. Ihr Herz schlug gegen ihre Rippen. »Hallo?« flüsterte sie. »Tristan?«

»Wie geht es dir?«

»Oh! . . .« Sie hielt inne, damit ihr Atem wieder ruhig ginge. Verschiedene gängige Phrasen gingen ihr durch den Kopf, aber sie konnte sich für keine entscheiden.

»Ich möchte wegen des Unfalls kondolieren«, sagte er.

Sie versuchte, ›danke sehr‹ zu sagen, aber er sprach weiter, ehe sie noch die Worte bilden konnte.

»Wie fühlst du dich?«

»Schrecklich«, sagte sie rasch. »Ich muß mit dir sprechen, bitte. Es ist so wichtig.«

»Wann ist die Beisetzung?«

»Morgen nachmittag, drei Uhr.«

»In der Wickerfield Church?«

»Ja. Es wird sehr still und bescheiden zugehen. Nur die Familie und ein oder zwei von Matts allerbesten Freunden.«

»Gut«, sagte er. »Ich werde mich nachher mit dir in Verbindung setzen.«

»Wann?« fragte sie. »Wo? Kann ich dich unter irgendeiner Nummer –«

»Ich werde mich mit dir in Verbindung setzen«, sagte er mit ruhiger Stimme, die sie ihre Augen erleichtert schließen ließ. »Gute Nacht, Lisa.«

Und ehe sie noch ein Wort sagen konnte, hörte sie schon das Summen der freien Leitung.

III.

Gegen Ende des Gottesdienstes blickte sie auf und sah ihn. Die Trauergemeinde war draußen um das offene Grab versammelt, während der Geistliche den letzten Teil der Einsegnung vornahm. Am Himmel standen dunkle Wolken. Poole lehnte nahe der Totenpforte, und einen Augenblick lang glaubte sie, er würde in den Kirchhof kommen und sich unter die Trauernden mischen. Das aber tat er nicht. Er trug einen schwarzen Anzug und eine schwarze Krawatte und beobachtete alles schweigend von seinem Standort außerhalb der geweihten Erde.

Sobald der Gottesdienst vorüber war und der Geistliche sein Buch geschlossen hatte, wandte sich Lisa ab, übersah den Arm, den Benedikt ihr bot, und ging raschen Schrittes zur Totenpforte.

»Wer, zum Teufel, ist das?« raunte Evan Benedikt zu.

»Gott allein weiß es«, sagte Benedikt.

Fern über den Hügeln sah man Blitze. Dann grollte der Donner nach.

»Hab' ihn noch nie im Leben gesehen«, sagte Benedikt, nachdem er seine Brille geputzt und noch einmal hingesehen hatte.

»Benedikt«, flüsterte Jane und griff nach seinem Ärmel. »Das ist Mr. Poole.«

»Ich glaube, es wird bald regnen«, sagte der Geistliche freundlich zu Nicole. »Es ist ein Glück, daß wir den Gottesdienst so früh gehalten haben.«

»Ja«, sagte Nicole. Sie fühlte sich wie gelähmt. Sie wollte mit niemandem sprechen.

»Kann ich auf einige Minuten mit dir zum Haus zurückkommen, Nicole?« sagte eine vertraute Stimme. »Es gibt da etwas, das ich mit dir besprechen möchte.«

Sie drehte sich um. Es war einer der ältesten Freunde ihres Vaters, der Rechtsanwalt Peter Marshall, der Senior der Firma Marshall & Tate.

»Oh!« Sie versuchte sich zusammenzureißen. »Ja, natürlich.« Nun erst merkte sie, daß Lisa vorausgegangen war und bei der Totenpforte mit einem Unbekannten sprach.

»Wie fühlst du dich, Nicki?« hörte sie Evans Stimme an ihrer Seite.

Sie nickte, ihrer Worte nicht mächtig und in plötzlicher Angst, zusammenzubrechen. Aber zu ihrer Erleichterung rettete sie Walter, indem er Evans Aufmerksamkeit von ihr ablenkte.

»Evan«, rief er. »Ich möchte dich mit Mr. Poole bekannt machen.«

Evan wollte nicht unfreundlich erscheinen und ging widerwillig auf den Fremdling zu, der im Schatten der Totenpforte stand.

Er sah einen Mann in seinem Alter, der aussah, als wäre er ein guter Tennisspieler. Der Fremdling hatte jene gestraffte sportliche Schlankheit, die sich besser auf dem Tennisplatz als auf einem Fußballfeld ausnahm. Etwas weich, dachte Evan, der Tennis immer für einen Damensport gehalten hatte. Dann fiel ihm ein, daß dieser Mann sich selbst und zwölf fremde Menschen nach Colwyn Court hineingedrängt hatte. Das Haar sträubte sich ihm im Nacken. Sein ganzer Körper wurde von Abneigung erfüllt.

»Nett, Sie kennenzulernen«, sagte Poole sehr höflich.

»Ganz meinerseits«, sagte Evan, kurz angebunden, und schwieg dann.

»Und hier darf ich Ihnen Nicole Morrison vorstellen«, sagte Walter, der keine peinliche Stille aufkommen lassen wollte. »Nicole, mein Liebling, das ist Mr. Tristan Poole, der Direktor unserer Gesellschaft in Colwyn Court.«

»Schön, Sie kennenzulernen, Miß Morrison«, sagte Poole. »Darf ich Ihnen mein Beileid aussprechen.«

»Vielen Dank . . .« Seine Präsenz drang kaum in ihr Bewußtsein. Sie hatte vor sich das vage Bild eines Mannes, der etwas kleiner und zarter gebaut war als Evan, ein Mann mit unbestimmten Zügen und braunem Haar. Nicht einmal die Farbe seiner Augen bemerkte sie.

».. . mein Cousin, Benedikt Shaw«, sagte Walter gerade. »Ich glaube nicht, daß Sie einander bereits kennengelernt haben?«

»Ja, das stimmt«, sagte Poole. »Wie geht es Ihnen, Professor Shaw? Ich habe schon einige Male mit Ihrer Frau gesprochen, aber Sie sind mir bis jetzt immer noch entkommen.«

»Es ist ein Pech, daß wir einander bei so einem traurigen Anlaß kennenlernen«, murmelte Benedikt. Er wunderte sich, wieso Jane diesen Mann so unheimlich gefunden hatte. Er sah wie ein recht netter junger Mann aus, etwa so wie einer seiner Assistenten in Cambridge.

»Guten Tag, Mrs. Shaw«, sagte Poole zu Jane und lächelte sie an. »Ich sehe, daß die Zwillinge nicht hier sind.«

»Wir dachten, es würde für sie zu aufregend sein«, sagte Jane unbeholfen.

»Ich glaube nicht, daß Kinder zu Leichenbegängnissen gehen sollten«, sagte Lisa. »Komm, Tristan, gehen wir.«

Alle sahen sie überrascht an.

»Wohin?« sagte Benedikt scharf und sah Poole nochmals genauer an.

»Ich habe Lisa angeboten, sie in meinem Wagen nach Hause zu fahren«, sagte Poole. »Ich hoffe, das stört nicht andere Pläne. Los, Lisa. Ich weiß, du willst bald heimkommen; mein Auto steht dort unter der Eiche.«

»Guter Gott«, murmelte Jane in die folgende Stille hinein. »Guter Gott!« Sie wußte, daß ihre Schwester sich falsch benommen hatte und schämte sich nun für sie.

»Ich bin sicher, Poole hat es gut gemeint«, sagte Walter unschuldig.

So sieht also die Sache aus, dachte Evan. Laut sagte er: »Wie lange kennt sie ihn denn schon?«

»Kommt es denn darauf an?« sagte Nicole. Sie wandte sich blindlings den wartenden Autos zu. »Folgen wir Ihrem Beispiel, und fahren wir heim, ehe es zu regnen anfängt.«

Wie auf ein Stichwort begann der Donner wieder fern zu grollen; schwere Regentropfen fielen aus einem verhangenen Himmel.

»Nicole hat recht«, sagte Evan, »machen wir, daß wir fortkommen.«

Am Weg zurück nach Wickersfield Manor wurde nicht viel gesprochen. Als sie in Matts Haus ankamen, war Nicole drauf und dran, sich in die tröstende Einsamkeit ihres Zimmers zurückzuziehen, als ihr einfiel, daß der Anwalt ihres Vaters wohl jeden Moment zu seinem Gespräch mit ihr eintreffen müsse.

»Wenn Mr. Marshall kommt«, sagte sie hastig zu dem Mädchen, »führen Sie ihn ins Arbeitszimmer meines Vaters. Ich werde dort auf ihn warten.«

»Kann ich noch irgend etwas tun?« sagte Evan, der plötzlich an ihrer Seite auftauchte.

»Wie? Oh, nein danke . . . Es ist schon alles in Ordnung. Der Anwalt meines Vaters kommt bald, um mit mir zu sprechen. Ich denke, es hat irgend etwas mit dem Testament zu tun.«

Sie hatte recht. Zwei Minuten später kam Mr. Marshall und schlug Nicole vor, daß auch Lisa anwesend sein sollte.

»Es wird nicht lange dauern«, sagte er. »Aber nun, da die Beerdigung vorüber ist, habe ich das Gefühl, ich muß mit euch beiden ein paar Dinge besprechen.«

»Natürlich«, sagte Nicole mechanisch und ging, Lisa zu suchen. Nachdem sie einige Minuten herumgestöbert hatte, lief sie durch den inzwischen heftiger fallenden Regen über den Rasen zum Sommerhaus. Sie waren dort. Sie mußten sie beobachtet haben, wie sie über den Rasen lief, denn keiner von beiden schien überrascht, sie eintreten zu sehen. Sie bemerkte Lisas feindseligen Gesichtsausdruck, kehrte sich aber nicht daran.

»Lisa, darf ich dich einige Minuten stören, bitte? Peter Marshall ist hier und möchte mit uns sprechen. Verstehen Sie, Mr. Poole?«

»Natürlich«, sagte der Mann. »Möchten Sie, daß ich zum Haus hinübergehe und einen Schirm bringe? Es scheint jetzt viel stärker zu regnen.«

»Bitte, bemühen Sie sich nicht«, sagte Nicole. »Man ist im Nu drüben. Dennoch vielen Dank.«

Plötzlich loderte ein Blitz auf. Lisa zuckte zusammen und hielt sich die Ohren zu, während der Donner über ihnen krachte.

»Ich habe vor Gewittern schreckliche Angst!«

»Ich komme mit dir zum Haus hinüber«, sagte Poole. Er zog sich die Jacke aus und hängte sie ihr um die Schultern. »So wirst du nicht allzu naß.«

Sie dankte ihm mit einem Lächeln.

Nicole hielt inne. Plötzlich kamen ihr die Möglichkeiten der Beziehung zwischen den beiden zum Bewußtsein. Konnte Lisa wirklich . . . am Tage der Beisetzung ihres Ehegatten? . . . Nein, sicher konnte nicht einmal Lisa die Kühnheit zu so etwas besitzen. Sie hörte sich scharf sagen: »Bleiben Sie hier, Mr. Poole?«

»Nein«, sagte er, »ich fahre heute abend wieder nach London zurück.«

Nun, wenigstens er schien etwas Sinn für Anstand zu haben, wenn dieser schon Lisa völlig abging. Sie war so wütend, daß sie fürchtete, ihre Stimme nicht in der Gewalt zu haben. So sagte sie nichts mehr. Wieder loderte ein Blitz auf, als sie das Sommerhaus verließ und durch den Regen zur Gartentüre des Wohnzimmers lief. Als Lisa und Poole ihr nach wenigen Sekunden nachkamen, sagte sie immer noch nichts, sondern ging nur über die Halle in Matts Arbeitszimmer voraus, wo Mr. Marshall wartete.

Mr. Marshall schien es schwerzufallen, einen Anfang zu finden. Er sagte zunächst, wie sehr ihn die Tragödie von Matts Tod erschüttert hatte und wie tief er mit Lisa und Nicole empfände. Er sagte, Matt sei ihm lange Zeit einer seiner engsten Freunde gewesen, und wie traurig es für ihn nun wäre, sein Testament zu vollstrecken. Dann sagte er noch, wie schwer es ihm fiele, ihnen zu sagen, was in dem Testament stünde. Er gab sogar zu, er wüßte nicht, ob er den Sinn und Inhalt richtig in Worte fassen könnte.

»Bitte, Peter!« sagte Nicole, die nun schon recht verzweifelt war und genau wußte, daß Lisa am Rande eines ihrer Weinkrämpfe war. »Sorg dich nicht darüber, ob du uns aufregst. Mit uns kann es nicht schlimmer kommen, als es schon ist. Und was mich anlangt, so ist es mir völlig gleichgültig, was in Daddys Testament steht. Ich nehme an, daß das meiste davon ohnehin die Steuer auffrißt.«

»Das stimmt«, sagte Mr. Marshall, im geheimen durch den vernünftigen Ton erleichtert, den Nicole angeschlagen hatte. »Er hat allerdings einige Vorkehrungen getroffen, um die Erbschaftssteuer zu umgehen. Vor acht Jahren hat er einen großen Teil seines Vermögens zu deinen Gunsten, Nicole, angelegt, und ich freue mich, dir sagen zu können, daß du jetzt Besitzerin eines Stiftungsvermögens von etwa einer halben Million Pfund bist, das keiner Erbschaftssteuer unterliegt.«

»Oh«, sagte Nicole ausdruckslos.

Guter Gott, dachte Lisa, eine halbe Million Pfund ohne Abzüge. Du lieber Himmel. Sie mußte die Lehne ihres Stuhls festhalten, um sich beherrschen zu können.

»Jetzt erzählen Sie mir bitte nicht, daß mein Anteil am Erbe lediglich einer Unterstützung des Wohlfahrtsstaates dient, Peter«, sagte sie mit einem kleinen Lachen. »Aber ich denke, es wird wohl so sein, da Matt und ich nicht lange genug verheiratet waren, um ihn in den Stand zu setzen, auch für mich die Erbschaftssteuer zu umgehen.«

»Das stimmt«, sagte Mr. Marshall wieder und öffnete den Mund, um noch etwas zu sagen. Aber es kam nichts heraus.

»Wieviel hat Matt hinterlassen?« fragte Lisa. »Ich nehme an, man kann die Stiftung für Nicole nicht mitrechnen, da sie ja nicht mehr offiziell zur Verlassenschaft gehört.«

»Das stimmt«, sagte Mr. Marshall wieder. Er räusperte sich. »Das Gesamtausmaß der Verlassenschaft ist gegenwärtig noch nicht genau bekannt, aber es dürfte in der Größenordnung von etwa drei Millionen Pfund liegen . . .«

Das heißt, zwanzig Prozent von drei Millionen für mich, dachte Lisa, 600 000 Pfund. Oder ist die Erbschaftssteuer noch höher als achtzig Prozent? Aber ich kriege mindestens 300 000 und wahrscheinlich sogar mehr. Vielleicht 500 000, eine halbe Million Pfund.

»Ursprünglich«, sagte Mr. Marshall und räusperte sich wieder, »wurde das Geld Ihnen, Lisa, direkt und zur Gänze hinterlassen, da Nicole ja schon gut versorgt war, und natürlich gab es verschiedene Legate, so zum Beispiel tausend Pfund für jedes Ihrer beiden Kinder −«

»Ach, er war so großzügig«, sagte Lisa und Tränen traten ihr in die Augen. »Sie haben ihn so gern gehabt.«

»− und verschiedene andere Dispositionen«, fuhr Mr. Marshall fort. »Jedoch −«, er holte tief Atem, »kurz, bevor er starb, hat Matt . . . nun, das war schon etwas sehr Merkwürdiges. Ich habe versucht, es ihm auszureden . . . Ich habe ihm gesagt, er soll noch eine Weile warten −«

»Was wollen Sie damit sagen?« fragte Lisa. »Was hat er getan?«

»Er hat ein Kodizill zu seinem Testament angebracht, er hat mich sogar am Morgen seines Todestages angerufen, um sicherzugehen, daß er den Wortlaut korrekt formuliert hatte. Das Kodizill besagt −«

»Es ist natürlich nicht rechtskräftig.«

»Nun, wirklich«, sagte Mr. Marshall, der rosa anlief, »es tut mir schrecklich leid, Lisa, aber es ist rechtsgültig. Es besagt, daß die Worte ›Gesellschaft zur Verhinderung von Kindesmißhandlung‹ an allen Punkten, an denen Ihr Name im Testament aufscheint, an dessen Stelle zu treten haben.«

Es war völlig still. Lisa war grünweiß geworden.

»Nun«, sagte Mr. Marshall, »es ist leicht möglich, daß ein Richter die Sache mehr von Ihrer Seite sieht. Es ist natürlich der vom Gesetzgeber verfolgte Zweck, zu sichern, daß ein Testament die Wünsche des Erblassers zum Ausdruck bringt und zu deren Verwirklichung führt. Aber . . . eine Ehegattin bekommt natürlich normalerweise etwas . . . besondere Umstände . . . Wenn ich Sie wäre, würde ich −«

»Ich werde es anfechten«, sagte Lisa.

»Nun, lassen Sie sich immerhin von einem Rechtsanwalt beraten.

Ich kann Sie natürlich in dieser Sache nicht vertreten, aber ich kann Ihnen einen ausgezeichneten Anwalt, einen Freund, empfehlen –« »Ich danke Ihnen«, sagte Lisa. »Bitte, schreiben Sie mir seinen Namen und seine Adresse auf, und ich werde mich am Montag bei ihm melden. Jetzt aber entschuldigen Sie mich.« Sie kam ungeschickt auf die Beine, stolperte durchs Zimmer, riß die Tür auf und rannte schluchzend den Korridor entlang, auf der Suche nach Tristan Poole.

IV.

Als Poole an diesem Abend in sein unauffälliges Londoner Hotel zurückkam, ließ er sich sofort mit Colwyn Court verbinden. Harriet, die Schwester von Agnes Miller, kam zum Apparat. »Ruf mir Agnes«, sagte Poole nur. »Ja, Tristan.« Er konnte an ihrer Stimme hören, daß sie schockiert war. Er wußte, daß sein brüsker Ton sie beunruhigt hatte. Es trat eine Pause ein.

Dann sagte Agnes: »Was ist geschehen?«

»Agnes, warum, zum Teufel, hast du mich Jackie als Akolytin gebrauchen lassen, anstatt Sandra?«

»Aber ich habe gedacht, Jackie habe alles so gut gemacht! Sie hat dir genau gesagt, wann Morrison von Swansea wegfuhr, die genaue Zeit, wann er in Colwyn einträfe, sie hat dir jede seiner Bewegungen genau berichtet, habe ich gedacht! Schließlich weiß ich, daß der Dämon, den du in den Kreis beschworen hast, um von der Katze Besitz zu ergreifen, begierig war, deinem Befehl zu gehorchen, aber der Dämon mußte ja gelenkt werden, und wären Jackies Aussagen ungenau gewesen –« Sie hielt plötzlich inne. Die Stille am anderen Ende der Leitung kam ihr zum Bewußtsein.

»Bist du jetzt ganz fertig?« fragte Poole höflich.

»Ja, Tristan. Tut mir leid. Inwiefern hat Jackie versagt?«

»Ich habe sie gefragt, was er in Swansea tue. Und sie hat mir gesagt, er spräche mit einem alten Freund.«

»Und hat er das nicht getan?«

»Verdammt, ja! Mit seinem gottverdammten Rechtsanwalt, am gottverdammten Telefon! Sandra hätte mir das sagen können! Jakkie aber stellte es dar, als wäre Morrison bei einer Garden-Party und plauderte über den neuesten Fisch, den er gefangen hatte! Du mußt Jackie sagen, daß, wenn sie je auf ihrem Arbeitsgebiet zu wirklicher Glaubwürdigkeit kommen will, sie wohl erst lernen muß, sich auf ihre Arbeit zu konzentrieren, anstatt einen Teil ihres Geistes irgendwo in Strahlenbezirken herumspielen zu lassen!«

»Ach, du Lieber«, sagte Agnes nervös. »Tut mir so schrecklich leid, Tristan. Du hast recht, ich hätte dich sie nicht verwenden lassen dürfen. Ich muß schon sagen, ich hatte meine Zweifel, aber –«

»Ja, die hast du gehabt. Schon gut, Agnes, es war wirklich mehr meine Schuld als die deine. Ich hätte die Grenzen ihres Talentes besser einkalkulieren sollen.«

»Aber was hat Morrison seinem Anwalt gesagt? Du willst mir doch nicht sagen, daß er –«

»Er hat seinem Testament ein Kodizill angefügt.«

»Ach, nein!«

»Ich brauch' dir wohl nicht zu sagen, was in dem Kodizill stand.«

»Er hat Lisa keinen Penny hinterlassen«, sagte Agnes, tief entmutigt.

»Vielleicht kriegt sie auf lange Sicht doch etwas Geld, aber, nachdem die Regierung achtzig Prozent der Verlassenschaft eingesteckt hat und nachdem Lisa ihre Anwälte bezahlt hat, wird sie wirklich nur ein paar Penny haben, um damit herumzuspielen. Morrison hinterließ das Geld oder was davon nach der Steuer noch übrig ist, der Gesellschaft zur Verhinderung von Kindesmißhandlung. Nach dem, was ich höre, wird sie es auch bekommen. Wenn Lisa Glück hat, so wird ihr irgendein weichherziger Richter einen Anteil zusprechen, der ihr gestattet, sich auf ein paar Jahre neue Hüte zu kaufen. Zu mehr wird's nicht langen. Also, denken wir nicht mehr an Lisa als die reiche Witwe! Besser gesagt, vergessen wir Lisa überhaupt. Wir stehen wieder am Anfang.«

»Ach, mein Lieber«, sagte Agnes, nun schon beinahe in Tränen. »Nach all der harten Arbeit! Es ist wirklich eine Gemeinheit.«

»Ach, faß doch wieder Mut, Agnes«, sagte Poole, und obwohl sie ihn nicht sehen konnte, meinte sie doch, sein Lächeln zu spüren. »Vielleicht sind wir doch nicht wieder ganz am Anfang. Sagen wir, wir sind einen Schritt weiter statt zwei.«

Agnes spürte, wie sie wieder Mut bekam. »Du hast einen neuen Plan?« fragte sie aufgeregt.

»Nun, ich denke, so könnte man es nennen«, sagte Poole leichthin. »Im Augenblick aber sprechen wir davon lieber als von einer interessanten Möglichkeit.«

5. Kapitel

I.

Als Nicole am nächsten Morgen erwachte, war der Himmel nach dem Gewitter völlig klar, und nach einer regnerischen Nacht roch die Luft feucht, frisch und kühl. Es war schon spät. Erschöpfung hatte sie schließlich überwältigt, und als sie zum Frühstück hinunterkam, war es schon zehn Uhr und das Speisezimmer leer. Eben trank sie ihre zweite Tasse Kaffee und begann, eine Scheibe Toast zu essen, als Evan eintrat.

»Hallo«, sagte er und beugte sich zu ihr nieder, um sie zu küssen. »Wie geht's dir heute?«

»Ich weiß nicht recht«, sagte Nicole. »Ich glaube aber besser, danke. Ich hatte gestern schreckliche Kopfschmerzen, aber die sind weg.«

»Das Gewitter hat die Luft gereinigt.« Er zog einen Stuhl heran und setzte sich neben sie. »Was hast du jetzt vor?«

»Ich weiß nicht recht. Wahrscheinlich werde ich heute nachmittag zurück nach London fahren und versuchen, wieder in ein normales Leben einzusteigen. Ich möchte nicht gern länger hier bleiben, denn ich weiß, daß ich über kurz oder lang mit Lisa schrecklich Streit bekommen würde. Du hast sicher gehört, was gestern geschehen ist?«

»Lisa hat es von allen Dächern geschrien.«

»Ist das nicht schrecklich? Es tut mir so leid, daß ihr kein Penny geblieben ist, wo ich doch so peinlich gut versorgt wurde. Aber Daddy hätte bestimmt sein Testament nicht ohne guten Grund in dieser Weise geändert.«

»Ich wette darauf, daß sie mit diesem Kerl, diesem Poole, herumgespielt hat.«

»Ich auch.« Nicole fiel plötzlich wieder die Szene im Sommerhaus ein, und sie fühlte Abscheu. »Obwohl ich mir nicht vorstellen kann, was sie an ihm findet. Er kommt mir so gewöhnlich vor.«

»Mir ist er nicht gewöhnlich vorgekommen«, sagte Evan. »Er hat wie ein außerordentlich geschickter Kerl mit leichtem Schwindlereinschlag gewirkt, und sobald ich wieder nach Colwyn Court zurückkomme, werde ich dafür sorgen, daß er und seine Freunde bei der ehesten Gelegenheit delogiert werden . . . Da wir von Colwyn sprechen, Nicki, warum nimmst du dir nicht die nächste Woche frei und kommst zu uns? Es würde dir sicher guttun, noch ein paar Tage fern vom Alltag zu sein. Und ich denke auch nicht gern daran, daß du allein nach London zurückfährst.«

»Es ist . . . sehr lieb von dir, Evan, aber ich kann mir wirklich nicht noch eine Woche freinehmen. Es macht meinem Chef Schwierigkeiten und übrigens . . . vielleicht kannst du das nicht verstehen, aber ich *möchte* wieder arbeiten. Für mich symbolisiert die Arbeit im Augenblick Sicherheit und Kontinuität, etwas Festes und Geregeltes . . . Ginge ich nach Colwyn, würde ich wahrscheinlich nur herumhocken und grüblerisch werden, kehre ich aber wieder zu meiner Arbeit zurück, so werde ich keine Zeit haben, an irgend etwas zu denken . . . Glaubst du, daß du bald nach London zurückkommst?«

»Ich weiß nicht recht, ich hab' daheim noch so manches in Ordnung zu bringen.« Plötzlich neigte er sich zu ihr: »Nicki, willst du dir nicht doch noch einmal meine Einladung nach Colwyn überlegen? Ich habe die ganze vorige Woche darüber nachgedacht, und ich bin zu dem Entschluß gekommen –«

Die Tür ging auf, und er wurde unterbrochen. Jane sah besorgt ins Zimmer.

»Oh«, sagte sie verlegen, »tut mir schrecklich leid! Ich suche Benedikt, ihr habt ihn nicht vielleicht gesehen?«

»Er ist mit meinem Vater irgendwo hingegangen«, sagte Evan. »Wie ich so die Hobbys meines Vaters kenne, denke ich, du solltest vielleicht in den Glashäusern nachsehen. Wie geht's Lisa, Jane? Ich habe sie heute morgen noch nicht gesehen.«

»Nun«, sagte Jane und machte eine verlegene Pause. »Sie ist immer noch sehr erregt; um die Wahrheit zu sagen –«, Jane holte tief Atem, »– ich habe darauf bestanden, daß sie zurückkommt und mit uns im Landhaus bleibt, bis sie sich besser fühlt. Nun, genauer gesagt, sie hat gebeten, ob sie kommen könne, und ich habe nicht das

Herz gehabt, sie abzuweisen. Ich hoffe sehr, daß Benedikt das verstehen wird. Natürlich wird er es verstehen, aber –«

»Ich glaube schon, daß er das versteht, aber – hat das Haus nicht traurige Erinnerungen für sie?«

»Ja, aber Matt starb ja nicht im Haus . . .« Janes Stimme verklang unsicher. Sie errötete verwirrt. »Tut mir leid, Nicole.«

»Das stimmt schon«, sagte Nicole. »Ist schon gut, Jane.« Jane sah erleichtert drein. »Nun, jetzt muß ich Benedikt suchen . . . Entschuldigt mich . . .« Sie ging ungeschickt rücklings aus dem Zimmer und schloß die Tür. Eine Pause trat ein, ehe Nicole, während sie sich eine dritte Tasse Kaffee eingoß, sagte: »Jetzt ist's heraus. Ich denke nicht daran, nach Colwyn zu gehen, wenn Lisa dort ist.«

»Oh, Nicki, um Gottes willen!«

»Ich kann nichts dafür«, sagte Nicole. »Ich kann sie einfach nicht leiden. Ich kann da nicht heucheln. Tut mir leid, Evan.«

»Nicki, Lisa wird im Landhaus sein, du aber mit mir in Colwyn Court.«

»Ich glaube, auch davor habe ich Angst«, sagte Nicole.

»Hör mal«, sagte Evan, »wenn du dich an mir rächen willst, so verdien' ich das sicher, aber warum machst du auch gleichzeitig dir die Sache so schwer? Sei doch nicht so verdammt stolz!«

»Ich kann mir nicht helfen, ich bin eben stolz.«

»Aber Nicki, ich liebe dich doch! Sobald ich den Kram daheim in Ordnung habe –«

»Ach, ich warte immer darauf, daß du irgendwelchen Kram in Ordnung bringst«, sagte Nicole. »Du bist nach Afrika gegangen, um mit dir selber klarzukommen, jetzt gehst du nach Wales, um deine Familie in Ordnung zu bringen; irgend etwas muß immer in Ordnung gebracht werden, bevor du an mich denkst.«

»Aber ich versuch' doch, zu dir zu kommen, warum glaubst du, habe ich dich nach Colwyn eingeladen?«

»Weil du gerne deinen Willen durchsetzen möchtest«, sagte Nicole.

»O Gott!« rief Evan und stürzte wütend aus dem Zimmer.

Das Dienstmädchen, das gerade kam, um den Tisch abzuräumen, stieß mit ihm zusammen und blickte ihn vorwurfsvoll an, während

er, ohne sie anzusehen, an ihr vorbeisauste. Als sie sich wieder gefaßt hatte, sagte sie zu Nicole:»Verzeihen Sie, gnädiges Fräulein,
aber sind Sie schon fertig?«

»Ja«, sagte Nicole.»Tut mir leid, daß ich heute morgen so spät
dran bin.« Sie stellte die Kaffeetasse nieder und ging in die Halle
hinaus. Das Haus schien bedrückend groß. Instinktiv zog sie die
Eingangstür auf und trat in den morgendlichen Sonnenschein hinaus. In diesem Augenblick sah sie, noch ehe sie die unangenehme
Szene mit Evan noch einmal überdenken und bedauern konnte, den
schwarzen Jaguar still die Einfahrt bis an die Treppe heranschnur-
ren, auf der sie stand.

Lisas Liebhaber, dachte Nicole. Wie kann er es nur wagen, so zu
meines Vaters Haus zurückzukommen! Zorn schnürte ihr die Kehle
zu, aber sie überwand ihn und lief die Treppe hinunter, als er aus
dem Wagen stieg.

»Guten Morgen, Miß Morrison«, sagte er nett und lächelte sie an.
Er sah verändert aus. Nicole zögerte, und während sie noch zögerte, vergaß sie, was sie hatte sagen wollen; sie starrte ihn plötzlich
an. Er trug ein elegantes Sporthemd von rauchigem Rot, und der
Stoff schmiegte sich so an seinen Körper, daß sie seine Brustmus-
keln und seine starken Schultern genau sehen konnte. Seine Hose
war schwarz und so sorgfältig gebügelt, wie sie geschnitten war. Seine Schuhe waren so schwarz wie die Hose. Nicole dachte, sie habe
noch nie einen informell gekleideten Mann so elegant gesehen.

»Guten Morgen«, hörte sie sich wie von weit her sagen. Er streckte ihr höflich die Hand hin, und nach einem Augenblick reichte sie
ihm ihre und fühlte, wie sich seine langen Finger um diese schlossen. Zum erstenmal nahm sie wahr, daß er dunkel war. Er hatte
dunkle Augen, tiefliegend und leuchtend, und dunkles Haar, und
seine Haut hatte von vielen Stunden in der Sonne der Gower-Halbinsel einen dunklen Bronzeton.

»Sie sehen so anders aus«, sagte sie plötzlich.

»Nein, Sie beobachten heute nur schärfer.«

Er hielt noch immer ihre Hand, und sie wurde sich plötzlich seiner langen Finger auf ihrem Fleisch sehr bewußt. Sie zog ihre Hand
zurück und trat einen Schritt von ihm weg.

»Wollen Sie nicht hereinkommen?« sagte sie plötzlich und führte ihn in die Halle.

»Danke«, sagte er und folgte ihr aus dem Sonnenlicht in den Schatten des Hauses.

»Ich nehme an, Sie wollen Lisa sehen. Ich glaube, sie liegt noch. Aber wenn Sie wollen, dann gehe ich zu ihr und sage ihr, daß Sie da sind.«

»Nun, um die Wahrheit zu sagen«, hörte sie seine Stimme unmittelbar hinter sich. »Ich bin zu Ihnen gekommen und nicht zu Lisa.« Sie drehte sich überrascht um. »Zu mir?« fragte sie erstaunt und fühlte sich wie ein Schulmädchen erröten. »Warum zu mir?«

»Gibt es ein Zimmer, in dem wir ungestört sprechen können?«

»Ja, natürlich . . . kommen Sie doch ins Wohnzimmer.«

Er öffnete ihr die Tür.

»Darf ich Ihnen Kaffee anbieten?« fragte Nicole verklemmt. Sie wußte immer noch nicht, wie sie auf seine Anwesenheit reagieren sollte.

»Nur, wenn es Filterkaffee ist«, sagte Poole, »und wenn er ohne diese schreckliche heiße Milch zubereitet ist, die die Engländer so gerne haben.«

Nicole lachte plötzlich. »Unsere Köchin bekäme einen Anfall. Die hat überhaupt nur Pulverkaffee in der Küche. Wollen Sie nicht vielleicht Tee?«

»Ich glaube eher nicht«, sagte Poole. »Glauben Sie nicht, daß ich Ihre Gastfreundschaft nicht zu schätzen weiß, Miß Morrison, aber in diesem Punkt kann man es mir nur schwer recht machen. Wollen wir uns setzen?«

»Oh . . . ja, natürlich.« Sie setzte sich linkisch auf ein Ende des Sofas. Nachdem sie Platz genommen hatte, sank er in den Lehnstuhl vis-à-vis und verschränkte seine langen, geschmeidigen Finger.

»Ich muß mich bei Ihnen entschuldigen«, sagte er schließlich.

»Wieso?« fragte Nicole überrascht.

»Ja, ja, es ist mir sehr peinlich.«

»Wofür wollen Sie sich denn entschuldigen?«

»Dafür, daß ich mich bei einer sehr intimen Familienangelegenheit gestern aufgedrängt habe.«

»Oh!« Nicole war verwirrt.

»Es wundert mich, daß Sie heute so freundlich zu mir sind. Ich hatte das unangenehme Gefühl, als ich sah, wie Sie mein Kommen jetzt eben beobachteten, daß Sie alle Bediensteten des Hauses zusammenrufen würden, um mich im besten Stil des 19. Jahrhunderts hinauswerfen zu lassen. Hat man das nicht damals üblicherweise mit Vagabunden und unerwünschten Freiern getan?«

»Ja, ich denke schon«, sagte Nicole amüsiert. »Aber in welche Kategorie unerwünschter Besucher fallen denn Sie?«

»In alle, natürlich«, sagte Poole mit seinem offenen, charmanten Lächeln. »Haben Sie denn noch nicht von mir gehört? Nach allgemeiner Auffassung habe ich Walter Colwyn schwindelhaft um seinen Familienbesitz gebracht, in Colwyn Court ein Nudistenlager und noch Schlimmeres eröffnet und mich ihrer Stiefmutter in unehrenhafter Weise genähert. Sie wissen doch bestimmt von meinem außerordentlich schlechten Ruf.«

Nicole lachte. »So wie Sie es sagen, klingt das ganze Geschwätz sehr dumm!«

»Geschwätz ist meistens dumm oder lächerlich. Niemand denkt daran zu überprüfen, ob Walter Colwyn mir einen Mietvertrag gegeben hat, niemand will glauben, daß das Wort ›natürlich‹ im Namen meiner Gesellschaft sich auf Ernährungsweise und nicht auf den Mangel an anständiger Bekleidung bezieht. Jeder glaubt immer gern das Schlimmste, weil das Schlimmste meist viel aufregender und interessanter ist als das Beste. Ist's nicht so? Und das menschliche Geschlecht will aufgeregt und gekitzelt werden; gibt's keine Aufregung, so erfinden sie sich eine. Selbst dummer Tratsch ist unter diesen Umständen besser als gar kein Tratsch.«

Nach einem Augenblick sagte Nicole: »Und Lisa?«

»Für Lisa bin ich nicht verantwortlich. Sie war das Problem Ihres Vaters, nicht meines.«

»Ich fürchte, er hat geglaubt, daß Lisa ihm zum Schluß untreu war.«

»Hat er das geglaubt?« sagte Poole. »Ehemänner glauben immer, daß ihren Gattinnen niemand widerstehen kann. Das zu glauben, würde ihren Egoismus beleidigen.«

»Mh«, sagte Nicole und versuchte, das stirnrunzelnd zu verstehen.

»Hören Sie mal«, sagte Poole und beugte sich plötzlich zu ihr vor. »Ich muß mich wirklich entschuldigen, Miß Morrison. Ich weiß, daß Sie denken, daß ich gestern kam, um Lisa zu sehen. Aber in Wahrheit war es Lisa, die mich sehen wollte. Sie klang der Hysterie so nahe, daß ich gegen mein besseres Wissen und Gewissen nachgab und nach der Beisetzung einige Zeit bei ihr verbrachte und versuchte, sie zu beruhigen.« Er hielt inne. »Ich habe etwas Erfahrung mit klinischer Psychologie, ich dachte, daß ich ihr helfen könne.«

»Ich verstehe«, sagte Nicole langsam.

»Ich wußte, als ich sie vor einigen Tagen kennenlernte, daß sie in Schwierigkeiten steckte, und machte impulsiv den Fehler, ihr helfen zu wollen. Sie wurde sehr rasch von mir abhängig – viel rascher, als ich erwartet hatte –, und bald verlor ich die Kontrolle über diese Situation. Als ich versuchte, mich zurückzuziehen, wurde sie hysterisch und . . . nun Sie können sich vorstellen, wie es war. Ich möchte nicht auf weitere Details eingehen. Es mag genügen, wenn ich sage, daß ich sie gestern dazu zu überreden versuchte, sich bezüglich ihrer emotionellen Schwierigkeiten an einen Londoner Spezialisten zu wenden. Ich hoffe, es ist mir gelungen, sie zu überzeugen.«

»Ich fürchte, nein«, sagte Nicole. »Sie hat beschlossen, nach Colwyn Cottage zurückzukehren, um sich dort bei Jane und Benedikt zu erholen.«

Seine Augen wurden plötzlich so dunkel, daß sie beinahe schwarz aussahen. Sein sonst beweglicher Mund wurde zu einem verkniffenen Strich. »Oh!« sagte er schließlich. »Das ist sehr peinlich. Aber ich denke, ihr wird bald klar werden, daß die Beziehung zwischen uns – wie eng sie auch gewesen sein mag – jetzt zu Ende ist. Ich kann ihr nicht mehr helfen.«

»Es freut mich, das zu hören«, sagte Nicole, bevor sie sich noch zurückhalten konnte.

Er lächelte sie an, seine Augen leuchteten, dunkle, kleine Fältchen zeigten sich in den Augenwinkeln. Er hatte erstaunlich ausdrucksvolle Augen. »Und wie steht's mit Ihnen?« fragte er. »Sie werden doch nicht allein hier in diesem riesigen Haus bleiben?«

»Nein, ich . . . ich muß am Montag zurück zur Arbeit. Ich wohne ohnedies nicht hier. Ich habe eine Wohnung in Hampstead.«

»Verzeihen Sie«, meinte Poole, »aber ich glaube, Sie sollten nicht so rasch wieder zur Arbeit gehen.«

»Aber ich möchte gerne«, sagte Nicole und wiederholte, was sie schon Evan gesagt hatte. »Wenn ich nicht arbeite, dann werde ich nachdenklich und launenhaft. Ich möchte so sehr beschäftigt sein, daß ich gar keine Zeit habe, über mich nachzudenken.«

»Ganz recht«, sagte Poole. »Aber manchmal kann diese Art der Sublimierung sehr unklug sein. Es ist viel besser, wenn Schock und Gram in Ihrer Psyche natürlich verarbeitet werden.«

»Oh!« sagte Nicole. Sie fühlte sich wieder verwirrt. Impulsiv sagte sie plötzlich: »Sind Sie wirklich Psychologe – oder nur ein Amateur?«

»Ich habe einen akademischen Grad in Psychologie. Ich habe klinische Erfahrung. Ich glaube nicht, daß man mich einen Amateur nennen kann.«

»An welcher Universität haben Sie studiert?«

»Ich war in einem College in Kalifornien.«

»Ach, das ist die Erklärung«, sagte sie darauf.

»Erklärung wofür?«

»Ihr Akzent. Manchmal stimmt er nicht ganz. Sind Sie Amerikaner?«

»Nein, ich bin britischer Untertan. Aber ich habe meine Bildungsjahre in den Vereinigten Staaten verbracht. Sie waren noch nicht in Kalifornien?«

»Nein, aber ich würde gern eines Tages hinfahren.«

»Das sollten Sie«, sagte Poole. »Es ist wirklich ein ganz wunderbares Land, sozusagen ein heutiger Garten Eden . . . natürlich nach dem Sündenfall!« Er lächelte sie an. »Aber lassen wir Kalifornien im Augenblick. Ich habe jetzt an nähere Orte gedacht, zum Beispiel Colwyn. Wenn ich Ihnen raten darf – was mir, wie ich weiß, freilich nicht zukommt –, dann würde ich Ihnen empfehlen, sich mindestens eine Woche freizunehmen und sich in Colwyn Court in frischer Seeluft zu erholen. Meine Gesellschaft hat wohl derzeit den östlichen und westlichen Flügel übernommen, aber es gibt im

Haupttrakt immer noch ein kleines freies Gästezimmer, und es würde mich außerordentlich freuen, wenn Sie dort einige Tage verbringen wollten. Ich kann das mit Recht sagen, denn ich habe gestern nach der Beerdigung mit Walter Colwyn gesprochen und er hat mehr oder minder den gleichen Vorschlag gemacht.«

»Nun . . .«

»Wenn Sie sich Lisas wegen Sorgen machen – das ist unnötig. Es gibt keinen Grund, warum Sie sie auch nur sehen sollten.«

»Wieso wissen Sie –?«

»Liebe Miß Morrison, um Ihre Haltung Ihrer Stiefmutter gegenüber zu verstehen, vor allem nach deren Benehmen in letzter Zeit, braucht man kein Psychologe zu sein.«

»Ich –« Nicole fühlte sich völlig verwirrt.

»Ich werde mich um Sie kümmern, wenn Sie Colwyn besuchen. Wenn Sie sich vorm Grübeln fürchten oder einfach davor, sich zu fürchten, dann, glaube ich, kann ich Ihnen helfen.«

»Ach, ich komm' schon klar«, sagte Nicole sofort.

»Sie werden also kommen?«

»Nun, ich –«

»Sie kommen doch, nicht wahr?«

»Ich . . .«

»Sie werden kommen.«

»Nun, warum nicht?« sagte Nicole. »Es ist doch ein wenig komisch, wenn man sich vorm Grübeln fürchtet? Warum soll ich nicht ein paar Tage am Meer verbringen?«

»Gut«, sagte Poole, »das ist eine viel vernünftigere Einstellung.« Er stand auf, ehe er noch beiläufig hinzufügte: »Vielleicht kann ich Sie nach Wales hinunterfahren. Ich fahre Montag morgen los, und es wäre für mich ein leichtes, Sie hier in Wickerfield abzuholen.«

»Aber ich werde doch auch in London sein. Ich will dorthin zurückkehren, nachdem alle morgen früh nach Wales aufgebrochen sind.«

»Noch besser! Geben Sie mir Ihre Adresse, und ich hole Sie von Ihrer Wohnung ab.«

Nicole fühlte sich ganz eigenartig freudig erregt. »Wollen Sie nicht zum Mittagessen bleiben?« bot sie ihm spontan an.

»Gern, aber leider muß ich jetzt in die Stadt zurück. Also, eh' ich's vergesse, wie lautet Ihre Adresse im Hampstead?«

Sie gab ihm ihre Adresse und Telefonnummer und fragte ihn, wo er wohne. »Im Salisbury Hotel in der Nähe des Britischen Museums. Ich hole Sie Montag um zehn Uhr in der Früh ab, oder ist Ihnen das zu früh?«

»Nein, das ist prächtig.«

Sie standen in der Halle. Niemand war in der Nähe.

»Wenn ich Sie wäre, würde ich Lisa von meinem Besuch nichts sagen«, warnte Poole und öffnete die Eingangstür. »Es ist besser, unnötige Komplikationen in dieser Hinsicht zu vermeiden. Sie verstehen das sicher!«

»Natürlich!« sagte Nicole.

Er streckte ihr wieder die Hand hin, und Nicole ergriff sie mechanisch.

»Bis Montag«, sagte Poole und ging. Im starken Sonnenlicht hatte sein dunkles Haar einen rötlichen Schein.

»Bis Montag«, sagte Nicole. Sie blieb stehen und beobachtete, wie er in seinen schwarzen Jaguar stieg und fortfuhr, fort aus dem Blick ihrer hypnotisierten Augen.

II.

»Was meinen Besuch in Colwyn anbelangt – ich habe mir die Sache überlegt«, sagte Nicole zu Evan, als sie einander vor dem Mittagessen zufällig trafen. »Ich werde am Montag hinunterfahren und die Woche über dort bleiben.«

»Wie willst du denn wissen, ob die Einladung dorthin überhaupt noch aufrecht ist?« sagte Evan. Er stand noch unter dem Einfluß des unguten Gespräches am Morgen. »Und warum hast du es dir überlegt? Hast du beschlossen, mir meinen Willen zu lassen?«

»Wie? Oh . . . Evan, mir tut das alles so schrecklich leid. Ich war eben sehr aufgeregt und wußte wirklich nicht recht, was ich sagte . . . Wäre es dir wirklich lieber, wenn ich nicht käme?«

»Ach, sei doch nicht so kindisch«, brachte er unbeholfen hervor und versuchte, sie zu küssen, aber sie wandte ihr Gesicht rasch ab.

»Ich glaube, ich habe mich wirklich ganz grundlos aufgeregt«, sagte sie unsicher. »Du hattest wirklich allen Anlaß, ärgerlich zu reagieren.«

»Am besten, wir sprechen jetzt nicht mehr davon, Nicki. Ich möchte dich am Montag nach Wales hinunterfahren. Benedikt und Jane können Vater wie geplant morgen heimbringen, und ich kann hier bleiben . . .«

»Nein, Evan, das mußt du wirklich nicht. Es ist lieb von dir, daß du diesen Vorschlag machst, aber ich habe schon andere Pläne.«

»Das heißt, du willst mit dem Zug fahren?«

»Nein, mit dem Auto. Es ist schon alles besprochen.«

»Aber sei doch nicht komisch. Es würde mir durchaus nichts ausmachen, dich . . .«

»Mr. Poole fährt Montag nach Colwyn zurück und hat sich erbötig gemacht, mich mitzunehmen.«

»Poole!« Evan starrte sie an. »Willst du mir im Ernst einreden, daß du dich für weiß Gott wie viele Stunden mit diesem . . . diesem Menschen in ein Auto einsperren willst?!«

»Pst!« machte Nicole. »Willst du denn wirklich, daß alle hier davon wissen? Ich möchte unter keinen Umständen, daß Lisa davon erfährt, oder sie macht bestimmt wieder irgendeine peinliche Szene.«

»Wann, zum Kuckuck, hast du denn überhaupt mit Poole gesprochen?«

»Heute morgen. Er hat deinen Ratschlag bestätigt und gesagt, es wäre besser, die kommende Woche in Colwyn auszuruhen, anstatt gleich wieder zur Arbeit zurückzukehren. Ich wäre mir also richtig dumm vorgekommen, hätte ich den Rat zweier Ärzte in den Wind geschlagen –«

»Er ist doch kein Arzt!«

»Er ist immerhin Psychologe –«

»Ein Quacksalber ist er! Nicki, du darfst nicht einmal die Hälfte von dem glauben, was der Kerl sagt. Was heißt, du darfst ihm überhaupt nichts glauben.«

»Aber, lieber Evan, er hat mir doch genau das gleiche geraten wie du!«

»Aber –«

»Warum kannst du ihn so gar nicht ausstehen?«

»Er ist einfach ein Schwindler«, sagte Evan. »Ein Betrüger. Er hat sich in mein Heim eingeschlichen.«

»Er sagt, er habe einen Mietvertrag mit deinem Vater abgeschlossen.«

»Ich glaub's nicht!«

»Und er hat ein Diplom in Psychologie von einem College in Kalifornien –«

»Kalifornien!« schnaubte Evan verächtlich.

»Und er hat klinische Praxis –«

»Hat er dir den Namen des Colleges genannt, das ihm sein Diplom verliehen hat?«

»Nein, aber –«

»Ich glaube von dem allem kein Wort«, sagte Evan. »Der Kerl ist einfach ein Betrüger.«

»Das ist er keineswegs«, sagte Nicole ärgerlich. »Ich glaube, du bist sehr voreingenommen und benimmst dich in dieser Sache schrecklich daneben.«

»Du bist es, die voreingenommen ist, wenn du all den Quatsch glaubst, den er dir da auftischt! Hör mal, Nicki, ruf jetzt diesen Poole an, sag ihm für Montag ab. Komm morgen gemeinsam mit uns allen nach Colwyn.«

»Das kann ich nicht«, sagte Nicole störrisch. »Ich muß erst noch zurück in meine Wohnung und dort ein paar Kleinigkeiten waschen, etwas bügeln und auch noch umpacken.«

»Dann erlaube mir, daß ich dich Montag hinführe. Nur wir zwei.«

»Das ist nicht nötig, Evan. Mr. Poole –«

»Zur Hölle mit deinem Mr. Poole!« schrie Evan.

»Ach, um Gottes willen, Evan, so reiß dich doch zusammen!« sagte Nicole ärgerlich. »Was ist denn nun eigentlich mit dir los?«

Und wieder trennten sie sich im Streit.

III.

»Vater«, sagte Evan, als er Walter allein dabei überraschte, wie er in Matts Glashaus eine besonders seltene Orchidee bewunderte. »Ich möchte etwas mit dir besprechen.«

»Ach«, machte Walter und versuchte dabei, nicht nervös zu klingen. Es ging ihm durch den Kopf, ob nun wohl die Auseinandersetzung kommen würde, die zu vermeiden er sich so lange bemüht hatte. »Tja, natürlich . . . übrigens, hast du diese Orchideen hier schon einmal gesehen? Die sind schon etwas Besonderes. Schau einmal: die Farben, diese Zartheit –«

»Vater«, sagte Evan streng, »ich möchte jetzt einmal ganz genau wissen, in welcher Beziehung wir zu Tristan Poole und seiner Gesellschaft stehen.«

»Tja«, sagte Walter. »Tja, natürlich. Ganz recht.«

»Ich schlage vor, daß wir jetzt einmal hinausgehen und uns auf die Bank dort drüben am anderen Ende des Rasens setzen. Hier drinnen ist es zu schwül, um ein vernünftiges Gespräch zu führen.«

»Ja, es ist hier drinnen wirklich sehr heiß. Für Orchideen ist das natürlich wunderbar.« Er machte ein paar Schritte und hielt dann bei der nächsten Orchideenart an.

»Vater –«

»Ach, mach dir darüber einfach keine Sorgen. Ich nehme das alles auf meine Kappe.«

»Das stimmt einfach nicht«, sagte Evan, »ich bin dafür verantwortlich, mich um dich zu kümmern.«

»Mein lieber Junge, ich bin sehr gut imstande, mich um mich selbst zu kümmern! Es freut mich natürlich, daß du dir um mich solche Sorgen machst – aber du sorgst dich ohne Grund.«

»Was höre ich da – du hast Poole einen Mietvertrag gegeben?«

»Ach, das ist nur ein Gentlemen's Argreement«, sagte Walter. Er wünschte, die Orchideen würden auf ihn zukommen und ihn verschlingen. »Ich habe den Ost- und Westflügel auf ein Jahr an Poole vermietet. Wir haben die Räume dort ohnedies nicht benützt, und ich dachte, ein kleines Nebeneinkommen könne sich ganz nützlich erweisen.«

»Wieviel zahlt er dir, Vater?«

»Tja«, machte Walter, der nun verzweifelt Zeit zu gewinnen suchte, »das ist wirklich eine gute Frage. Es war klug von dir, das aufs Tapet zu bringen. Weißt du –« Er hielt inne.

»Ja, Vater?« fragte Evan gnadenlos weiter.

»Ach, gehen wir doch hinaus und setzen uns dort drüben auf die Bank, wie du vorhin vorgeschlagen hast«, sagte jetzt Walter plötzlich und verschaffte sich dadurch weitere zwei Minuten Aufschub, um eine befriedigende Antwort auf die peinlichen Fragen seines Sohnes auszudenken. Aber als sie dann beide auf der Holzbank saßen und über den Rasen hinblickten, hinter dem der Rosengarten lag, mußte er zu seiner Bestürzung merken, daß er noch immer keine plausible Antwort gefunden hatte.

Sein Inquisitor fragte ohne Schonung wieder: »Ja also?«

»Nun, um die Wahrheit zu sagen: im Augenblick handelt es sich um eine bargeldlose Transaktion«, sagte Walter. »Der Gesellschaft wurde die Benützung der Räumlichkeiten überlassen. Dafür hat Miß Miller die Aufgaben der Haushälterin übernommen, und Mr. Poole kümmert sich um Gwyneth.«

Es trat eine betretene Pause ein. Walter saß mit vor Aufregung angespannten Sehnen da und wartete auf eine Explosion, die nicht kam.

»So etwa hatte ich mir die Geschichte vorgestellt«, sagte Evan schließlich. »Nun vielleicht ist das gar nicht so schlecht. Wenn bei deinem sogenannten ›Mietvertrag‹ mit Poole kein Geld im Spiel ist, dann ist er vielleicht auch gar nicht gültig.«

»Nun, um genau zu sein –«

»Hat er dir am Ende doch Geld gegeben?«

»Nur fünf Pence, als nominelle Miete – symbolisch sozusagen –«

»Oh, du guter Gott!« seufzte Evan. »Vater, ich will dich nicht beleidigen, aber wie bist du nur an diesen Kerl geraten? Wo und wie hast du ihn kennengelernt?«

»Nun, du weißt doch, daß wir einmal im Monat Colwyn Court der Öffentlichkeit zugänglich machen müssen. Das ist die Bedingung dafür, daß das Bautenministerium die Ruinen der Burg und der Kapelle erhält. Poole kam im März. Er sagte, er sei ein Tourist, der sich für alte Gebäude interessiert, und Gwyneth, die sich an diesem Tag wohlfühlte, führte ihn durch die Gärten und auch hinauf zur Burg. Poole zeigte sich ungeheuer interessiert und stellte so kluge Fragen, daß ich ihn schließlich zum Mittagessen einlud. Er machte mir dann das Angebot, den ganzen Besitz auf ein Jahr zu mieten. Dem konnte ich natürlich nicht zustimmen, und so ging er. Am folgenden Tag war Gwyneth krank – sie hatte wieder einmal einen ihrer Anfälle –, und ich begann schon recht besorgt zu werden. Der Arzt zog in Erwägung, Gwyneth in ein Spital einzuweisen – da erschien plötzlich Poole und fragte, ob ich mir die Sache mit der Vermietung überlegt hätte. Als er hörte, Gwyneth sei krank, sagte er, er sei ein Naturheiler, und fragte, ob er etwas für sie verschreiben dürfe. Natürlich sagte ich ja. Meiner Meinung nach konnte es keinesfalls schaden, da der Doktor bis jetzt kaum etwas erreicht hatte. Überdies glaube ich selbst an die Heilkraft verschiedener Kräuter. Unsere Vorfahren haben sich immerhin –«

»Also hat Poole irgendein Tränklein zusammengemischt, und Gwyneth war sofort kuriert«, sagte Evan. »Das waren nicht die Kräuter, Vater, das war Suggestion.«

»Vielleicht«, gab Walter zu, der sich auf keinen weiteren Streit einlassen wollte. »Jedenfalls kannst du dir vorstellen, wie dankbar ich Poole war. Als er dann für die Vermietung einen Kompromißvorschlag machte – ich solle ihm anstatt des ganzen Hauses nur die beiden Flügel vermieten –, konnte ich nicht gut nein sagen –«

»Ja, ich versteh' schon.«

»Er machte so einen guten Eindruck auf mich«, sagte Walter, um sich zu verteidigen, ». . . und schließlich spare ich ja doch das Gehalt einer Haushälterin . . . Und die Gesellschaft besorgt all die Reinigungsarbeiten . . . Und Gwyneth geht es jetzt auch wirklich viel besser –«

»Und wer bezahlt die Rechnungen?«

»Rechnungen?« wiederholte Walter in der Hoffnung, die Frage seines Sohnes nicht recht verstanden zu haben.

»Ja: Rechnungen«, sagte Evan. »Wer trägt die Kosten für die Verpflegung und den Unterhalt von zusätzlich dreizehn Personen in Colwyn Court?«

»Tja, um bei der Wahrheit zu bleiben«, sagte Walter,»das habe alles ich bezahlt, aber Poole wird es mir nach dem 1. August zurückerstatten. Es scheint, als habe die Gesellschaft derzeit etwas mit finanziellen Schwierigkeiten zu kämpfen. Im August aber –«

»Jetzt verstehe ich«, sagte Evan mit ruhiger, verhaltener Stimme, die Walter weit mehr ängstigte als jeder Wutausbruch.»Und jetzt, Vater, sag mir bitte, wie es derzeit um deine Finanzen bestellt ist? Wenn du ernsthaft erwogen hast, irgendeinen Teil von Colwyn Court zu vermieten, mußt du dich doch sicher in Schwierigkeiten befunden haben. Nach dem aber, was du mir da erzählt hast, hat dir diese Vermietung bisher nur Kosten verursacht. Hast du dein Konto bei der Bank überzogen? Mußtest du einen Teil deiner Aktien verkaufen?«

»Nun, ich habe da etwas Geld«, sagte Walter,»genaugenommen das Geld deiner Mutter – das für dich und Gwyneth sicher angelegt ist und das ihr nach meinem Tode erben werdet. Die Zinsen davon sichern mir ein kleines, aber ständiges Einkommen. Ein oder zwei Aktien und andere Papiere mußte ich verkaufen, aber –«

»Wie viele?«

»Nun . . . eigentlich eine ganze Menge, aber dann habe ich eine kleine Hypothek auf das Haus aufgenommen –«

»Ach so«, sagte Evan.

»Nun, gar so schlimm steht es nicht«, sagte Walter hoffnungsvoll.

»Vater, ich möchte dir nicht widersprechen, aber es will mir scheinen, als könnten die Dinge gar nicht schlimmer stehen. Eines aber ist jedenfalls völlig klar: du kannst dir finanziell nicht leisten, auf deine Kosten dreizehn Leute hier in Colwyn Court zu verköstigen. Die Gesellschaft muß weg.«

»Aber der Mietvertrag – Gwyneths Gesundheit – Ich habe Poole gesagt –«

»Es sollte mich überraschen, wenn sich der Mietvertrag als wirklich rechtskräftig erweist«, sagte Evan.»Aber selbst wenn er es ist, so kann ich ihn Poole vielleicht in bar ablösen. Auf lange Sicht wäre das wahrscheinlich sogar die billigere Lösung. Was Gwyneth anlangt, nun – eigentlich braucht sie nur einen wirklich guten Psychiater. Der Gedanke, daß meine Schwester einem Quacksalber und Kräuterheiler als Versuchskaninchen dient, ist mir zuwider. Wenn ich erst wieder in Colwyn Court bin, werde ich damit sehr rasch Schluß machen. Ich gebe zu, daß Gwyneth krank ist; aber sie bedarf ärztlicher Hilfe, nicht der Bemühungen eines Amateurheilkünstlers.«

»Gwyneth ist ein sehr gebrechliches Geschöpf«, sagte Walter schüchtern.

»Vater, wir leben im 20. Jahrhundert. Sie müßte es nicht sein.«

»Ich weiß, daß du nicht daran glaubst, daß Gwyneth wirklich krank ist, aber –«

»O doch, ich glaube an ihre Krankheit. Die Tatsache, daß jemand psychosomatisch krank ist, tut der Realität der physischen Symptome keinen Abbruch. Der Grund für die Erkrankung aber ist geistig, nicht körperlich.«

»Aber sie ist doch so intelligent«, meinte Walter zweifelnd. »Mit ihrem Geist ist alles in Ordnung.«

»Vater, all das hat mit Intelligenz überhaupt nichts zu tun.«

»Aber . . . Gwyneth wird wollen, daß Poole bleibt. Davon bin ich völlig überzeugt. Evan, wäre es nicht einfacher – ich meine reibungsloser –, wenn Poole in Colwyn Court bleiben könnte?«

»Vater, das kannst du dir nicht leisten. Und du kannst es dir auch nicht leisten, Gwyneth Poole dauernd quasi als Krücke verwenden zu lassen. Kurieren kann er sie nicht, und auf die Dauer wird sie schlimmer dran sein, als bevor sie ihn kennenlernte.«

»Ich weiß nicht, wie ich ihm klarmachen soll, daß er fort muß.« Walter brachte es nur mühsam heraus. »Ich weiß einfach nicht, was ich ihm sagen soll. Er war so ein angenehmer Mensch – so liebenswürdig – so aufmerksam –«

»Ich werde es ihm schon beibringen«, sagte Evan. »Vater, laß mich das für dich erledigen.«

»Nun, es ist mir gar nicht angenehm, meine Sorgen so auf dich abzuladen. Du wirst dir noch denken, du hättest gar nicht erst heimkommen sollen . . . und dann wirst du wieder von uns fort wollen –«

»Diesmal bestimmt nicht, Vater«, sagte Evan.

Eine Stille trat ein. Ich muß mich wohl verhört haben, dachte Walter, der seinen Ohren nicht zu trauen wagte. Evan muß wohl etwas anderes gesagt haben.

»Natürlich gibt es ganz ausgezeichnete Berufschancen für Ärzte in den Vereinigten Staaten,« sagte er. »Das weiß ich sehr gut.«

»Im Leben gibt es verschiedene Arten von Chancen«, gab Evan zurück. »Und schließlich ist Geld nicht alles. Während ich in Afrika lebte, wurde mir allmählich klar, daß ich nicht willens bin, Wales – oder England – auf immer zu verlassen.«

Walter nahm nur stumm Evans Hand in die seine und preßte sie. Als er wieder Gewalt über seine Stimme hatte, sagte er dann: »Der Rosengarten ist jetzt wirklich eine Pracht. Es war ein ungewöhnlich gutes Rosenjahr.«

Sie saßen noch eine Weile da und blickten auf die Rosen jenseits des gepflegten Rasens. Schließlich stand Evan auf und fuhr sich mit der Hand zerstreut durchs Haar.

»Ich habe also dein Einverständnis, mit Poole die ganze Geschichte zu besprechen?«

»Tu, was du für richtig hältst«, sagte Walter. Erleichterung darüber, daß diese lang gefürchtete Aussprache nun vorbei war, überflutete ihn, gepaart mit der Freude darüber, daß ihm sein größter Wunsch in Erfüllung gegangen war. »Ich überlasse das völlig dir.«

»Ich werde mit ihm am Montag sprechen, sobald ich ihn zu Gesicht bekomme«, sagte Evan. Obwohl er wußte, daß ihn dies nutzlos aufregte, begann er sich vorzustellen, wie Poole Nicole nach Wales einlud, ganz so als wäre er, und nicht Walter, Herr in Colwyn Court.

IV.

Es war schon spät am Sonntag abend, als Evan und Walter in Colwyn Court ankamen, und auch Benedikt, Jane, Lisa und die Zwillinge nach Colwyn Cottage zurückkehrten. Evan war zu dem Schluß gekommen, er könne bis zu Pooles Rückkehr nichts gegen die Gesellschaft unternehmen. Dennoch nahm er am Montag morgen all seine Geduld zusammen und ging seine Schwester besuchen. Als er einen Blick in ihr Zimmer warf, sah er, daß sie eben dabei war, mit bunten Filzstiften ein riesiges Poster zu entwerfen.

»Kann ich dich bitte auf einen Augenblick sprechen, Gwyneth?«
fragte er höflich. Er mußte recht laut sprechen, um das donnernde
Gebrüll des Plattenspielers zu übertönen. Jetzt blickte er noch einmal auf das Poster. Gwyneth hatte über einem schwarzen Pentagramm eine Reihe von Kreisen gezeichnet. Das Pentagramm stand
auf der Spitze und zwei gegenüberliegende Zacken wiesen wie Hörner nach oben.

»Was soll denn das sein?« fragte Evan, und versuchte sich zu erinnern, was er über Beschäftigungstherapie gelesen hatte.

»Meine Vorstellung von der fünften Dimension«, sagte Gwyneth
und stellte den Plattenspieler ab.

»So, so«, machte Evan. Verschiedene Rorschach-Muster huschten vor seinem geistigen Auge vorüber. »Gwyneth, ich möchte mit
dir über unseren Vater sprechen.«

»Wenn es sich um die Einleitung zu irgendeiner Scheußlichkeit
über Tristan handelt«, sagte Gwyneth spitz, »dann such dir lieber einen anderen Gesprächspartner.«

»Im Augenblick mache ich mir vor allem Sorgen um Vater.« Er
ließ sich neben ihr auf dem Teppich nieder, um dem Gespräch einen
intimeren Anstrich zu geben. »Gwyneth, Vater geht es finanziell
ganz miserabel. Es scheint, als lebe die Gesellschaft, zum mindesten
im Augenblick, völlig auf seine Kosten. Das übersteigt fraglos den
Rahmen dessen, was er sich leisten kann.«

»Ich bin fest davon überzeugt, daß Tristan ihm schließlich alles
zurückzahlen wird«, sagte Gwyneth sorglos und zog um das ganze
Pentagramm einen Kreis.

»Das ist durchaus möglich«, sagte Evan. »Inzwischen aber scheint
mir, Vater sei nicht in der Lage, die Gesellschaft hier in Colwyn
Court zu erhalten. Genaugenommen hat er kaum genug, um sich
selbst zu erhalten, geschweige denn diese Gesellschaft.«

»Nun, was soll ich dagegen tun?« sagte Gwyneth aggressiv. »Ihr
werdet doch hoffentlich nicht von mir erwarten, daß ich eine Anstellung annehme?«

»Nein, ich weiß sehr gut, daß du im Augenblick dazu nicht in der
Lage bist. Aber die Medizin ist heute schon derart fortgeschritten,
daß ich glaube, ein erstklassiger Arzt aus Harley Street –«

»Ich werde nie gesund genug sein, mir meinen Lebensunterhalt selbst zu verdienen«, sagte Gwyneth.

»Möglicherweise nicht, aber möchtest du nicht wenigstens ohne die ständige Angst davor leben, der nächste Augenblick könne dir wieder einen deiner Anfälle bescheren?«

»Ich bin unheilbar«, sagte Gwyneth. »Daddy weiß das – auch wenn du es nicht verstehst.«

»Nehmen wir einmal an, ich würde dir sagen, daß Vater nur darauf wartet, daß du dich meinem Rat fügst und zu einem Spezialisten in Harley Street gehst. Der kann dann feststellen, ob man etwas für dich tun kann und – wenn ja – was.«

»Daddy macht alles, was du ihm einredest«, sagte Gwyneth. »Das würde also gar nichts bedeuten.«

»Aber –«

»Ach, warum gehst du denn nicht einfach nach Amerika und läßt uns in Ruhe!« platzte Gwyneth heraus. »Solange du noch in Afrika warst, war alles hier so friedlich . . . Daddy und ich fühlen uns hier sehr wohl, ohne daß du hier eindringst und Unruhe stiftest! Warum mischst du dich immer in alles ein und machst damit alles kaputt?«

Sätze aus einem runden Dutzend psychoanalytischer Lehrbücher gingen Evan durch den Sinn.

»Ich versuche nur zu helfen«, sagte er schließlich.

»Das ist nicht wahr«, sagte Gwyneth, »du versuchst zwischen mich und Daddy einen Keil zu treiben.«

Es trat eine kleine Pause ein.

»Und zwischen mich und Daddy und Tristan«, fügte Gwyneth dann noch hinzu.

»Gwyneth, sei doch vernünftig. Die Gesellschaft wird nicht auf immer hier bleiben. Eines Tages wird Poole auf alle Fälle fort müssen.«

»Wenn er geht, werde ich wieder sehr krank sein«, sagte Gwyneth und malte einen weiteren Kreis, diesmal mit einem violetten Filzstift.

»Wenn du sehr krank bist, wirst du dir vielleicht überlegen, ob du nicht doch lieber einen Spezialisten in Harley Street aufsuchen solltest.«

»Wenn ich so krank bin, werde ich vielleicht sterben.«

»Das ist möglich«, sagte Evan, »aber ich bezweifle es.« Damit stand er auf und ging rasch aus dem Zimmer.

Sekunden später brüllte wieder der Plattenspieler.

Einer plötzlichen Eingebung folgend betrat Evan den Ostflügel, wo rund die Hälfte der Gesellschaft ihre Zimmer hatte. Der Reihe nach klopfte er an jede Tür, öffnete sie und tat einen Blick hinein. Alle Zimmer zeigten verstreut herumliegende Damengarderobe, Kosmetika und so weiter, aber keine der Bewohnerinnen meldete sich auf sein Klopfen. Die Zimmer waren leer. Nun ging Evan zum Westflügel hinüber, wo die andere Hälfte der Gesellschaft ihre Quartiere hatte. Rasch tat er dort das gleiche wie im Ostflügel.

Erst die letzte Tür fand er versperrt.

Evan überlegte nicht lang. Zwei Minuten später öffnete er die Tür des Schränkchens der Haushälterin in der Speisekammer, und als er das Gesuchte dort nicht fand, suchte er sofort Agnes Miller auf.

»Miß Miller, wo ist denn der zweite Schlüssel zu dem großen Schlafzimmer am Ende des Westflügels – Sie wissen doch: das Schlafzimmer mit anschließendem Umkleideraum?«

»Ein Duplikatschlüssel?« fragte Agnes, die sehr dicklich und gutmütig aussah.

»Ja, er scheint aus dem Schränkchen in der Speisekammer verschwunden zu sein, in dem wir all die Reserveschlüssel aufheben.«

»Ach«, machte Agnes. »Das ist, weil das Mr. Pooles Zimmer ist und er sowohl das Original als auch den Reserveschlüssel bei sich trägt. Mr. Poole hat sehr strenge Ansichten, was die Wahrung der Intimsphäre anlangt. Da er unter zwölf Frauen lebt, kann man ihm das auch nicht recht verdenken.«

Evan sagte: »Meiner Meinung nach sollte immer ein Zweitschlüssel greifbar sein – im Falle eines Brandes.«

»Ja, da haben Sie wirklich recht!« rief Agnes bewundernd aus. »Daran hatte ich nicht gedacht. Sobald Mr. Poole heute nachmittag zurückkommt, werde ich mit ihm sofort darüber sprechen. Sicherlich wird sich ein akzeptabler Kompromiß finden lassen.«

»Danke sehr«, sagte Evan etwas brüsk und wandte sich zum Gehen.

»Wollen Sie denn etwas aus Mr. Pooles Zimmer, Dr. Colwyn?«
»Ach, das ist nicht so wichtig. Ich glaubte mich daran zu erinnern,
in dem großen Schrank im Ankleidezimmer einige Sachen aufgehoben zu haben. Um aber dorthin zu gelangen, muß man erst durchs
Schlafzimmer.«

»Ja, das ist mir klar. Haben Sie schon in den Dachkammern nach-
gesehen? Ich weiß nämlich, daß alles, was sich derzeit in dem betref-
fenden Schrank befindet, Mr. Poole gehört. Wenn Sie also wirklich
etwas dort verwahrt hatten, so ist es inzwischen wahrscheinlich in
einen anderen Teil des Hauses gebracht worden.«

»In diesem Falle werde ich natürlich auf dem Dachboden nachsehen, Miß Miller.«

Er machte aber keineswegs den Versuch, nun die Dachkammern
zu durchsuchen. Statt dessen nahm er den Wagen und verbrachte
den Nachmittag damit, die so vertraute Landschaft der Gower-Halbinsel wieder in sich aufzunehmen. Dabei überdachte er aber auch
die bevorstehende Aussprache mit Poole. Er fuhr zu der Kirche am
Strand von Oxwich, und dann noch über Oxwich hinaus über kur-
venreiche Landstraßen bis Port Eynon. Von Port Eynon nahm er
Richtung auf Rhossili und saß dann dort eine Weile auf den Klippen. Die Schafe grasten friedlich in seiner Nähe, und die Wellen brachen sich an dem schier endlosen, menschenleeren Strand, der sich
bis zu den Sanddünen von Llangenith hinzog. Als er schließlich
nach Colwyn zurückkehrte, war es schon sechs vorbei, und Poole
und Nicole waren immer noch nicht aus London eingelangt.

Jetzt mußte Evan sich wirklich sehr zusammenreißen. Er fühlte,
wie die Wut in ihm aufstieg, und er wußte, er war nahe daran, die
Selbstbeherrschung zu verlieren, ehe er Poole auch nur gesehen
hatte. Warum nur hatte Nicole Pooles Einladung, sie herauszufüh-
ren, angenommen? Wie war es Poole gelungen, sie zu einem Besuch
in Colwyn zu überreden, wenn es Evan selbst nicht geglückt war?
Poole . . . Wer war denn überhaupt dieser Poole?

Plötzlich riß Evan die Geduld. Er wurde richtig wild. Er schlich
sich in die Gärtnerhütte in der Nähe der Glashäuser. Dort fand er ein
Stück starken Draht. Dazu steckte er noch einen Schraubenzieher
ein. Er gab gut acht, daß niemand ihn sah, und kehrte zum Westflü-

gel zurück. Erst versicherte er sich noch, daß wirklich niemand da war.

Tatsächlich waren alle Zimmer leer. Die Mitglieder der Gesellschaft halfen entweder bei der Bereitung des Abendbrotes oder aber waren in ihrem ebenerdigen Salon versammelt. Kurz entschlossen bog Evan den starken Draht in eine geeignete Form und führte den entstandenen Haken vorsichtig in das Schlüsselloch von Pooles verschlossener Tür ein.

Das Schloß aber war so alt und so verrostet, daß es sich nicht ohne weiteres öffnen ließ. Nachdem Evan seine Versuche mit dem Drahthaken aufgegeben hatte, versuchte er es noch mit der Plastikhülle seines Führerscheines. Als auch dies zu nichts führte, entschloß er sich zu einer Radikalmethode und schraubte die Griffplatte ab.

Kostbare Sekunden verstrichen. Eine Reihe leiser Geräusche ließ ihn immer wieder über die eigene Schulter blicken, aber sie kamen alle aus dem ebenerdigen Salon, und der Korridor, in dem er stand, blieb leer. Die Vorderplatte des Schlosses ließ sich lösen. Nun sah er in den Federmechanismus. Mit Hilfe des Schraubenziehers schob Evan den Verschlußbolzen zur Seite, schob auch noch den Riegel zurück und trat ins Zimmer.

Das erste, was Evan an dem Raum auffiel, war extreme Ordnung und Sauberkeit. Alles hatte seinen festen Platz, keine Kleider oder Kinkerlitzchen lagen herum, keine gerahmten Fotografien . . . Überm Bett hing das einzige Bild im Zimmer: eine pastose, moderne Malerei eines Schwarzen Pentagramms vor flammendrotem Hintergrund. Das Pentagramm stand auf einer seiner fünf Zacken und reckte zwei weitere nach oben. Mit plötzlichem Schrecken erinnerte sich Evan an Gwyneths Poster. Vielleicht, ging es ihm durch den Kopf, hatte Poole sie in sein Zimmer gebracht. Vielleicht hatte er sogar . . .

Wieder mußte Evan darum kämpfen, seine Gefühle in die Gewalt zu bekommen. Nur mit größter Anstrengung gelang es ihm, kühles Blut zu bewahren. Vielleicht hatte Gwyneth das Bild gemalt und es dann Poole geschenkt, aus Dankbarkeit für die ›Heilung‹. In diesem Fall wäre es nur natürlich, daß Poole das Bild in seinem Zimmer aufgehängt hatte.

Das Schlafzimmer war groß, aber die Möbel waren so umgestellt worden, daß die Mitte des Raumes völlig leer war. Das schmale Bett war an die eine Wand gerückt; die Kommode stand an der gegenüberliegenden Wand. Tisch und Stuhl standen unter einem der Fenster. Ein grauer, schwarzgeflockter Teppich bedeckte den Boden. All das erinnerte Evan an ein Zimmer, das man ausgeräumt hatte, um darin zu tanzen. Etwas verwirrt ging er zur gegenüberliegenden Türe des Ankleidezimmers und öffnete dort die Tür des Einbauschrankes, der sich über die eine ganze Wand erstreckte. Alles, was er darin fand, waren zehn Anzüge, entweder schwarz oder grau, und mehrere Paar schwarzer Schuhe. Er schickte sich eben an, das Ankleidezimmer zu verlassen, da entdeckte er den dunklen Fleck auf dem Schlafzimmerboden an einer Stelle, an der der schwarzgeflockte Teppich nicht ganz bis an die Wand heranreichte.

Der Fleck sah nach Blut aus. Evan schlug den Teppich zurück und sah, daß man Kreidepentagramme auf die Holzdielen des Bodens gezeichnet hatte. Noch etwas weiter zur Mitte des Raumes hin sah er einen riesigen Kreisbogen. Als er dann den Teppich weiter zurückrollte, fiel ihm ein seltsamer Geruch auf – unangenehm und schwer einzuordnen. Rasch ließ er den Teppich zurückgleiten, richtete sich auf und ging zurück in das Ankleidezimmer, um nachzusehen, ob einer der Anzüge im Wandschrank Blutflecken aufwies. Aber alle Kleidungsstücke waren makellos. Er wollte sich schon vom Schrank abwenden, da erblickte er die Kiste.

Der Schrank war tief, und die Kiste stand ganz hinten. Es überraschte Evan also nicht, daß er sie nicht gleich entdeckt hatte. Er versuchte sie nach vorne ans Licht zu ziehen und wunderte sich über ihr ungewöhnliches Gewicht. Er langte nach dem Griff. Als er die Kiste auf die Seite legte, hörte er Geräusche. Der Inhalt fiel offenbar durcheinander. Seine Finger bemühten sich, die Verschlüsse zu lösen – ohne Erfolg. Die Kiste war versperrt, und Poole hatte offenbar den Schlüssel.

Evan trat einen Schritt zurück und betrachtete nachdenklich seinen Fund. Eine versperrte schwarze Holzkiste. Einige mit kindlichen Kreidezeichnungen verschmierte Dielen, von einem brandneuen Teppich verborgen. Ein Fleck, der von Blut herrühren konnte oder auch nicht und den jemand nachlässigerweise durch den erwähnten neuen Teppich nur teilweise verdeckt hatte. Seltsamer Geruch unbekannter Herkunft und ein bemerkenswertes Vorherrschen von Pentagrammen . . .

Mr. Poole, dachte Evan, hat einen recht ungewöhnlichen Geschmack hinsichtlich des Dekors seiner Räumlichkeiten.

Er war immer noch in Gedanken mit Pooles Geschmack und Neigungen versunken, als er plötzlich hörte, wie jemand hinter ihm leise hustete und sich dann räusperte.

»Kann ich Ihnen in irgendeiner Weise behilflich sein, Dr. Colwyn?« fragte Tristan Poole von der Tür her.

6. Kapitel

I.

Poole trug einen seiner unvermeidlichen dunklen Anzüge, ein weißes Hemd und eine konservative Krawatte. Er sah aus wie ein Manager, der es gewohnt war, täglich an wichtigen Sitzungen irgendeines großen Konzerns teilzunehmen. Außer einigen winzigen Fältchen in der Kniegegend seiner Hose gab es kein Anzeichen dafür, daß er eben erst mehrere Stunden hinter dem Lenkrad eines Autos verbracht hatte.

»Kann ich Ihnen behilflich sein?« wiederholte er höflich. Seine dunklen Augen blickten aufmerksam, sein Gesicht blieb ausdruckslos. »Suchen Sie vielleicht etwas?«

»Ja, ich habe etwas gesucht«, sagte Evan kühl, mit beherrschter Stimme. »Ich hatte einige Papiere in diesem Schrank aufbewahrt und wollte sehen, was mit ihnen geschehen ist.«

»Sie sind oben auf dem Dachboden, in dem Zimmerchen, in dem das alte Piano steht. Die Schachteln mit Ihren Papieren stehen am Boden, gleich neben der kaputten Nähmaschine.«

»Vielen Dank«, sagte Evan.

»Gerne geschehen«, sagte Poole. »Es tut mir nur leid, daß Ihr Bedürfnis nach Ihren Papieren ein so dringendes war, daß Sie das Türschloß zerlegen und in mein Zimmer eindringen mußten.«

»Tja, ist das nicht wirklich ein Jammer?« sagte Evan obenhin. »Ich bringe nur rasch das Schloß wieder in Ordnung, bevor ich gehe.«

»Vielen Dank. – Übrigens, darf ich, als ein Freund von Miß Miller, erfahren, warum Sie sie für eine Lügnerin halten?«

»Wie bitte?« sagte Evan.

»Ich habe gehört, Miß Miller hätte Ihnen schon vor einigen Stunden gesagt, Ihre Papiere seien auf dem Dachboden.«

»Sie hat mir nicht gesagt wo auf dem Dachboden«, sagte Evan. »Ich konnte die Papiere oben nirgends finden und dachte, Miß Miller hätte sich geirrt. Verzeihen Sie also, bitte.« Und damit ging er an Poole vorbei durch das Schlafzimmer und machte sich daran, das Türschloß wieder zusammenzusetzen.

»Ich bin sicher, Sie wissen nichts davon«, hörte er Pooles Stimme hinter sich, »aber der Mietvertrag, den Ihr Vater mit mir abgeschlossen hat, gibt Ihnen kein Recht, den Ost- oder Westflügel des Hauses auch nur zu betreten. Beide sind derzeit Privateigentum der Gesellschaft.«

»Der Vermieter und Grundeigentümer hat gewöhnlich ein unausgesprochenes Recht, seinen Besitz zur Ausführung von Reparaturen zu betreten«, sagte Evan und zog die Schrauben weiter an.

»Aber nicht, Türen aufzubrechen und in die Intimsphäre seiner Mieter einzudringen.«

Evan gab keine Antwort, sondern fuhr mit seiner Arbeit fort.

»Vielleicht möchten Sie einmal einen Blick auf den Mietvertrag werfen«, sagte Poole.

»Mit Vergnügen«, sagte Evan und zog die letzte Schraube fest.

»Das war sogar eines von den Dingen, die ich gerne mit Ihnen besprechen wollte.«

»Oh?« Poole öffnete die Lade des Tisches, der beim Fenster stand. Als er sich umdrehte, sah Evan, daß Poole ein Dokument in Händen hielt. »Nun, Sie können den Mietvertrag genau ansehen«, sagte er und reichte Evan das Dokument.

Evan richtete sich auf, versuchte das Türschloß, um sicher zu sein, daß der Riegel auch richtig funktionierte, und steckte den Schraubenzieher ein. Schließlich nahm er das Stück Papier entgegen und warf einen flüchtigen Blick darauf.

»Hat mein Vater eine Kopie davon?«

»Ich bin davon überzeugt, daß ihm sein Anwalt eine Kopie gegeben hat.«

»Sein Anwalt?«

»Sein Anwalt hat den Mietvertrag entworfen. Hat Ihnen denn das Ihr Vater nicht gesagt?«

»Ach so,« sagte Evan und starrte auf den Mietvertrag. Er konnte kein Wort von all dem Kleingedruckten vor sich lesen und versuchte verzweifelt, seine Maske gespielter Ruhe beizubehalten.

»Ich glaube, Sie sehen, daß die ganze Geschichte völlig legal ist«, sagte Poole ruhig und zufrieden.

»Ich danke Ihnen.« Evan reichte ihm den Mietvertrag zurück. »Wollten Sie sonst noch etwas mit mir sprechen?«

»Ja. Ich glaube, Sie schulden meinem Vater eine Menge Geld.«

»Mit Haushaltsausgaben habe ich nichts zu tun«, sagte Poole. »Miß Miller nimmt mir all diesen lästigen Kleinkram ab – glücklicherweise. Dafür aber kann ich Ihnen versichern, daß alle diese Schulden im August beglichen werden. Wenn Sie wollen, kann ich Miß Miller bitten, eine Aufstellung aller Kosten anzufertigen, die Ihrem Vater in letzter Zeit in Zusammenhang mit der Gesellschaft erwachsen sind. Ich lasse Ihnen dann eine Kopie zukommen, damit Sie sehen können, wie gering der Betrag in Wirklichkeit ist. Ihr Ausdruck ›eine Menge Geld‹ erscheint mir, verzeihen Sie, gelinde gesagt, übertrieben. Falls Sie aber die Sache ernsthaft beunruhigt, so bin ich selbstverständlich bereit, Ihnen über den fraglichen Betrag einen Schuldschein auszustellen.«

»Ich übertreibe nicht«, sagte Evan. »In Anbetracht der gegenwärtigen finanziellen Lage meines Vaters muß ich dabei bleiben: Sie schulden ihm zu viel. Ich fürchte, es wird ihm wirtschaftlich einfach nicht möglich sein, Ihre Gesellschaft hier in Colwyn Court zu erhalten.«

»Es sind nicht einmal mehr vier Wochen bis August.«

»Ich fürchte, das bleibt sich gleich. Er kann es sich einfach nicht leisten, sein Haus gratis zu vermieten.«

»Er spart sich das Geld für eine Haushälterin.«

»Seine Auslagen sind in diesem Falle größer als seine Einsparung. Und weil wir nun schon einmal von der Haushälterin sprechen: mir schmeckt das Essen nicht, das Ihre Gesellschaft offenbar bevorzugt. Warum sollen wir nach Naturheilrezepten essen, wenn wir gar nicht wollen?«

»Ihre Mahlzeiten sind ganze normale Hausmannskost, die besonders für Sie zubereitet wird.«

»Wie dem auch sei, das Zeug schmeckt mir nicht. Verwendet Ihre Köchin denn überhaupt kein Salz? Alles ist fad, geschmacklos und kaum zu essen.«

»Zu viel Salz in den Speisen, Dr. Colwyn«, sagte Poole, »kann sich für Leute mit hohem Blutdruck äußerst ungünstig auswirken.«

»Und eine völlig salzlose Kost«, gab Evan zurück, »kann schmerzhafte lokale Muskelkrämpfe auslösen. Versuchen Sie vielleicht, mir Medizinunterricht zu geben, Mr. Poole?«

»Versuchen Sie etwa, mir anzudeuten, ich möge aus Colwyn Court verschwinden, Dr. Colwyn?«

»Es tut mir leid, aber – alles in allem genommen – täte die Gesellschaft besser daran, sich anderswo um ein geeignetes Quartier umzusehen. Sollte sich Ihr Mietvertrag als rechtskräftig erweisen, würde ich Ihnen selbstverständlich eine entsprechende Entschädigung anbieten –«

»Der Mietvertrag ist rechtsgültig«, sagte Poole, »und Ihr Angebot einer Entschädigung lehne ich hiermit ab.«

Es trat eine Pause ein. Sie standen einander gegenüber und maßen einander mit den Blicken, Evan groß und unordentlich, sein rotes Haar in zornigen Büscheln zu Berge stehend, Poole dagegen schlank und beherrscht, sein Äußeres untadelig, seine dunklen Augen gelassen, doch interessiert.

Der Teufel soll ihn holen, dachte Evan wütend, er ist mir über.

»Dr. Colwyn«, sagte Poole, »sprechen wir einmal vernünftig über die ganze Geschichte. Es ist völlig sinnlos, in Wut zu geraten. Ich kann recht gut verstehen, daß Sie sich wegen des Geldes, das wir Ihrem Vater schulden, Sorgen machen. Ich werde Miß Miller beauftragen, eine genaue Aufstellung unserer Schulden anzufertigen, und schreibe Ihnen dann einen Schuldschein oder Wechsel, den ich innerhalb von längstens zwei Monaten einlösen kann. Ich nehme zur Kenntnis, daß Sie mit der Küche nicht zufrieden sind. Ich werde Ihre Beschwerde an Miß Miller weiterleiten, und sie wird zweifellos dafür Sorge tragen, daß Ihre Mahlzeiten in Zukunft wunschgemäß zubereitet werden. Aber bitte erwarten Sie nicht von uns, daß wir Colwyn Court verlassen, ehe unser Mietvertrag abgelaufen ist. Wir befinden uns hier völlig zu Recht, und – so unangenehm Ihnen das auch erscheinen mag – wir sind fest entschlossen, hier zu bleiben.«

»Ich verstehe«, sagte Evan. »Nun, wenigstens haben Sie mich über Ihre Absichten nicht im Unklaren gelassen.«

»Es tut mir leid, daß Sie uns gegenüber eine so negative Haltung einnehmen. Wenn Sie sich mit unserer Anwesenheit abfinden könnten, sehe ich keinen Grund, warum wir nicht alle friedlich hier leben könnten.«

»Da wir nun schon einmal offen miteinander sprechen«, sagte Evan, »möchte ich Ihnen gleich sagen, daß ich entschlossen bin, mich hinsichtlich des Mietvertrages von einem Anwalt beraten zu lassen. Solange Sie sich aber noch in Colwyn Court befinden, wäre ich Ihnen verbunden, wenn Sie ab sofort jeden Kontakt mit meiner Schwester unterlassen wollten. Ich weiß, daß sie krank ist, aber ich meine, daß in ihrem gegenwärtigen Stadium jegliche Laienbehandlung mehr Schaden als Nutzen bringen kann.«

»Ich bin kein Laie«, sagte Poole.

»Man hat mir gesagt, Sie hätten in Amerika studiert. Sind Sie berechtigt, sich als Arzt zu bezeichnen?«

»Dr. Colwyn, verzeihen Sie, wenn ich das so geradeheraus sage, aber es will mir scheinen, als sei Ihr Urteil in diesem Punkt durch die bei Engländern häufig zu findenden Vorurteile gegen Amerika und alles, was von dort kommt, getrübt.«

»Da irren Sie sich aber gewaltig«, sagte Evan. »Sind Sie also nun Arzt oder nicht?«

»Nenne ich mich Doktor Poole?«

»Soll ich das als Antwort auffassen?«

»Es heißt, daß ich nichts von der konventionellen Verehrung von Titeln halte, die eine unwissende Gesellschaft verleiht.«

»Sie sind also kein qualifizierter Arzt. Danke. Würden Sie nun liebenswürdigerweise meine Schwester der Behandlung durch jene überlassen, die dazu qualifiziert sind?«

»Die Behandlung durch jene, die dazu qualifiziert sind«, sagte Poole, »hat Ihrer Schwester kaum geholfen, bevor ich kam.«

»Nichtsdestoweniger –«

»Ich habe einen akademischen Grad in Psychologie, Dr. Colwyn. Tatsächlich weiß ich eine Unmenge mehr über Gwyneths Störung als der unfähige Hausarzt, der sie behandelt hat, bevor ich herkam, oder auch, mit Respekt gesagt, Sie selbst mit Ihrem bewundernswerten – völlig unbrauchbaren – Hintergrund der Tropenmedizin.«

»Ich –«

»Schließlich leidet Gwyneth nicht an einer Tropenkrankheit.«

»Aber Sie –«

»Wollen Sie eine klinische Diagnose dessen, was Ihrer Schwester fehlt?«

»Ich habe kein Interesse an ein paar psychologischen Ausdrükken, hingeworfen von einem betrügerischen Quacksalber!« schrie Evan. »Lassen Sie meine Schwester in Ruhe, oder ich werde –«

»Mein lieber Dr. Colwyn, jeder würde denken, daß ich mit ihr schlafe, nach all dem Wirbel, den Sie um diese Beziehung machen!«

»Ich wäre nicht überrascht, wenn Sie es täten!« gab Evan rasch zurück, außer sich vor Wut. »Es würde mich nicht überraschen, wenn Sie mit allen zwölf Frauen schliefen, die Sie hier haben! Es würde mich nicht überraschen, wenn –«

»Was für eine Anerkennung meines sexuellen Leistungsvermögens«, sagte Poole. »Ich danke Ihnen sehr.«

»Und eine andere Sache, über die ich mit Ihnen sprechen möchte, ist Nicole Morrison!« platzte Evan heraus, der kaum hörte, was der andere sagte. »Lassen Sie sie in Ruhe, verstehen Sie? Lassen Sie Ihre Hände von meinem Mädchen! Wenn Sie denken, Sie könnten –«

»Ihr Mädchen?« sagte Poole. »Gratuliere! Ich wußte nicht, daß Sie verlobt sind.«

»Wir sind nicht verlobt«, knurrte Evan. »Aber wir werden uns verloben, also lassen Sie sie in Ruhe!«

»In Ordnung«, sagte Poole. »Aber an Ihrer Stelle hätte ich das zuerst mit Nicole besprochen. Auf der Fahrt hierher heute hatte ich nicht den Eindruck, daß sie sich für verlobt hielt – mit wem auch immer. Nun, wollen Sie mich bitte entschuldigen, ich muß wirklich ein Bad nehmen und mich vor dem Abendessen umziehen. Gute Nacht, Dr. Colwyn, und –«, er lächelte kurz, »haben Sie mehr Vertrauen zu sich selbst, dann werden Sie sich durch etwas Ungewohntes in Ihrer Umgebung nicht so bedroht fühlen.«

Und bevor Evan seine Faust erheben konnte, wurde die Schlafzimmertür vor seiner Nase zugeschlagen, und Poole drehte den Schlüssel geschickt im Schloß um.

156

»Nicki?« fragte Evan und klopfte an die Tür des winzigen Gästezimmers im Haupttrakt des Gebäudes. »Nicki, kann ich eine Minute mit dir sprechen?«

»Warte.« Es folgte eine Pause, bevor sie die Tür einen Spalt öffnete. Sie trug einen weißen Bademantel, den sie wohl in aller Eile übergezogen hatte, und war barfuß. »Hallo!« sagte sie. »Ich bin gerade beim Umziehen. Hat es noch eine halbe Stunde Zeit?«

»Nein.« Er überlegte, ob sie unter dem Bademantel etwas anhatte. Ein Strom von wirren Gedanken begann in seinem Kopf zu toben und sickerte köstlich durch seinen Körper. »Darf ich hereinkommen?«

»Ich habe nichts dagegen«, sagte Nicole vorsichtig und zog ihren Bademantel fester um sich, als wäre er ein Sicherheitsgurt. »Was ist los?«

»Nicki –« Er trat in das Zimmer und schloß die Tür. »Nicki, ich bin ein absoluter Narr gewesen. Ich habe mir eingebildet, noch nicht genau zu wissen, was ich will, und ich habe jeden Gedanken an eine feste Bindung beiseite geschoben. Die ganze verdammte Zeit habe ich in meiner Unentschlossenheit geradezu geschwelgt. Nicki, all das Durcheinander in der Vergangenheit tut mir leid. Ich liebe dich, und ich möchte dich heiraten. Laß uns morgen früh als allererstes nach Swansea fahren und schauen, ob ich einen passenden Ring finde, den ich dir zur Verlobung schenken kann.«

Eine Pause entstand. Er atmete unregelmäßig, aber fühlte sich wie von einer riesigen Last befreit, und sein Blut begann in seinen Adern zu singen.

»Verlobung«, sagte Nicole verdutzt.

»Verlobung!« Er lächelte sie an und bewegte sich auf sie zu, um sie in seine Arme zu nehmen, aber sie wich vor ihm zurück, bevor er sie erreichen konnte.

Alles, was sie sagte, war: »Ist das nicht ziemlich plötzlich?«

»Plötzlich! Nach all den Monaten?« Er brach in Lachen aus. »Liebling, ich bin so langsam wie ein Caterpillar gewesen, und du weißt es! Wie kannst du das ›plötzlich‹ nennen?«

Ihr Bademantel verrutschte ein wenig; er fühlte, wie er sich wieder vorwärtsbewegte, bevor er sich stoppen konnte. »Wir können so bald wie möglich heiraten«, hörte er sich sagen. »Diesen Monat, nächsten Monat, jeden Monat, den du möchtest.« Währenddessen war sie beim Toilettentisch angelangt und konnte nicht weiter zurückweichen, so nahm er sie in seine Arme und begann sie zu küssen. Er war so freudig erregt, daß er eine volle Minute brauchte, um zu merken, daß sie seine Küsse nicht erwiderte.

Er hielt inne. »Nicki?«

Ihre grauen Augen waren dunkel und hatten einen Ausdruck, den er nicht verstand. Schließlich sagte sie: »Ich muß darüber nachdenken. Ich kann dir nicht sofort eine Antwort geben. Es tut mir leid, Evan, aber du mußt mir Zeit geben, darüber nachzudenken.«

Er hörte ihre Worte, aber sein Verstand weigerte sich, sie zu begreifen. »Aber du hast Monate gehabt, darüber nachzudenken!«

»Bitte«, war alles, was sie sagte. »Bitte, Evan.«

»Nun gut«, sagte er verblüfft, »wenn du es so haben möchtest, was soll es schon ausmachen. Jedes Mädchen ist berechtigt, die Zeit zu haben, einen Antrag zu überlegen, gleichgültig, wie klar das Ergebnis ist! Aber inzwischen . . . Nicki, ich möchte dich so sehr haben! Darf ich – laß mich –«

»Bitte, rühr mich nicht an!« sagte sie scharf.

Er hielt inne. Ein Frösteln begann langsam die Hitze seines Körpers zu durchdringen. Er schaute sie unsicher an.

»Ich möchte dich heiraten«, sagte er schließlich. »Ich werde dich heiraten. Sicher wirst du mir jetzt nicht sagen, daß du –«

»Ich möchte das nicht im Augenblick. Ich möchte nicht jetzt mit dir ins Bett gehen.«

»Ist das nicht ein weng heuchlerisch? Es ist ja nicht so, als wäre nie etwas zwischen uns gewesen. Und da wir einander lieben und heiraten werden –«

»Werden wir?« sagte Nicole. »Ich bin nicht sicher. Ich muß darüber nachdenken. Lassen wir es jetzt dabei, Evan. Bitte.«

Jeder Muskel in seinem Körper straffte sich. Er konnte den Schmerz und die Wut fühlen, die seine Kehle zusammenschnürten, so daß er kaum atmen konnte.

»Ist es Poole?« fragte er plötzlich. »Es ist Poole, nicht wahr?«

»Mach dich nicht lächerlich«, sagte Nicole. »Ich kenne den Mann kaum. Bitte, Evan, laß mich allein. Ich möchte heute abend nicht mehr darüber sprechen.«

Er zögerte, dann ging er unbeholfen zur Tür. Sie sah seine Finger unsicher auf der Schnalle abrutschen, als er die Tür aufriß und auf den Gang stolperte.

Sie war allein.

Zehn lange, verwirrte Minuten saß sie auf der Kante des Bettes und versuchte, Sinn in ihre Gedanken zu bringen. Sie war sich bewußt, daß sie überhaupt nichts fühlte. Keine Erleichterung, keine Freude, keine Traurigkeit, keine Angst. Sie hatte das Gefühl, in der Vorhölle zu sein, wo alle Gefühle aufgehoben waren.

»Aber ich bin verrückt nach Evan«, sagte sie laut. »Verrückt nach ihm.«

Die Worte hallten dumpf im Zimmer wider. Sie stand auf, ging zum Fenster und stützte ihre Arme auf das Fensterbrett.

»Ich habe fünfzehn Monate in dem heißen Wunsch verbracht, ihn zu heiraten«, erinnerte sie sich selbst ungläubig. »Fünfzehn Monate des Weinens in unzähligen Augenblicken, gegen Depressionen ankämpfend und Rendezvous absagend, weil kein Mann jemals Evan gleichkam.«

Sie wartete. Nichts geschah. Sie war erstaunt, sonst nichts. Vielleicht war es gut, erstaunt zu sein. Etwas zu fühlen war besser, als überhaupt nichts zu fühlen.

»Vielleicht bin ich übergeschnappt«, sagte sie sich und setzte sich wieder auf die Bettkante, um die Idee mit Interesse zu überlegen. »Oder vielleicht bin ich betrunken. Oder vielleicht bin ich tot und weiß es nicht.«

Sie überlegte noch immer diese unfaßbare Möglichkeit, als es wieder an ihrer Tür klopfte.

»Herein!« rief Nicole, zu fasziniert von ihrer Gefühlsbetäubung, um darauf zu achten, wer es war.

Die Tür öffnete sich. Sie schaute auf.

Und plötzlich flammten alle ihre Gefühle auf. Es war, als ob sie Schalter auf einem riesigen Brett wären, die irgend jemand mit einer ungeheuren Handbewegung aufdrehte. Sie fühlte Lichter an sich herunterfließen, die Wärme von tausend Flammen, das Wirbeln von leuchtenden Farben, die ihr wie Kaskaden durch den Sinn stürzten.

»Tristan«, schrie sie. Sie sprang auf und lief zu ihm. »Tristan, ich fühle mich so eigenartig, ich kann es dir gar nicht erklären!«

Er lächelte sie an. Seine Kleidung war schwarz und weiß, aber alles, was sie sehen konnte, war Farbe, und Farbe war etwas, das sie berühren, schmecken und trinken konnte, bis die Quelle versiegte.

»Ich werde ohnmächtig«, sagte Nicole.

»Nein, das wirst du nicht.«

Die Zeit war außer Kraft gesetzt. Sie konnte sehen, wie er sie mit seinen Händen packte und zurückstellte. Einen Monat. Zwei Monate. Drei . . . vier . . . Und die Zeit war etwas, das man drehen und biegen konnte, eine Sklavin in den Händen der Ewigkeit. Ein Jahr. Zwei. Drei.

Und plötzlich fühlte sie sich zurückversetzt in die Zeit, da sie Evan Colwyn noch nicht gekannt hatte, und sie war frei und jung, und es war schön zu leben.

»Ich bin betäubt«, sagte Nicole.

»Nein, du siehst nur die Dinge, wie sie wirklich sind.«

»Ich werde verrückt.«

»Du bist zum erstenmal seit drei Jahren normal.«

»Oh, mein Gott«, flüsterte Nicole, »ich glaube wirklich, daß ich es bin.«

Er berührte sie, und alles schien sich zu beruhigen. Als sie sich instinktiv an ihn klammerte, sah das winzige Zimmer wieder aus wie vorher, und Pooles Anzug war schwarz, und sein Hemd war weiß, und seine dunklen Augen waren nahe den ihren.

Er küßte sie. Zuerst war es wie irgendein Kuß, den ihr ein Mann gegeben haben mochte. Aber dann änderte sich das, und es war mit nichts zu vergleichen, das sie jemals vorher erfahren hatte. Empfindungen von deren Existenz sie nicht einmal gewußt hatte, flammten auf, bis sie die Welt sich ausdehnen sah in eine unbekannte, mystische Dimension, die ohne Anfang war und ohne Ende in einer Wüste der Zeit.

Er hörte auf, sie zu küssen. Die Welt kippte zurück ins Normale, und das Zimmer drehte sich zu ihr zurück. Das Abendlicht floß durch das Fenster und fiel schräg auf die Füllung der verschlossenen Tür.

»Bring mich zurück«, sagte Nicole. »Wo wir vorher waren. Bring mich zurück.« Und sie reichte hinauf und zog sein Gesicht zu sich herunter, so daß sie seinen Mund wieder mit dem ihren berühren konnte.

Sie fühlte seine Finger über ihre Haut gleiten und bemerkte zum erstenmal, daß ihr Bademantel auf dem Boden lag und sie nackt war. Aber dann legte sich sein Mund auf den ihren, und all die Förmlichkeiten einer kleinlichen, zerfallenden Welt gingen unter in der samtenen Dunkelheit von hundert Sonnensystemen, und die Hitze brannte auf sie herunter von einem ungeheuer großen und unsichtbaren Kraftwerk.

»O Gott«, sagte Nicole, »ich bin im Himmel.«

Er lachte. Sie öffnete ihre Augen und sah ihn über sich, sein Gesicht so nahe dem ihren, daß sie nur flüchtig die weit offene Wölbung seines Mundes und die Weiße seiner ungleichmäßigen Zähne sehen konnte.

»Warum lachst du?« flüsterte sie.

»Weil du gerade etwas gesagt hast, das mich amüsierte«, sagte er, und seine Stimme war die Stimme der Finsternis, die sie zu einer heftigen und feurigen Nacht empfing.

III.

Die Sonne war untergegangen, als Poole Nicoles Zimmer verließ und nach unten ging, um Agnes zu suchen. Er fand sie im Speisezimmer der Gesellschaft, wo noch immer ein Gedeck für ihn auf dem Tisch lag. Sowie er eintrat, sprang sie mit einem Ausruf der Erleichterung auf.

»Endlich«, sagte sie, als hätte sie alle Hoffnung aufgegeben, ihn an diesem Abend noch einmal zu sehen. »Ich wußte, daß ich dich nicht stören durfte, und so verbrachte ich die letzte halbe Stunde mit dem heftigen Wunsch, du mögest so bald wie möglich erscheinen! Höre, Tristan, Lisa ist hier. Sie hat im Salon gewartet und weigert sich absolut, zu gehen, ohne dich gesehen zu haben. Was werden wir nur mit ihr machen?«

»Agnes«, sagte Poole, »du machst dir zu viele unnötige Sorgen. Wo ist mein Abendessen?«

»Aber was ist mit –?«

»Ich bin verdammt hungrig, Agnes. Wenn noch Abendessen übrig ist, möchte ich es auf der Stelle haben, bitte.«

Agnes seufzte. »Ja, Tristan, nur einen Augenblick – ich werde es dir holen.«

»Danke.« Er sank in den hochlehnigen Stuhl am Ende des Tisches und zeichnete mit der Gabel ein Pentagramm auf das Tischtuch, während er an Nicole dachte.

Als Agnes mit einem Teller dampfenden Essens zurückkam, war alles, was sie sagte: »Zufriedenstellend?«

Poole nahm einen Bissen gefüllte Aubergine. »Köstlich.«

»Ich habe nicht das Essen gemeint«, sagte Agnes.

»Ich auch nicht«, sagte Poole.

Sie lächelten einander noch zu, als Agnes' Schwester ihren Kopf zur Tür des Speisezimmers hereinsteckte.

»Lisa ist wieder da, Agnes – sie stört uns in der Küche, meine ich. Sie sagt, sie weigere sich, noch länger im Salon zu warten, und besteht unbedingt darauf, Tristan ohne weitere Verzögerung zu sehen. Was soll ich tun?«

»Oh, diese verflixte Frau!« sagte Agnes irritiert. »Ich werde gehen und sie abweisen.«

»Verschwende deine Zeit nicht«, sagte Poole. »Bring sie herein, Harriet.«

»Oh, nur so nebenbei«, sagte Agnes, als ihre Schwester gehorsam verschwand, »bevor ich es vergesse – Evan sprach davon, daß er morgen wieder nach London fährt, und zwar um einen Arzt für Gwyneth zu finden und einige Privatdetektive zu konsultieren. Du hast dir hier einen Feind geschaffen, Tristan.«

»Agnes«, sagte Poole nachsichtig, »würdest du bitte aufhören, dich zu beunruhigen? Du wirst dir noch ein Magengeschwür einhandeln, und das ist wirklich ganz überflüssig.«

»In Ordnung«, sagte Agnes, »gut, ich werde dich mit deiner Freundin allein lassen und versuchen, an etwas anderes zu denken.«

»Du kannst eine genaue Liste aufstellen, wieviel wir Walter Colwyn schulden. Ich habe Evan einen Schuldschein versprochen.«

»Du Scheusal«, sagte Agnes. »Wenn ich mir von etwas Magengeschwüre hole, dann von diesen elenden Rechnungen. Trotzdem, ich werde mein Bestes tun. Viel Glück mit Lisa.«

»Viel Glück mit dem Addieren und Subtrahieren.« Er nahm neuerlich einen Bissen Aubergine und kaute noch nachdenklich, als Lisa ins Zimmer fegte. »Hallo«, sagte er. »Wie geht es dir?« Er nahm sich nicht die Mühe, aufzustehen, aber er forderte sie durch einen Wink auf, sich neben ihn an den Tisch zu setzen. »Nimm Platz.«

»Danke für diese überschwengliche Begrüßung«, sagte Lisa. »Wo, zur Hölle, bist zu gewesen?«

»In London.«

»Du sagtest, du würdest am Samstag anrufen! Ich wartete den ganzen Tag –«

»Das tut mir leid«, sagte Poole.

»Gut . . .« Sie zögerte. Sie war nervös, wie er bemerkte, und in ihren Augen lag ein eigenwilliger Ausdruck. »Ich finde, du hättest dein Versprechen halten können«, sagte sie bockig.

»Es tut mir leid«, sagte Poole.

Es entstand eine Pause. Poole aß weiter.

»Was ist los?« fragte Lisa verwirrt. »Was gibt es?«

»Nichts.«

Wieder eine Pause. »Tristan, ich muß mit dir sprechen!«

»Fang an.«

»Gut, ich . . . ich bin in einer schrecklichen Klemme, und – nun gut, es ist nicht nur meine Schuld, oder? Ich meine, wenn Matt uns nicht zusammen am Strand gesehen hätte –«

»Meine Liebe, du kannst nicht mir die Schuld geben, nur weil dein Mann sein Testament in einem Zornesanfall änderte und in eine Mauer fuhr, bevor er sich genug beruhigt hatte, um die Änderung wieder rückgängig zu machen.«

»Natürlich kann ich«, brauste Lisa auf. »Wenn ich dich nicht getroffen hätte, würde Matt sein Testament nicht in dieser Art und Weise geändert haben!«

»Wenn es nicht ich gewesen wäre, wäre es irgend jemand anderer gewesen.«

»Wie kannst du es wagen!« Sie sprang wütend auf.

»Oh, laß uns ehrlich sein, Lisa. Du warst zu Tränen gelangweilt mit diesem deinem Ehemann und warst mehr als bereit, dich dem ersten Mann, der wollte, anzubieten!«

Sie versuchte ihn zu schlagen, aber er ließ sein Messer schnell genug fallen, um vorzustoßen und ihr Handgelenk zu fassen. Es entstand eine Stille. Lisa wollte sich zurückziehen, aber er verstärkte den Griff seiner Finger, so daß ihre Anstrengung zu entkommen nutzlos war. Sie wurde von Panik erfaßt.

»Tristan, es tut mir leid – ich – ich meinte es nicht so. Ich –«

»Lisa«, sagte Poole mit ruhiger, klarer Stimme, »du hast mich nicht geliebt. Du liebst mich nicht. Du wirst mich niemals lieben. Ich bitte um Verzeihung, wenn ich unnötig brutal erscheine, aber in diesem Stadium, glaube ich, ist es wichtig, daß wir beide dieser grundlegenden Wahrheit ins Auge sehen. Wir trafen einander, es gab unglückliche Auswirkungen, die einen ekelhaften Geschmack in meinem Mund zurückließen – und in deinem auch, zweifellos –, und ich glaube, es wäre jetzt für uns beide das Beste, wenn wir unsere eigenen Wege gingen. Ich sage das deinetwegen, genauso wie meinetwegen. Wenn bekannt wird, was wir vor dem Tod deines Mannes getan haben, wird sogar vielleicht ein mitfühlender Richter unfreundlich sein, wenn du das Testament anfichst.«

»Gut . . .«

Er wartete.

»Ja«, sagte Lisa schließlich, »ich nehme an, daß es so ist. Aber –«

»Ja?«

»Ich liebe dich wirklich, Tristan. Ich kann mir nicht helfen.«

»Du liebst mich nicht, Lisa.«

»Aber –«

»Du liebst mich nicht.«

Sie schwieg.

»Ich habe recht, du weißt es. Es ist viel besser, jetzt zu scheiden, bevor noch mehr Schaden angerichtet wird.«

»Ich . . . nehme an, daß –«

»Es ist so.«

»Ja.« Sie wandte sich ab, aber er hielt noch immer ihr Handgelenk. »Lisa.«

»Ja?«

»Einen letzten Kuß zur Erinnerung?«

Sie lächelte zitternd und hob ihren Mund dem seinen entgegen, aber er küßte sie auf die Stirn. Seine Hände strichen sanft über ihr Haar und begannen, den Schal zu lösen, der ihr das Haar aus dem Gesicht zurückhielt.

»Gibst du mir ein Andenken?« sagte er weich. »Etwas, das mich an dich erinnert?«

Sie nickte, und ihre Geste lockerte ihr Haar, als er den Schal wegzog. Er bemerkte wieder – mit einem vagen Schmerz des Bedauerns – wie schön sie war.

»Alles Gute, Lisa. Es tut mir leid, aber ich weiß, so ist es am besten.«

»Ja.« Sie tastete nach der Tür. »Du hast recht. Aber es scheint verdammt hart.« Und dann war sie gegangen, ihre Schritte hallten dumpf im Korridor, und als er horchte, glaubte er sie weinen zu hören.

Dreißig Sekunden später schlüpfte Agnes ins Speisezimmer.

»Ich kann nichts dafür«, sagte sie, »ich konnte einfach nicht widerstehen zu kommen, um herauszufinden, was geschah.«

Poole war zu seinem Essen zurückgekehrt. »Dieses Gericht ist sehr gut, Agnes. Ausgezeichnet.«

»Aber was ist mit Lisa? Ist alles in Ordnung?«

»Ich bin nicht sicher. Setz dich, Agnes.« Er wartete, bis sie sich in Lisas Sessel niedergelassen hatte, bevor er beiläufig hinzufügte: »Ich möchte, daß du etwas für mich tust. Glaubst du, daß du eine heraufbeschworene Verliebtheit rückgängig machen kannst?«

»Warum nicht«, sagte Agnes auf Lisas Schal starrend, der schlaff auf dem Tisch lag. »Sind Haare von ihr auf dem Schal?«

»Möglich. Aber es ist ihr Schal. Das ist alles, was zählt.«

»Ich hätte eigentlich lieber die Haare von ihr. Die sind persönlicher.«

»Stimmt. Kennst du die erforderlichen Vorbereitungen genau?«

»Ich kann nachschauen«, sagte Agnes, »nur um sicher zu gehen.«

»Machst du das? Agnes, ich weiß die Art zu schätzen, in der du all diese unbedeutenden Angelegenheiten von meinen Schultern nimmst . . . Benütze gleich als erstes morgen früh mein Zimmer und wähle den nach deinem Gefühl am besten geeigneten Gehilfen aus. Ich würde es selber machen, aber ich möchte nicht den ganzen morgigen Vormittag damit verbringen, den Magier zu spielen, wenn Nicole von mir erwartet, daß ich eine ganz andere Rolle spiele . . . Ich bin sicher, du verstehst.«

»Natürlich«, sagte Agnes verständnisvoll. »Mach dir keine Sorgen wegen Lisa, ich werde mich für dich um sie kümmern. Aber kannst du sie nicht einfach hypnotisieren? Würde das nicht genauso wirkungsvoll sein?«

»Vielleicht. Vielleicht auch nicht. Hypnose ist in mancher Hinsicht ein ungewisses Hilfsmittel, und in Lisas Fall möchte ich mich nicht auf Hypnose verlassen, wenn ich sie auf zuverlässigere Weise behandeln kann. Ich verwende zur Zeit etwas Hypnose, aber ich würde es vorziehen, wenn du eine länger andauernde Kraft herbeiriefst, um das Problem für uns zu lösen.«

»Ja, Tristan.«

»Oh, und Agnes —«

»Ja, Tristan?«

»Versuche, sie nicht zu töten, bitte. Es würde unglückseliges Gerede aufkommen lassen, so bald nach dem Tod ihres Mannes.«

»Ja, Tristan«, sagte Agnes gehorsam und begann mit einem angenehmen Gefühl der Erwartung bei den Kräften zu verweilen, die sie herbeirufen würde, um Lisas unbeherrschte Leidenschaft zu unterdrücken.

IV.

Eine Woche ging vorüber.

In London hatte Evan, noch immer unter dem Mangel an Begeisterung leidend, mit dem sein verspäteter Heiratsantrag aufgenommen worden war, mit einem bekannten Psychiater über seine Schwester gesprochen, die Meinung eines Rechtsanwalts über den unglückseligen Mietvertrag eingeholt und eine Firma von Privatdetektiven engagiert, um Nachforschungen in Pooles Vergangenheit anzustellen. Nach vier Tagen des Brütens hatte der Rechtsanwalt berichtet, daß der Mietvertrag dem Gesetz entsprach; der Psychiater hatte Evan mitgeteilt, daß er Gwyneth gerne untersuchen würde, wenn sie überredet werden könnte, zur Behandlung nach London zu kommen; und die Detektive hatten gemeldet, wenn es irgend etwas Wichtiges über Mr. Tristan Poole gäbe, würde es ganz bestimmt durch ihre unermüdlichen Anstrengungen, die Einzelheiten seiner Vergangenheit auszugraben, enthüllt werden. Für den Augenblick hatte Evan alles Mögliche tan, und er beschloß, nach Colwyn Court zurückzukehren, um zu sehen, ob Nicole in einer vernünftigeren Gemütsverfassung wäre.

Er war sehr verärgert über Nicole. Mit jedem Tag, der vorüberging, war er mehr denn je davon überzeugt, daß sie ihn schlecht behandelte, und es fiel ihm schwer, sich zurückzuhalten, Colwyn Court anzurufen und mit ihr zu sprechen. Aber er rief nicht an. Er hatte sich entschlossen, ihr genau das zu geben, was sie wollte – Zeit, seinen Antrag zu überlegen –, so daß sie, wenn er sie wiedersehen würde, ihm nicht vorwerfen konnte, sie mit einer übereilten Entscheidung gequält zu haben.

In Colwyn Cottage kam in der Zwischenzeit Benedikt mit seiner wissenschaftlichen Arbeit gut voran, und Jane genoß jede freie Minute mit den Zwillingen. Nach einer Weile stellte sie fest, daß sie mehr von den Zwillingen sah als Lisa. Lisa war ruhig und zurückhaltend und verbrachte die meiste Zeit in ihrem Zimmer. Jane war sehr besorgt wegen Lisa, kam aber schließlich zur Auffassung, daß Lisa noch immer unter Matts Tod litt, und entschloß sich noch mehr Mühe zu geben, ihr gegenüber freundlich und mitfühlend zu sein.

Lisa ihrerseits war gegen alles gleichgültig; sie hatte niemals vorher unter einer solchen Mattigkeit gelitten. Als daher Jane meinte, daß es die Nachwirkung des Schocks sei, akzeptierte Lisa diese Erklärung und hörte auf, sich darüber Sorgen zu machen. Sie hätte Poole gern wiedergesehen, aber sie war zu müde, um nach Colwyn Court hinaufzugehen. Im Bett liegend dachte sie endlose Stunden lang an Poole, aber allmählich wurde die Erinnerung an ihn matt, und die starke Erregung, die seine Anwesenheit hervorgerufen hatte, wurde durch die verblüffende Gleichgültigkeit verdrängt, die Jane dem Schock zuschrieb. Aber nach einer Woche der Müdigkeit begann sie sich besser zu fühlen, und an dem Tag, an dem Evan London in Richtung Colwyn verließ, beschloß sie, nach dem Mittagessen aufzustehen und einen Bummel am Strand zu machen.

Es war ein schöner Nachmittag. Während Lisa sich langsam in ihrem Zimmer ankleidete, rührte Jane in der Küche den Teig für eine große Menge Teegebäck an, und die Zwillinge lagen der Länge nach ausgestreckt auf dem Rasen innerhalb der Mauern von Colwyn Castle. Die mysthische Erzählung über ihren längst verlorenen Vater hatte ein entscheidendes und fesselndes Stadium erreicht.

»So, hier war er«, sagte Timothy, »Auge in Auge mit dem bengalischen Tiger.«

»Und der Stern von Indien funkelte böse in seiner Hüfttasche.«

»Funkeln Rubine?«

»Der Stern von Indien ist kein Rubin, Dummkopf! Es ist ein –«
Lucy hielt inne.

»Ja?« sagte Timothy.

»Ich höre etwas.« Lucy horchte angestrengt. »Stimmen.«

»Genau wie Jeanne d'Arc!«

»Schhh! Hörst du sie nicht?«

Timothy hörte sie. »Verstecken wir uns.«

»Okay.«

Sie sprangen auf, stemmten sich gegen die Burgmauern und spähten durch einen der Schlitze, die als Fenster dienten.

»Es ist diese Miß Miller«, sagte Timothy.

»Es sind beide Miß Millers. Die andere ist ihre Schwester. Ich bin gespannt, ob sie in die Burg kommen.«

»Nein, sie gehen zur Kapelle.«

»Wenn sie drinnen sind, laß uns –«

»– an sie heranschleichen und schauen, was sie machen. Ja, das tun wir«, sagte Timothy verärgert, weil Lucy die Idee vor ihm gehabt hatte.

Agnes und ihre Schwester Harriet verschwanden langsam hinter den Mauern der Kapelle, und der Klang ihrer Stimmen verlor sich.

»Gehen wir«, sagte Timothy.

»Okay.«

Sie eilten gebückt über den Rasenplatz, der die Burg von der Kapelle trennte. Zwei der wilden Pferde, die in der Nähe grasten, hoben erstaunt ihre Köpfe, und weiter unten am Abhang hob eines aus der Herde der grasenden Schafe seinen Kopf und blökte mißbilligend gegen den Himmel.

»Lächerliches Schaf«, murmelte Lucy.

»Schhhh!«

Sie krochen zu einer Öffnung des verwitterten Mauerwerks und spähten in die Ruinen der Kapelle. Die Stimmen erreichten sie nun deutlich; sie konnten jedes Wort hören, das gesagt wurde.

»Welch ein schöner Platz«, sagte Agnes. »Tristan hatte so recht damit. Der Platz hat die wundervollsten Schattierungen.«

»Was für ein Genuß für Lammas! Ich werde so stolz sein, eine der Gastgeberinnen in einem solchen Rahmen zu sein.«

»Wir werden alle stolz sein«, sagte Agnes behaglich. Sie prüfte die steinerne Tafel, die alles war, was noch an einen Altar erinnerte.

»Ich nehme an, es gibt keinen Zweifel, daß die Kapelle nicht geweiht ist«, sagte Harriet.

»Keinen. Das war das erste, was Tristan sich von Walter Colwyn bestätigen ließ.«

»Herrlich«, sagte Harriet. Nach einer Weile fragte sie: »Hast du eine Ahnung davon, wie die Riten vor sich gehen werden?«

»Ich habe es noch nicht mit Tristan durchgesprochen, aber es wird eine Huldigungszeremonie geben wie gewöhnlich, natürlich gefolgt von der Messe –«

»Wie wird Tristan das Problem lösen, eine Jungfrau zu finden?«

»Er dachte an etwas anderes. Es wird eine Taufe geben. Die Jungfräulichkeit wird den Mächten in Form einer Taufe geopfert werden, anstatt in der Form der Messe.«

»Wie schön. Ich glaube nicht, daß ich jemals zuvor bei einer Taufe anwesend gewesen bin. Wird die Messe eine Hochzeitsmesse?«

»Ja, daher müssen wir uns das Hochzeitskleid überlegen. Schwarzer Satin, dachte ich, mit Unmengen von schwarzer Spitze . . . Vielleicht können wir nächste Woche nach Swansea fahren und ein Muster aussuchen.

»Zauberhaft!« sagte Harriet. Dann: »Was wird das Opfer sein?«

»Oh, natürlich ein Lamm. Das heroische Symbol der Anderen Kirchen.«

»Aber was ist mit dem heroischen Symbol *Unserer* Kirche? Wird es eine Ziege geben?«

»Meinst du für die Orgie nach der Messe und der Taufe? Ich glaube nicht. Schließlich wird ja Tristan persönlich anwesend sein. Warum sich mit einem Ersatz plagen unter diesen Umständen?«

»Warum wirklich?« stimmte Harriet zu, als sie die Kapelle verließen und gemächlich miteinander den Abhang hinunterschlenderten; ihre schwarzen Röcke flatterten im Wind.

Weiter unten krachte die Brandung gegen die Klippen und schleuderte die Gischt hoch in die Luft. Ein Schaf blökte wieder in der Ferne, und die Pferde grasten ruhig auf der Wiese.

Die Zwillinge schauten einander an.

»Hast du irgend etwas davon verstanden?« sagte Lucy schließlich freimütig. »Ich dachte, sie sprächen Englisch, aber nach einer Weile war ich nicht mehr so sicher.«

»Natürlich habe ich es verstanden«, sagte Timothy überlegen, indem er das Beste aus Lucys seltenen Bekenntnissen der Unzulänglichkeit machte, – »die Gesellschaft hat ihre ganz besondere Religion, die eine Art römisch-katholische Kirche ist, aber doch ein wenig anders, und es wird eine Hochzeit geben und eine Taufe.«

»Vielleicht *sind* sie Katholiken.«

»Das können sie nicht sein, denn die Kapelle ist nicht geweiht. Geweiht bedeutet heilig, und wenn die Kapelle nicht mehr heilig ist, können sie Katholiken nicht verwenden; Protestanten wahrscheinlich auch nicht.«

»Gut, wenn sie also keine Katholiken sind und auch keine Protestanten, was sind sie dann? Und was bedeutete all das mit einem Lamm und einer Ziege?«

»Das muß ein Teil der Religion sein. Wie die Römer. Die Römer haben immer Ziegen geopfert und Lämmer und andere Sachen.«

»Aber sie werden die Ziege nicht opfern«, sagte Lucy. »Die Ziege war für die Orgie. Was glaubst du, bedeutet das?«

»Es muß wie bei den Katholiken sein. Die kennen auch so etwas wie Ekstase.«

»Was ist das?«

»Ein Teil der Religion«, sagte Timothy, der keine Ahnung hatte.

»Gut, wenn du mich fragst«, sagte Lucy unzufrieden, »so ist das alles sehr merkwürdig.«

»Die Gesellschaft ist merkwürdig«, sagte Timothy mit einem Gähnen. »Das weiß jeder.«

»Erzählen wir es jemandem?«

»Na ja . . . wir könnten es Tante Jane erzählen. Sie ist die einzige Person, die mir einfällt, die daran interessiert sein könnte.«

»Das ist eine gute Idee«, sagte Lucy. »Laß es uns Tante Jane erzählen.«

»Okay.«

Sie sprangen den Hügel hinunter, und eine Viertelstunde später waren sie am Hintereingang des Hauses.

»Hallo, Zwillinge«, sagte Jane. »Ihr kommt gerade recht für Teegebäck frisch aus dem Ofen. Das war eine gute Zeiteinteilung.«

»Tante Jane«, sagte Lucy, »es wird eine Hochzeit in der Kapelle auf dem Felsen geben. Die Gesellschaft organisiert sie und—«

»Leute werden meilenweit aus der Umgebung kommen, um dabei zu sein, wie bei einer Party. Und eine Taufe wird es auch geben.«

»Aber sie werden keine Ziege haben«, sagte Lucy, die irgendwie fühlte, daß die Ziege von Bedeutung war, »nur ein Lamm.«

»Und sie werden das Lamm opfern«, fügte Timothy hinzu. »Genau wie die Römer.«

»Gut«, sagte Jane lachend. »Was werdet ihr beide euch als Nächstes ausdenken? Übrigens – hat euer Vater es geschafft, dem Sultan zu entkommen, mit dem Säbel aus dem Taj Mahal?«

»Ja, danke«, sagte Timothy höflich. »Kann ich bitte Marmelade zu meinem Teegebäck haben?«

»In Ordnung, aber geh und wasch dir zuerst deine Hände.«

In der Zurückgezogenheit des Badezimmers tauschten die Zwillinge lange Blicke aus.

»Tante Jane ist eine der nettesten Leute auf der Welt«, sagte Lucy endlich langsam, »aber manchmal enttäuschen einen selbst die nettesten Leute, wenn man etwas von ihnen erwartet. Es ist nicht ihr Fehler. Sie kann nicht anders.«

»Es spielt keine Rolle«, murmelte Timothy. »Ich hätte es wissen sollen, daß nicht einmal Tante Jane uns diesmal glauben wird. Vergessen wir das Ganze.«

»Okay«, sagte Lucy bereitwillig und griff nach der Seife, als wollte sie ihre Hände von dem Vorfall reinwaschen.

V.

Lisa verließ das Landhaus zehn Minuten, bevor die Zwillinge den hinteren Eingang erreichten, und ging flott an den Strand. Am bemerkenswertesten war, so dachte sie, wie ihre Lethargie verschwunden war. Ihre Gleichgültigkeit hatte sich in ein reges Interesse an ihrer Umgebung verwandelt; als sie über die Felsen zum Sandstrand hinunterkletterte, fühlte sie sich voll außergewöhnlicher Vitalität.

Sie sah sie fünf Minuten später. Sie sonnten sich am Fuß der Klippen auf einem Flecken Sand, eingeschlossen von einem Halbkreis von Felsen. Nicole lag mit dem Gesicht nach unten, ihr Bikinioberteil hatte sie abgelegt, damit ihr Rücken gleichmäßig bräunen konnte. Poole lag auf dem Rücken, seine Hände hinter seinem Kopf verschränkt, und seine langen Gliedmaßen waren gemächlich gegen das Meer ausgestreckt. Während Lisa sie beobachtete, drehte er sich auf die Seite und strich mit einem Finger über Nicoles nackte Wirbelsäule.

»Gut, gut«, sagte Lisa mit betonter Verachtung. »Welch intimes, nettes Bild!«

Poole warf sich herum. Sie sah jeden Ausdruck aus seinen dunklen Augen schwinden, und plötzlich öffneten sich die Schleusen ihrer Selbstbeherrschung, und die Wut brach hervor in einer heftigen, geräuschvollen Flut.

»Du Bastard«, schrie sie zitternd. »Du verkommener, treuloser, lügender, betrügerischer –«

Er war blitzartig auf den Beinen. »Lisa«, sagte er mit ruhiger, beschwichtigender Stimme. »Lisa, sei ruhig.«

»Nein, ich will nicht!« schrie Lisa leidenschaftlich. »Nicht, bevor ich dir gesagt habe, wie sehr ich dich hasse! Nicht bevor ich Nicole gesagt habe, was für eine Närrin sie ist, sich mit einem Mann wie dich einzulassen!«

»Nicki, Liebling«, sagte Poole zu Nicole, die noch immer verlegen mit dem Oberteil ihres Bikinis beschäftigt war. »Du mußt dir das wirklich nicht anhören. Warte auf mich oben beim Haus.«

»Gut, Tristan.« Sie bemühte sich, ihren Umhang umzuwerfen, und beugte sich nieder, um die Strohtasche aufzuheben, die ihre Sachen enthielt.

»Du wartest«, schrie Lisa ihr zu. »Du wirst Augen machen! Ich könnte dir Dinge über diesen Mann erzählen, die du nicht glauben würdest! Ich könnte dir erzählen –«

Nicole rannte quer über den Strand davon.

»Sei still, Lisa«, sagte Poole und packte sie mit seinen starken Fingern bei den Schultern. »Sei still, hörst du? Sei still.«

»Ich hasse dich!« schrie Lisa, unfähig, sich zu beherrschen, blind gegen alles, sogar gegen die Macht in Pooles Augen. Sie war rasend in ihrer Ekstase, einer so starken Leidenschaft Luft zu machen. »Ich hasse dich, ich hasse dich, ich hasse dich –«

Poole versuchte eine Beschwörung. Es war eine herkömmliche französische Methode, um eine Frau zu unterwerfen. »Lisa –«, er ergriff ihr Handgelenk, so daß seine Macht mit den Worten wirkungsvoller verschmelzen konnte. »Lisa. Bestarbeto corrumpit viscera ejus mulieris.«

Nichts. Sie war jenseits der Macht einer einfachen Beschwörung. Er machte einen weiteren Versuch, mit seinem Geist auf den ihren einzuwirken und ihn zu unterwerfen, aber Lisa machte so viel Lärm, daß er sich nicht konzentrieren konnte. Zuletzt schlug er sie in Verzweiflung.

Sie schlug sofort zurück. »Mörder!« schrie sie ihm entgegen. »Glaubst du, ich bin so dumm, daß ich nicht merke, was geschehen ist? Du hast mich verführt, um an Matts Geld heranzukommen, und weil Matt all sein Geld Nicole hinterlassen hat –«

Poole nahm zu einer Anrufung Zuflucht. Es war demütigend, geringere Kräfte zu Hilfe rufen zu müssen, aber die Bösartigkeit in Lisa mußte sofort unter Kontrolle gebracht werden; die Umstände waren zu gefährlich für ihn, um sich den Luxus von Stolz zu leisten.

Im Namen von Baal, dachte er, seinen Willen vollständig der Bitte um Hilfe beugend, im Namen von Astaroth, im Namen von Luzifer, helft mir, diese Frau zu bändigen, und macht sie gehorsam gegenüber allem, was ich vorschlagen werde.

»– du hast mich fallenlassen und dich Nicole zugewendet, ohne auch nur zu zögern!« schluchzte Lisa und setzte sich jäh auf einen nahen Felsen.

»Lisa«, sagte Poole, seine Chance ergreifend, »du bist viel zu sehr durcheinander, um das gerade jetzt richtig zu besprechen. Warum treffen wir uns nicht hier morgen früh und sprechen über alles in einer vernünftigeren Weise?«

»Und wirst du mich töten, wie du Matt getötet hast?« spottete Lisa, nicht mehr so laut, aber noch immer keineswegs gelassen. »Nein, danke!«

»Meine liebe Lisa, als Matt getötet wurde, war ich in Colwyn Court unter den Mitgliedern der Gesellschaft! Rede keinen Unsinn. Wie dem auch sei, wenn du wirklich um deine Sicherheit fürchtest, dann werde ich dich an der Stelle treffen, wo der Strandweg den Felsabfall erreicht – dann bist du in voller Sicht des Hauses, und du kannst deiner Schwester sagen, sie soll dich vom Fenster aus beobachten. Zufrieden? Gut. Ich treffe dich dort morgen früh um acht Uhr.«

»Ich werde da sein«, sagte Lisa gefährlich. »Und denke nicht, daß es eine freundliche Unterredung wird, denn das wird es nicht.«

»Habe ich dein Wort darauf, daß du darüber mit niemandem sprichst, bis nach unserem Teffen morgen?«

»Ist gut, aber –«

»Danke. Acht Uhr morgen, Lisa«, sagte Poole und entschwand. Er lief den ganzen Weg zurück zum Haus. Die Küchen waren leer, aber vier Mitglieder der Gesellschaft spielten in aller Ruhe Bridge auf der Terrasse vor dem Salon.

»Wo ist Agnes?« rief er ihnen zu.

»In ihrem Zimmer«, rief irgend jemand. »Sie ruht sich aus.« Sie starrten ihm alle mit offenem Mund nach.

Poole raste hinauf und platzte in Agnes' Zimmer, ohne anzuklopfen. Agnes, die gerade ihre Nägel lackierte und die Frauenstunde in ihrem Transistorradio hörte, erschrak so sehr, daß sie ihre Flasche mit Nagellack umwarf.

»Tristan! Was ist los?«

»Was, zum Teufel, geschah mit dem Zauber?«

»Zauber?« sagte Agnes sehr beunruhigt.

»Zauber! Ich weiß, daß ich dir gesagt habe, du sollst Lisa ihre Verliebtheit austreiben –«

»Aber, Lieber«, sagte Agnes verwirrt. »Du meinst, es hat nicht gewirkt? Ich war so sicher, daß ich erfolgreich gewesen bin –«

»Du warst tatsächlich erfolgreich! Du warst so verdammt erfolgreich, daß sie jetzt meine Eingeweide haßt! Agnes, hör mir zu, wir sind im tiefen Wasser, und wir müssen handeln, und zwar schnell . . .«

VI.

Nach einem frühen Aufbruch in London war Evan, zehn Minuten bevor Lisa ihre stürmische Szene am Strand begann, nach Colwyn Court zurückgekehrt, und als er hörte, daß Nicole und Poole sonnenbaden gegangen waren, verließ er das Haus steuerte schnell den Weg zu der kleinen Bucht hinunter.

Er war schon am Strand, als er Nicole sah. Sie rannte auf ihn zu; ihr Umhang flatterte von ihren Schultern, ihr Bikini war zwei Streifen von blassem Gelb gegen die Bräune ihrer Haut.

»Nicki!«, rief er.

Vielleicht hatte Poole sie aus der Fassung gebracht. Sie sah verstört aus wegen irgend etwas. Sollte Poole irgend etwas getan haben, um sie zu verstören, dachte Evan grimmig, so würde er es bald bereuen.

»Nicki!« rief er wieder.

Es war, als ob sie ihn nicht sehen würde. Sie lief weiter auf ihn zu, bis sie nahe genug war, so daß er ihre geöffneten Lippen und ihr windzerzaustes Haar und den dunklen schwerverständlichen Blick in ihren Augen sehen konnte.

»Nicki«, sagte er und griff nach ihr, »was ist los?«

Aber Nicole war in der Landschaft ihres Traumes, einer stillen Welt, in der sie quer über den Sand einer verlassenen Küste lief. Sie hörte ihn nicht. Während er sie beobachtete, kaum fähig, seinen Augen zu trauen, lief sie an ihm vorbei ohne ein Wort und kletterte die Felsen zum Weg hinauf, ohne zurückzusehen.

»Nicki«, schrie Evan durch einen Schleier von Wut und Bestürzung. »Nicki, wohin gehst du!«

Aber Nicole erfüllte Maris' Prophezeihung. In diesem Augenblick, soweit es sie betraf, hatte Evan aufgehört zu existieren.

VII.

Die Nacht ging vorüber. Nicole nahm ihr Abendessen im Speisezimmer der Gesellschaft ein, und Evan sah sie nicht; als er später an die Tür ihres Zimmers klopfte, kam keine Antwort, und als er an der Tür probierte, fand er sie versperrt. Evan ging zu Bett in einem Fieber von schmerzhafter Verwirrung und verletztem Stolz und warf sich die ganze Nacht schlaflos hin und her.

Poole verbrachte ebenfalls eine schlaflose Nacht. Agnes hatte ein schwaches Schlafmittel in Nicoles Kaffee getan, um sicher zu sein, daß Poole durch ihre Anwesenheit nicht behindert sein würde, und sobald Nicole im Bett eingeschlafen war, versperrte Poole die Tür ihres Schlafzimmers und kehrte in den westlichen Flügel zurück, um mit seinen Vorbereitungen zu beginnen. Er befragte seine Bücher, meditierte und machte seine Pläne, aber kurz vor Tagesanbruch bereitete er sich selbst auf die Handlung vor. Er hatte kein Abendessen gegessen, um das Gebot des Fastens zu erfüllen, und nahm nun ein Bad, um der Forderung nach Reinheit zu entsprechen, bevor er die schwarze Leinenrobe anlegte, die ihm Agnes brachte. Der dritten Forderung, Enthaltsamkeit, konnte er nicht nachkommen, aber da es sinnlos war, die Zeit zu bedauern, die er mit Nicole verbracht hatte, zuckte er nur mit den Schultern und fragte Agnes, ob sonst alles fertig sei. Es war alles fertig. Sobald die Sonne aufgegangen war, gingen sie miteinander zur Burg hinauf, und Agnes machte mitten in den Ruinen der Burg Feuer in der kleinen Kohlenpfanne, um Lorbeersaft, Kampfer, weißes Harz, Schwefel und Salz zu verbrennen, damit die Gegend in Vorbereitung für den Kreis gereinigt werde. Poole zeichnete den Kreis, sobald die Reinigung beendet war. Er zeichnete ihn, sich gegen den Uhrzeiger bewegend, und benutzte dazu zinnoberrote Farbe, welche Quecksilber und Schwefel enthielt. Als er damit fertig war, zeichnete er einen zweiten Kreis mit zweieinhalb Meter Durchmesser, innerhalb des ersten, und wie beim ersten Kreis war er auch hier darauf bedacht, eine Öffnung in der Linie zu lassen, so daß er und Agnes beide Kreise frei betreten und verlassen konnten, bis alles fertig war. Dann, während Agnes die entsprechenden Namen und Symbole in den Raum zwischen den beiden Kreisen zeichnete, nahm er die frischgeschnittene Haselrute, die ihm als Zauberstab diente, und ging aus der Burg hinaus zu den in der Nähe grasenden wilden Pferden.

Poole war nicht unvertraut mit Pferden, aber es war einige Jahre her, seit er eines benützt hatte, und es fiel ihm schwer, einen Anflug von Unbehagen zu unterdrücken, als er sich dem großen schwarzen Hengst am Rand der Herde näherte. Er mußte innehalten, um die menschliche Schwäche auszuschließen, aber sobald er das geschafft hatte, erwies sich alles als geradezu lächerlich einfach. Er hob seinen Zauberstab; das Pferd spitzte die Ohren. Selbst als die anderen Pferde langsam wegrückten, stand der Hengst bewegunslos und wartete. Er berührte das Tier mit dem Stab, murmelte einige Wörter mit unterdrücktem Atem und zog die Schlinge eines Seiles über den

Kopf des Pferdes. Als er zu den Burgruinen zurückkehrte, trottete das Pferd gefügig hinter ihm drein.

»Sind wir fertig, Agnes?«

»Ich denke, ja.«

»Gut.« Das Tier außerhalb des Kreises haltend, befestigte Poole das Seil an einem Vorsprung des eingestürzten Mauerwerks, für den Fall, daß das Pferd versuchen würde, die Freiheit zu gewinnen. Aber das Pferd machte keinerlei Anstalten und schaute ihn nur vertrauensvoll aus dunklen intelligenten Augen an.

»Zünde das Feuer wieder an, Agnes«, sagte Poole.

Agnes entzündete die Holzkohlen in der Kohlenpfanne. Nach einem Augenblick kam Poole zu ihr in die Mitte des inneren Kreises und stand da, sie beobachtend.

»Leg nach«, sagte er endlich.

Agnes gab Kampfer und Brandy in den tintigen Rauch.

»Es ist gut«, sagte Poole ruhig. »Schließe den Kreis.«

Agnes hob den Pinsel und die Dose mit der zinnoberroten Farbe auf und vervollständigte rasch den inneren und den äußeren Kreis.

»Sehr gut, Agnes. Nun zu den Gerüchen, die die Mächte der Finsternis lieben. Wenn ich den Namen des Krautes rufe, wirf es in die Flammen. Fertig?«

»Ja, Meister.«

»Koriander«, sagte Poole und hielt inne. Dann: »Schierling . . . Petersilie . . . schwarzen Mohnblumensaft . . . Fenchel . . . Sandelholz . . . Bilsenkraut.«

Agnes warf die letzte Zutat in die Flammen. Dann standen sie eine Weile und beobachteten das Feuer. Ein schwerer geheimnisvoller Geruch begann sie zu umhüllen. Poole bückte sich zu dem bedeckten Korb, den Agnes mit in den Kreis hereingenommen hatte, und zerrte den darin befindlichen schwarzen Hahn heraus.

»Meinen Kameraden«, rief Poole mit lauter Stimme, »meinen Untertanen, meinen Kohorten, meinen Legionen biete ich dieses Opfer an!«

Die Rauchschwaden aus der Kohlenpfanne wurden dichter; seine Stimme war heiser, und als Agnes ihm das Messer gab, war seine Hand unsicher.

Der Hahn starb eines blutigen Todes.

Agnes fiel auf ihre Knie, um sich vor der entfesselten Macht zu beugen, aber Poole stand wie angewurzelt und ließ die Macht von ihm Besitz ergreifen. Nach drei Sekunden starrer Bewegungslosigkeit schwankte seine Gestalt gewaltig; wie Agnes mit verehrenden Augen feststellte, streckte er seine blutbefleckten Hände gegen den dunklen Morgenhimmel und forderte seine Dämonen mit heiserer und bebender Stimme auf, ihn am Rand des Kreises zu treffen.

VIII.

Als um sieben Uhr an diesem Morgen der Wecker rasselte, schlief Lisa noch fest, erschöpft durch die Erregung ihres Hasses gegen Poole. Es fiel ihr sehr schwer, sich aus dem Bett zu schleppen, aber dann war der Gedanke an das Rendezvous mit ihm zu verlockend um ihm widerstehen zu können, und sie war hellwach, als sie hinunterging.

Jane war bereits in der Küche und braute Benedikts Morgentee. »Meine Güte«, sagte sie erstaunt, als sie ihre Schwester sah. »Du bist aber früh auf!«

»Ich treffe Tristan.«

»Oh, Lisa!«

»Nein, es ist nicht, was du glaubst. Das ist endgültig vorbei. Ich gehe nur, um ihm zu beweisen, wie sehr ich ihn verachte . . . Jane, beobachte bitte, was geschieht. Ich werde ihn oberhalb des Strandes treffen, und wenn er weiß, daß jemand zusieht, wird er es nicht wagen, mir etwas anzutun.«

»Lisa, wäre es nicht vernünftiger, zu –«

»Ich muß gehen«, sagte Lisa, »oder ich komme zu spät.« Und sie schlüpfte aus der Hintertür.

Jane bereitete den Tee, brachte ihn hinauf zu Benedikt und kehrte dann mit besorgt gerunzelter Stirn nach unten zurück zum Fenster des Wohnzimmers, welches auf das Meer ging.

Lisa wartete an der Stelle, an der der Weg die Felsen erreichte, ungefähr sechs Meter über dem Sandufer. Es war ein blasser klarer Morgen, und das Meer war ein ruhiges dunkles Blau hinter den Klippen. Auf dem Sessel beim Fenster kniend, schaute Jane auf ihre Uhr. Fünf Minuten nach acht. Lisa ging auf und ab in einem Fieber von Ungeduld. Zehn Minuten nach acht. Keine Spur von Poole. Er wird nicht kommen, dachte Jane. Sie ging zur Eingangstür und öffnete sie.

»Lisa!« schrie sie mit erhobener Stimme. »Komm zurück! Bitte!« Sie sah Lisa zur selben Zeit ihren Kopf wenden, als sie aus dem Augenwinkel das Pferd sah. Sie blickte rasch zur Burg hinauf. Das größte der schwarzen wilden Pferde schien ganz allein durchzugehen. Sie sah es vom Burgfelsen heruntergaloppieren, und die Schafherde in seinem Weg wurde von Schrecken ergriffen und floh vor dem Donner seiner fliegenden Hufe.

Jane starrte wie hypnotisiert. Die Schafe, zusammengedrängt in Angst, stürzten blindlings den Anhang herunter auf das Haus zu, aber während sie aufpaßte, sah sie das Pferd wenden und die Schafe dem Platz zutreiben, wo Lisa am Abfall der Klippen stand.

»Lisa«, schrie Jane voll Entsetzen. »Lisa, paß auf!«

Aber Lisa bewegte sich zu spät. Die Schafe stürmten über sie hinweg, bevor sie ihnen entkommen konnte, und im nächsten Augenblick wurde sie von ihren dicht gepferchten Körpern über die zerklüfteten Felsen gedrängt, um auf dem Strand darunter den Tod zu finden.

7. Kapitel

I.

»Ich heirate Tristan«, sagte Nicole zu Evan. »Wir werden am 2. August heiraten.«

Sie waren in Matts Haus in Surrey an dem Abend nach Lisas Begräbnis. Eine Woche war seit Lisas Tod vergangen, eine Woche angefüllt mit Zeitungsreportern, Polizei, einer neuerlichen gerichtlichen Untersuchung – und wieder eine Erkenntnis auf tödlichen Unfall. Alles war gestört worden. Benedikt dachte daran, das Landhaus zu verlassen und nach Cambridge zurückzukehren; Jane unterdrückte Hunderte Zweifel und tausend namenlose Ängste, indem sie sich den Zwillingen widmete; und die Zwillinge warteten mit mehr hündischer Geduld als je zuvor auf die Rückkehr ihres Vaters von seinen Reisen, damit er alles wieder in Ordnung brächte. Poole hatte Nicole nach Surrey zum Begräbnis gefahren, war aber beim Gottesdienst nicht anwesend gewesen. Nachher, als Poole noch immer abwesend war, hatte Evan nach mehreren Tagen die erste Gelegenheit, Nicole allein zu sprechen, und wollte wissen, wie es um ihre Gefühle für Poole stand.

»Ich liebe ihn«, sagte Nicole, ihre grauen Augen blickten herausfordernd. »Er hat mir den Antrag gemacht, und ich habe angenommen. Wir werden heiraten, sobald es nur igend möglich ist.«

»Du bist verrückt«, sagte Evan. »Du mußt verrückt sein. Du bist von Sinnen!«

»Oh, um Gottes willen, laß mich allein und geh fort!« schrie Nicole und trachtete zu entkommen, aber er wollte sie nicht gehen lassen.

»Wie kann ich fortgehen, wenn du planst, nach Colwyn Court zurückzukehren?«

»Ich werde bei Tristan im Westflügel sein! Du kannst mich nicht davon abhalten, dort zu bleiben.«

Und Evan wußte, er konnte es nicht. Ihm war so von Herzen übel, daß er am liebsten mit dem nächsten Flugzeug nach Amerika geflogen wäre, aber auch das kam nicht in Frage. Nicht nur war es ihm unmöglich, sei Familie zu verlassen, sondern er fand es unmöglich, Nicole zu verlassen. Als die Stunden vergingen, war er mehr denn je davon überzeugt, daß sie irgendwie für ihre Handlungen nicht verantwortlich war.

»Nicoles Verlobung ist eine wundervolle Nachricht«, sagte Jane am Morgen nach Lisas Begräbnis zweifelnd zu ihm. »Aber ich hoffe, sie weiß, was sie tut. Sie kennt Tristan kaum und . . . oh, Evan ich kann mir nicht helfen, ich habe das Gefühl, daß nichts stimmt. Es tut mir leid – vielleicht sollte ich das nicht sagen, aber –«

Eine Verbündete. Trotz seiner Verzweiflung hoben sich Evans Lebensgeister wieder ein wenig. Er begann zu sprechen und breitete alle seine Zweifel und Ängste vor ihr aus, und Jane ihrerseits bekannte ihr Unbehagen und ihre gefühlsmäßige Überzeugung, daß Poole die Ursache all der jüngsten Schwierigkeiten in Colwyn Court war.

Sie sprachen über eine Stunde miteinander.

»Haben deine Privatdetektive schon irgend etwas Lohnendes gefunden?« fragte Jane schließlich.

»Bis jetzt noch nicht. Ich fahre heute nachmittag nach London, um zu sehen, wie weit sie mit den Nachforschungen gekommen sind.«

»Ich bin sicher, daß sie nichts Belastendes finden werden«, sagte Jane. »Tristan ist viel zu gescheit – unmenschlich gescheit, Evan, du wirst über mich lachen, ich weiß, aber manchmal frage ich mich, ob Tristan überhaupt ein Mensch ist. Die Art, wie er Lisa fesselte – und jetzt Nicole . . . es ist, als ob er sie behexte. Ich weiß, daß es lächerlich klingt, heutzutage über Behexen und Schwarze Magie zu sprechen, aber –«

»Poole ist sicher ein Mensch«, sagte Evan. Sein Verstand glitt schnell zu der Erinnerung an das Seltsame von Pooles Zimmer, aber er ließ es sofort wieder als Überspanntheit fallen.

»Er ist einfach ein glatter Spekulant mit mittelmäßigem psychologischem Wissen und einer beträchtlichen Gabe für Hypnose. Ich stimme dir zu, daß Nicole behext ist, aber ich denke nicht, daß irgend jemand einen Zauber anwendet. Poole hat es einfach verstanden, ihren Willen dem seinen so vollständig unterzuordnen, daß sie ein anderer Mensch ist.«

»Das muß Hexerei sein«, sagte Jane.

»Nein«, sagte Evan, »nur eine Form von hypnotischer Lenkung, angefeuert von dem sehr menschlichen Wunsch, seine Hände auf eine halbe Million Pfund zu legen. Nein, er ist ein Mensch, und er ist unehrlich, und ich werde mein Möglichstes tun, um ihn zu entlarven, bevor er Nicole heiratet, ihr Leben ruiniert und mit ihrem Geld verschwindet . . . Jane, ich möchte dich um einen großen Gefallen bitten. Ich weiß, du möchtest nicht zurück ins Landhaus, nach all dem, was mit Lisa passiert ist, aber es wäre eine große Erleichterung für mich, wenn ich dich dort wüßte – wenn ich wüßte, da ist jemand zur Hand, der die Situation versteht und den ich um Hilfe bitten kann, wenn es notwendig ist. Du hast keine Ahnung, welche Hilfe es für mich gewesen ist, jemanden gefunden zu haben, der mit mir in all dem übereinstimmt.«

»Es ist auch für mich eine Hilfe gewesen«, bekannte Jane. »Ich war nahe daran, neurotisch zu werden wegen Tristan. Ich glaubte, ich sei die einzige, die ihn nicht mag.«

»Wirst du also nach Colwyn zurückkommen?«

»Nun . . . ich möchte nicht zurückgehen, aber andererseits könnte ich unmöglich jetzt nach Cambridge zurückkehren und Nicole – und dich – zurücklassen, ohne einen Finger zu rühren. Wenn ich dir mit meiner Anwesenheit in Colwyn helfen kann, und wenn du Nicole helfen kannst –«

»Ich werde Nicole von diesem Mann abbringen, und wenn es das letzte ist, was ich jemals tue!«

»Oh, Evan, sag nicht solche Sachen!« rief Jane aus und klopfte auf Holz in abergläubischer Angst. »Nicht nach all diesen plötzlichen Toden!«

»Das waren Unfälle.«

»Ich habe meine Bedenken«, sagte Jane.

»Du meinst doch nicht im Ernst –«

»Nein«, sagte Jane, »ich überlege nur . . . Evan, wenn du heute nach London fährst, um die Detektive zu sehen, würdest du dort etwas für mich tun?«

»Natürlich. Was denn?«

»Geh zu Foyles und kauf mir ein wirklich gutes Buch über Zauberei.«

II.

Als er am nächsten Morgen wieder zu Matts Haus kam, um Nicole abzuholen und sie nach Wales zu bringen, traf Poole die Zwillinge. Sie hatten sich gerade von ihrem Au-pair-Mädchen verabschiedet, das zurück nach Spanien fuhr, um dieser Atmosphäre von plötzlichen Todesfällen zu entkommen, die allem Anschein nach über der Familie schwebte, und sie genossen ihre neuerlangte Freiheit; obwohl sie Constanza gut hatten leiden können, waren sie es überdrüssig geworden, auf sie aufzupassen und ihr Englisch beizubringen. Als Poole in seinem schwarzen Jaguar beim Haus vorfuhr, fand er sie auf der Stufe der Eingangstür sitzend und seine Ankunft mit Interesse verfolgend.

»Guten Morgen«, sagte Lucy mit beeindruckender Förmlichkeit, als er aus dem Wagen stieg. »Wir freuen uns, Ihnen zu Ihrer Verlobung gratulieren zu können.«

»Danke.« Er lächelte ihr zu und schaute auf den Knaben, aber Timothy betrachtete seine Schuhspitzen.

»Wo wird die Hochzeit sein?« fragte Lucy strahlend, die Würde ihrer förmlichen Begrüßung ablegend. »In der Kapelle?«

Poole schaute sie an. Lucy fühlte einen freudigen Schauer ihren Rücken hinunterlaufen. Sie fühlte sich bedeutend und klug, wenn Poole sie so anschaute.

»Wir haben Agnes darüber sprechen gehört«, fügte sie erklärend hinzu. »Aber wir haben zu niemandem etwas gesagt, denn wir dachten, daß es ein Geheimnis sei.«

Poole lächelte sie an. »Es war ein Geheimnis«, sagte er. »Und es ist es eigentlich noch. Die Gesellschaft wird eine Party geben in der Kapelle, am Abend des 1. August, und wir werden ein Festspiel aufführen in der Kapelle, um eine Tradition der Gesellschaft zu pflegen. Da Nicole und ich heiraten werden, wird das Festspiel diesmal die Form einer Hochzeit haben, aber es wird keine wirkliche Hochzeit sein, denn die Kapelle ist nicht geweiht. Die legale Trauung wird am nächsten Morgen am Standesamt in Swansea stattfinden.«

»Können wir zu dem Festspiel kommen?« fragte Lucy sofort.

»Ich dachte, ihr geht beide nach Cambridge, um bei eurer Tante Jane zu bleiben.«

»Ach, Tante Jane hat ihre Meinung geändert«, sagte Lucy. »Wir gehen alle zurück ins Landhaus. Wir sind froh, nicht wahr, Timmy? Es ist schöner am Meer als mitten in einer großen Stadt.«

»Ich wünschte, wir würden nach Cambridge gehen«, sagte Timothy. »Ich würde dort nicht so viel an Mami denken.«

»Doch, du würdest«, sagte Lucy grob, und um sich und Timothy abzulenken, wandte sie sich Poole zu. »Können wir zu dem Festspiel kommen?«

Poole warf ihr wieder den bedeutsamen Blick zu. Sie sprang auf, rannte zu ihm hinüber und legte ihre Hand in seine. »Bitte!« bettelte sie, öffnete ihre blauen Augen weit und sah ihn mit flehendem Ausdruck an. »Bitte, Tristan! Kann ich dich Tristan nennen, da du ja nun mein Stiefschwager wirst?«

»Warum nicht?« sagte Poole und dachte wieder, was für ein außergewöhnlich hübsches Kind sie war. Ein vollkommenes Opfer . . . Er begann, sich die Taufkleider auszumalen. »Würdest du gerne eine Brautjungfer in dem Festspiel sein?« schlug er mit einem Lächeln vor.

»Ooooh!« kreischte Lucy. »Darf ich?«

»Aber natürlich darfst du, aber bewahre es als Geheimnis, ja, Lucy? Das Festspiel ist eine private Angelegenheit, die von der Gesellschaft für ihre Freunde veranstaltet wird, und wir wünschen keine Außenstehenden, die dabeistehen und uns angaffen.«

»Ich werde es keiner Seele sagen«, versprach Lucy glühend. »Kann Timmy ein Page sein?«

Das war unangenehm. Er schaute auf Timothy, auf sein strohblondes Haar, die niedergeschlagenen Augen und den feindseligen

Mund, und entschied, daß der Knabe für seine Zwecke völlig ungeeignet war. »Du willst kein Page sein, nicht wahr, Tim?« sagte er leichthin. »Du bist zu alt für so etwas, nicht wahr? Ich weiß, wie Knaben in deinem Alter über so etwas denken.«

Timothy war von einem unwiderstehlichen Drang befallen, schwierig zu sein. Er mochte Poole nicht und dachte insgeheim, daß Lucy einen Narren aus sich machte. »Wenn Lucy eine Brautjungfer wird«, sagte er und starrte auf Pooles schwarze Schuhe, »dann möchte ich ein Page sein.«

Poole wußte, wann ihm eine Sache keine Bewegungsfreiheit mehr ließ. »In Ordnung«, sagte er und war sich wohl bewußt, daß er keinerlei Absicht hatte, Timothy zu den Riten zuzulassen. »Wir werden später darüber sprechen, wenn wir alle wieder in Colwyn sind, und nicht vergessen – kein Wort zu irgend jemandem in der Zwischenzeit. Okay?«

»Unsere Lippen sind versiegelt«, sagte Lucy großartig.

Timothy sagte nichts.

»Tim?« fragte Poole.

»Okay«, sagte Timothy, »wenn Sie es wünschen. Und mein Name ist Timothy, nicht Tim. Lucy ist der einzige Mensch, der mich nicht beim vollen Namen zu nennen braucht.«

»Ehrlich, Timmy«, schrie Lucy ärgerlich, als Poole ins Haus verschwunden war. »Wie konntet du so grob sein, wo er doch so nett zu dir war?«

»Ich mochte die Art nicht, in der du ihm an den Hals sprangst, als wärest du ein junger Hund, der auf einen Spaziergang mitgenommen werden möchte.«

»Ich bin niemals in meinem Leben so beleidigt worden!« sagte Lucy wütend und ging schmollend weg, Timothy weiterhin unglücklich auf der Schwelle zur Eingangstür sitzen lassend.

Streit war bei den Zwillingen selten; Timothy war sich bewußt, daß sein Mißtrauen Poole gegenüber sich in eine ausgesprochene Abneigung wandelte . . .

III.

Als Evan einen Tag später in Colwyn Court eintraf, verließ er das Haus bei der erstbesten Gelegenheit und eilte hinunter zum Haus oberhalb des Strandes. Er fand Jane allein in der Küche; die Zwillinge erforschten die Höhlen, und Benedikt war nach Swansea gefahren, um sich mit weiterem Schreibmaterial zu versorgen.

»Oh, gut«, sagte Jane, ließ die Creme, die sie eben schlug, stehen und ging voraus ins Wohnzimmer. »Ich habe gerade an dich gedacht. Gibt es etwas Neues?«

»Ja.« Evan sah besser aus. Seine Augen waren weniger rot unterlaufen, sein Gesicht hatte sein erschöpftes, müdes Aussehen verloren. »Nebenbei, hier dein Buch über Zauberei – es scheint lesbar und aufschlußreich; ich hoffe, das richtige ausgewählt zu haben.«

»Hast du es gelesen?«

»Ich habe die Abschnitte über Zauberei in Afrika gelesen, und die schienen mir glaubwürdig genug. Ich habe mich nicht mit all dem Hokuspokus über Hexen und schwarze Katzen und den Orgien am Abend vor Allerheiligen beschäftigt.« Er warf sich in einen Armsessel und nahm einige zusammengefaltete Papiere aus der Innentasche seines Rockes. »Jane, ich habe einige Daten über Poole erhalten, und die Detektive arbeiten an der Nachforschung weiter, also hoffe ich, daß sie noch mehr entdecken werden, als sie bereits entdeckt haben. Hör dir vorläufig das einmal an. Poole ist fünfunddreißig Jahre alt, geboren als Tristan Robert Poole in Cheltenham, Gloucestershire –«

»Wie anständig«, sagte Jane.

»– einziges Kind, Vater Ingenieur, besuchte den Kindergarten in Cheltenham und später die Vorbereitungsschule Wyndham Hall bei Salisbury –«

»Das wird ja immer besser.«

»– wanderte im Alter von zwölf Jahren mit den Eltern nach Amerika aus und besuchte das Gymnasium in San Francisco, machte das Abitur und belegte Psychologie und Anthropologie in Berkeley –«

»Da muß irgendwo ein Haken sein«, sagte Jane. »Ich glaube das nicht.«

»– brach das Studium in Berkeley nach einem Jahr ab und ging auf ein kleineres College nach Las Coridas, einer Stadt bei Sacramento, wo er Psychologie als Hauptfach wählte. Nachdem er sein Diplom gemacht hatte, setzte er seine Studien für den Doktor fort, und das Thema seiner Doktorarbeit war –« Evan holte tief Atem: »Die Rolle der Psychologie in der modernen Anwendung des Okkulten.‹«

»Was habe ich dir gesagt!« rief Jane triumphierend aus.

»Warte! Hör weiter. In diesem Stadium wurde das ›Subjekt‹, wie der Bericht der Detektive ihn nennt, in verschiedene Gruppen hineingezogen, die man als exzentrische religiöse Sekten bezeichnen könnte. Das ›Subjekt‹ taucht in keinem Polizeibericht auf, aber er war bei einer Hexenzeremonie anwesend, die vor zwölf Jahren am 1.August in einem Orangenhain einige Kilometer nordwestlich von Los Angeles abgehalten wurde. Anscheinend ist der 1. August einer der vier großen Tage im Jahr für jene, die Hexerei betreiben – sie nennen ihn noch immer Lammas; so wurde von der frühen englischen Kirche das Erntefest genannt, welches an diesem Tag gefeiert wurde, und dieser Tag scheint den gleichen Rang zu haben wie der bekanntere Abend vor Allerheiligen. Bei dieser bestimmten Gelegenheit wurde die Zeremonie von der Polizei unterbrochen, die einige Verhaftungen wegen gesetzwidriger Führung, unzüchtigem Benehmen und so fort durchführte, aber Poole war nicht unter den Verhafteten. Er wurde bewußtlos aufgefunden und ins Spital gebracht. Zehn Tage blieb er bewußtlos, während die Ärzte herauszufinden versuchten, was ihm fehlte, aber schließlich erholte er sich wieder und lebte unauffällig und ohne mit dem Gesetz in Konflikt zu kommen. Er bereiste ganz Amerika und errichtete überall Niederlassungen dieser verdammten Gesellschaft. Sein Erfolg war so groß, daß er beschloß, seine Tätigkeit auch auf England auszudehnen, und während der letzten drei Jahre gründete er verschiedene andere Gruppen, von denen dieser Colwyn-Court-Haufen die letzte ist. Er scheint privates Einkommen zu haben, obwohl die Detektive sich noch immer bemühen herauszufinden, woher es kommt – ich nehme an, von einer Schweizer Bank. Die verschiedenen Niederlassungen der Gesellschaft scheinen durch ein Gemisch von Mitgliedsbeiträgen und Erbschaften finanziert zu werden, aber alles erscheint legal und über jeden Verdacht erhaben.« Evan schwieg. »Die Eltern des ›Subjekts‹ sind nun tot, es sind keine Verwandten bekannt, und er ist unverheiratet.« Er schaute zu ihr auf. »Was schließt du aus all dem?«

»Ich glaube nicht, daß er überhaupt der richtige Tristan Poole ist«, sagte Jane prompt. »Ich glaube, sie waren erfolgreich bei der Teufelsbeschwörung in diesem Orangenhain vor zwölf Jahren während der Lammas-Riten, und der Teufel ergriff Besitz von einem seiner vielversprechenden Anhänger.«

»Jane, im Ernst.«

»Mir *ist* ernst.«

»Gut . . .«, Evan gab ein verlegenes Lachen von sich. »Ich gebe zu, daß du recht hattest, als du Poole der Hexerei verdächtigtest. Ich glaube selbst, daß diese seine Gesellschaft ein Deckmantel für eine Art Religion ist – um sich mit dem Okkulten zu befassen –, und wenn das wahr ist, sollte es mir als eine Art Hebel gegen ihn dienen. Wenn sie ihre Hexerei ausüben, während sie ihre natürliche Nahrung ernten, werden sie versucht sein, Lammas zu feiern, und wenn diese Feier, die sie vorhaben, die ist, die ich sie verdächtige vorzuhaben, kann ich die Polizei rufen und sie alle fangen, mit roten Händen mitten in der Orgie. Sobald ich dich jetzt verlasse, werde ich Poole gegenübertreten, ihn warnen, daß ich weiß, welche Art von Spiel er spielt, und ihm den Rat geben, daß er besser daran täte, Nicole verdammt schnell aufzugeben, es sei denn, daß er Schwierigkeiten wünscht. Den Detektiven sei Dank, ich glaube, daß ich genügend Beweismittel habe, um ihn aus seiner Selbstgefälligkeit aufzurütteln und ihn von Colwyn Court zu entfernen – und von Nicole auch.«

»Oh, Evan, nimm dich in acht!«

»Poole ist derjenige, der sich wird in acht nehmen müssen! Sei unbesorgt, Jane, das ›Subjekt‹ hat Hintergedanken bei der Hochzeit mit Nicole und seinem Aufenthalt in Colwyn Court! Ich glaube, ich habe ihn genau dort, wo ich ihn haben möchte . . .«

IV.

Poole arbeitete einige Sternkonstellationen anhand seiner Karten aus und stellte genau fest, welche Mächte ihm am 1. August zur Verfügung stehen würden. Er war von seiner Arbeit so in Anspruch genommen, daß er, als Evan an die Tür klopfte, nicht einmal fragte, wer es sei.

»Herein!« rief er.

Die Tür öffnete sich. »Ich würde gerne mit Ihnen sprechen, Poole«, sagte Evans Stimme plötzlich hinter ihm.

Poole drehte sich um. Seine linke Hand bewegte sich automatisch, um sein Buch zu schließen, und als er aufstand, nahm sein Körper Evan die Sicht auf seine Berechnungen. »Wollen wir hinuntergehen?« schlug er leichthin vor.

»Nein, wir können ruhig hier sprechen. Ich wollte Ihnen nur sagen, daß das Spiel aus ist, soweit es Colwyn Court betrifft. Ich weiß ganz genau, was Ihre Gesellschaft in ihrer Freizeit tut, und wenn Sie alle nicht so bald wie möglich verschwinden, werden Sie es bereuen. Oh, und wenn Sie gehen, können Sie Nicole dalassen, denn sie wird Sie nicht heiraten. Ich werde dafür sorgen, daß die Polizei diesen Teil von Wales zu heiß für Sie macht, bevor ich zusehe, wie Sie sie zum nächsten Standesamt hypnotisieren. Ich bin sicher, ich habe mich ganz klar ausgedrückt.«

Eine Pause entstand. Poole steckte die Hände in die Taschen, so daß seine geballten Fäuste nicht zu sehen waren.

»Dr. Colwyn, ich glaube, da muß ein Irrtum vorliegen. Ich habe nichts Ungesetzliches getan. Ich bin nicht polizeibekannt. Das Benehmen der Gesellschaft war vorbildlich, was, wie ich sicher bin, allen voran die Polizei anerkennen muß. Und bitte, sprechen wir nicht über meine Braut, denn ich kann Ihnen nicht glauben und könnte daher nie ein gewinnbringendes Gespräch in der Angelegenheit mit Ihnen führen.«

»Gewinnbringend muß eines Ihrer Lieblingswörter sein«, sagte Evan. »Besonders im Zusammenhang mit Nicole.«

»Ich weigere mich, mit Ihnen über Nicole zu sprechen.«

»Wie wäre es mit einem Gespräch über das Okkulte?«

»Ein faszinierendes Thema«, sagte Poole, »aber keines, von dem ich gedacht hätte, daß es Sie reizen könnte.«

»Schauen Sie, Poole, Sie spazieren auf dünnem Eis. Ich muß Sie nur dabei schnappen, wie Sie Ihr Hobby als Entschuldigung für sexuelle Abweichungen benützen –«

Poole hatte sich entschlossen. »Dr. Colwyn, wie kommt es, daß Sie immer das Thema meiner Sexualität hervorzerren? Als Psychologe muß ich sagen, daß ich Ihre Zwangsvorstellung von meinen Beziehungen zu Frauen ungesund finde, gelinde gesagt. Sind Sie Ihrer eigenen Sexualität so unsicher, daß Sie ständig einen Mann verhöhnen müssen, der sexuell selbstsicher ist?«

Er erreichte genau, was er wollte.

»Warum Sie –«, stotterte Evan und schwang seine Faust wild in Pooles Richtung.

Dem erwarteten Schlag ausweichend, bewegte sich Poole so bedächtig, als ob er einen Zeitlupenfilm parodierte. Als Evan das Gleichgewicht verlor, gab ihm Poole einen Kinnhaken, schleuderte Evan gegen die Wand und beobachtete, wie dieser bewußtlos zu Boden sank.

»Agnes«, rief Poole scharf, aber Agnes ließ ihn nicht im Stich. Sie stand in der Türöffnung.

»Schere.«

»Hier.« Sie reichte sie ihm, als wäre sie eine Krankenschwester im Operationssaal.

Poole kniete nieder, schnitt eine Locke von Evans Haar ab und sagte ohne aufzuschauen: »Umschlag.«

Agnes hielt ihm den Umschlag geöffnet hin. Er steckte die roten Haare hinein und gab ihr die Schere zurück.

»Handeln wir gleich jetzt?« fragte Agnes.

»Nein, vor Lammas kann er gar nichts tun, außer er möchte unbedingt einen Narren aus sich machen.«

»Und am Lammas-Abend?«

»Agnes«, sagte Poole, »du scheinst dir gerne Sorgen zu machen!«

Sie lächelte ihn an. Auf dem Boden bewegte sich Evan und stöhnte.

»Er erwacht. Bring ein Glas Wasser.« Poole kniete sich neben

Evan, als dieser seinen Kopf bewegte und sich behutsam auf einem Ellbogen aufrichtete. »Dr. Colwyn, sind Sie in Ordnung?«

»Lassen Sie mich allein, Sie Bastard«, knurrte Evan und versuchte erfolglos aufzustehen.

»Hier, Dr. Colwyn«, sagte Agnes, ihm ein Glas Wasser anbietend.

»Trinken Sie.«

»Ich muß Sie warnen, Dr. Colwyn«, sagte Poole höflich. »Miß Miller hat den gesamten Vorfall miterlebt, und sollten sie mich wegen tätlicher Beleidigung anzeigen wollen, würde sie nicht zögern, der Polizei zu sagen, daß Sie den ersten Schlag getan haben.«

Evan antwortete nicht. Er trank das Wasser, kam auf die Füße und wandte sich zur Tür. »Ich werde Sie am Ende doch bekommen«, sagte er durch die Zähne. »Sie werden sehen. Sie werden das bereuen.«

»Dr. Colwyn, Ihre Feindseligkeit macht Ihnen keine Ehre, verzeihen Sie mir, daß ich das sage. Tatsächlich kann sie mit unglücklichen Folgen auf jene zurückwirken, die Sie lieben. Wenn Sie versuchen, mir Schwierigkeiten zu machen, können Sie sicher sein, daß ich keinerlei Bedenken haben werde, Ihnen Schwierigkeiten zu machen.«

Evan drehte sich um. »Was meinen Sie?«

Poole war ganz ruhig. Agnes stand schweigend und ernst hinter ihm. »Dr. Colwyn«, sagte Poole schließlich, »Sie haben eine sehr zarte Schwester. Vielleicht haben Sie ihre Kränklichkeit unterschätzt.«

Evan rang nach Worten. »Wollen Sie versuchen . . .?«

»Ich mache lediglich Feststellungen, Dr. Colwyn. Das ist alles. Nur Feststellungen.«

»Sie sind nicht qualifiziert, Feststellungen wie diese über meine Schwester zu machen«, sagte Evan.

Poole sagte nichts.

»Wenn Sie mir noch einmal drohen wie vorhin −«

»Ich habe Ihnen nicht gedroht, Dr. Colwyn, ich habe nur Feststellungen gemacht. Übrigens, als Sie in Afrika waren, haben Sie davon gehört, wie dort die Medizinmänner dafür bekannt waren, einen Mann nur durch Anwendung der Suggestion zu töten? Eine sehr makabre Errungenschaft, habe ich immer gedacht.« Er schwieg. »Manche Leute sind sehr empfänglich für die Macht der Suggestion, Dr. Colwyn.«

Evan schluckte. Die Worte verließen ihn. Zum erstenmal fühlte er sich bei einem Zusammentreffen mit Poole total zermürbt. »Ich verlange nur eines«, sagte Poole endlich. »Lassen Sie uns in Ruhe. Machen Sie uns Schwierigkeiten, so werden wir Ihnen Schwierigkeiten bereiten, aber wenn Sie uns in Ruhe lassen, wird niemandem etwas geschehen. Verstehen Sie, was ich sage?« Evan nickte. Wieder entstand eine Stille. Dann: »Sie können jetzt gehen«, sagte Poole.

Evan ging ohne ein Wort. Sein Kopf schmerzte. Seine Augen brannten von kindischen Tränen. Ihm war, als ob eine unsichtbare Macht jeden Nerv in seinem Körper zerschmettert hätte, bis all seine Widerstandskraft gebrochen war. Automatisch, ohne mit dem Denken aufzuhören, verließ er das Haus und stolperte blindlings den Weg hinunter, der zum Landhaus und zu Jane führte.

V.

Bei Jane fühlte er sich im Nu besser. Es lag etwas Tröstendes in ihrer weichen, gelösten Fraulichkeit mit ihrer Sympathie, Wärme und Aufgeschlossenheit. Er erholte sich hinreichend, um auf Benedikt neidisch zu sein, der eine solche Frau hatte, die auf ihn schaute. Nach der Art, wie er zuerst von Nicole und dann von Poole behandelt worden war, stellte Evan fest, daß er ein Bedürfnis nach weiblicher Anteilnahme hatte, und daß Janes Gesellschaft in ihrer platonischen Weise viel dazu beitragen könnte, um sein erlahmendes Selbstbewußtsein wieder herzustellen.

»Ich bin überhaupt nicht überrascht, daß Tristan dir in dieser Weise gedroht hat«, sagte sie freimütig. »Es war sehr tapfer von dir, ihm gegenüberzutreten. Ich wäre sicherlich vor lauter Schreck augenblicklich ihn Ohnmacht gefallen.«

Es kam Evan gar nicht in den Sinn, daß er tapfer gehandelt hätte, aber es war nichtsdestoweniger sehr angenehm, daß eine Frau sein tollkühnes Benehmen mit solcher Bewunderung betrachtete. Er lächelte sie an. »Du sprichst, als ob er der leibhaftige Teufel wäre!«

»Ich glaube, er ist es«, sagte Jane ernst und griff nach ihrem Buch über Zauberei.

»Das glaubst du doch nicht wirklich, Jane!«

»O ja. Ehrlich. Hör zu: ›Hexen und Zauberer bilden Gruppen, Hexenbünde genannt, bestehend aus dreizehn Personen oder, einer Quelle zufolge, zwölf Personen und einer, die den Teufel darstellt oder sogar der Teufel selbst –‹«

»Oh, ich bezweifle nicht, daß sie sich mit der Hexerei befassen«, sagte Evan, »aber du kannst das doch nicht ernst nehmen, Jane!«

»Du hast es ernst genommen, als Tristan Gwyneth bedrohte, oder nicht? Hör dir das nur an: ›Es ist bekannt, daß eine Hexe oder ein Zauberer immer ein anhängliches Tier bei sich hat, einen dienenden Dämon, der in eine Katze, einen Hund, einen Maulwurf, einen Hasen, eine Kröte . . . schlüpft . . .‹« Jane ließ verschiedene Tierarten aus, bevor sie fortsetzte: »›Die schwarze Katze ist ein berühmtes Symbol der Zauberei, aber tatsächlich werden Katzen aller Art von Hexen als körperliche Bleibe für ihre dienenden Dämonen benützt, und eine weiße Katze ist gar nicht so ungewöhnlich – ‹«

»Sie haben überhaupt keine Katzen in Colwyn Court im Augenblick«, sagte Evan und fügte als faszinierenden Gedanken hinzu: »Aber sie halten einige Hasen in Kaninchenställen.«

»Die Hasen haben nichts zu sagen«, erklärte Jane, zu erregt, um ihn weiterreden zu lassen. »Was ist mit meiner armen Marble? Sie hat Gewicht verloren und scheint kaum noch zu wissen, wer ich bin, und jeden Morgen schleicht sie sich weg, hinauf nach Colwyn Court und bleibt dort den ganzen Tag –«

Evan fand, daß Jane in bezug auf ihre Katze etwas närrisch war, und daß es besser wäre, das Gespräch in andere Bahnen zu lenken . . .»Die Überlieferung des anhänglichen Tieres ist wahrscheinlich kaum mehr als ein Märchen«, sagte er kurz. »Ich würde mir an deiner Stelle keine Sorgen um Marble machen, Jane – bring sie zum Tierarzt, wenn sie weiterhin Gewicht verliert. Nun, was sagt das Buch über Lammas – oder bist du noch nicht so weit?«

»Lammas«, murmelte Jane, wandte ihren zerstreuten Blick wieder dem Buch zu und überblätterte einige Seiten. »O ja, hier haben wir es: ›Jeder Hexenbund veranstaltet das ganze Jahr hindurch in regel-

mäßigen Abständen einen Sabbat, aber an den vier großen Feierta-
gen des okkulten Kalenders – nämlich 2. Februar (Lichtmeß), der
Abend des 1. Mai (Walpurgisnacht), 1. August (Lammas) und 31.
Oktober, der Abend vor Allerheiligen – können sich mehrere Hexenbünde vereinigen, um die vollen Riten der Kirche des Teufels zu
feiern –‹«

»Sie werden Lammas feiern«, sagte Evan. »Ich bin dessen sicher.
Wenn ich mich nicht so gelähmt fühlte durch Pooles Drohungen in
Richtung Gwyneth, würde ich jetzt sofort nach Swansea fahren und
der Polizei einen Wink geben.«

»Die Kirche des Teufels ist in vieler Hinsicht eine Parallele zur
Kirche Gottes –«, las Jane, ihm kaum zuhörend. »Aber alles in der
Kirche des Teufels ist das genaue Gegenteil von allem in der Kirche
Gottes. Folglich wird Tugend Sünde und Sünde wird Tugend –«

»Ich werde die Polizei irgendwie verständigen«, murmelte Evan.
»Ich werde sie alle fangen, mit ihren roten Händen.«

»Dem christlichen Akt der Kommunionfeier entspricht die
schwarze Messe, die Taufe findet ihr Gegenstück im Verleihen des
Teufelszeichens, um das Kind in die Teufelsgemeinde aufzunehmen, die Hochzeit, bei der die Braut weiß trägt, spiegelt sich in einer
entsprechenden Feier wider, bei der die Braut schwarz trägt –‹Evan,
ich habe darüber heute den ganzen Vormittag nachgedacht, und ich
bin sicher, daß ich recht habe – bevor Lisa starb, haben mir die Zwillinge erzählt, daß die Gesellschaft in den Ruinen der verfallenen Kapelle auf den Felsen eine Hochzeit feiern wird, und ich habe das
nicht beachtet, denn ich dachte, sie haben das erfunden. Aber nun
bin ich sicher, daß es nicht so ist. Ich glaube, sie haben etwas er-
lauscht, das Miß Miller oder sogar Tristan selbst sagte. Bevor Tristan Nicole am 2. August auf dem Standesamt in Swansea heiratet,
werden sie – dessen bin ich sicher – nach den Riten der Kirche des
Teufels heiraten, sobald die Lammas-Zeremonien am 1. August
nach Sonnenuntergang beginnen.«

»Ich werde sie nicht lassen!« schrie Evan. »Mein Gott, wenn Poole
irgend so etwas versucht –«

Aber Jane war wieder zu ihrem Buch zurückgekehrt. »›Der Ablauf
der Hexensabbate variiert, und es scheint keine bestimmte Form zu

geben –‹«, las sie.»Wie dem auch sei, ein oder zwei Wesenszüge tauchen immer auf. Dazu gehört der Akt der Huldigung, in dem jedes Mitglied des Bundes dem Teufel oder seinem Vertreter persönlich durch den obszönen Kuß huldigt . . .‹ Vielleicht sollte ich dieses Stück überblättern, bevor ich rot werde. – ›Nach den religiösen Vorschriften reiben sich die Hexen mit Eisenhut ein, einer Droge, die in alten Zeiten verwendet wurde, um die Illusion des Durch-die-Luft-Fliegens zu vermitteln – daher das von alters her bekannte Bild der Hexen, die auf dem phallischen Symbol des Besenstieles fliegen –‹«

»Verdammte perverse Bande«, grollte Evan.»Jane, wir müssen uns einen Plan ausdenken. Wir müssen sie stoppen.«

»›– und dem folgen Tanz und Massenpaarung‹«, setzte Jane fort, jetzt unfähig, sich selbst zu stoppen. Sie schaute verdutzt drein. »Aber wie ist das möglich, wenn der Bund nur aus Frauen besteht?«

»Kein Zweifel, daß sie Vorsorge treffen«, sagte Evan trocken, »und einen Bund von Männern einladen, um an ihrer Feier teilzunehmen. Jane, sicher ist der beste Plan, die Gruppe mitten in der Orgie zu ergreifen und das ganze Pack der Ausschweifung zu überführen. Wir müssen irgendwie die Polizei informieren und eine Art von Falle errichten, ohne daß irgend jemand von der Gesellschaft davon etwas weiß.«

»Ich bin sicher, Tristan wird es wissen«, sagte Jane mit einem Schauder.»Er wird es herausbekommen. Ich weiß, er wird.«

»Ich könnte bis zum allerletzten Augenblick warten – bis zum Morgen des 1. August.«

»Aber was willst du denn tun? Wenn du nach Swansea eiltest und die Polizei auffordertest, sie soll irgendwelche okkulten Riten unterbrechen, werden sie dir einfach nicht glauben!«

»O ja, sie werden! Ich werde ihnen erzählen, daß eine Gruppe von Hippies plant, eine Orgie abzuhalten! Aber vielleicht habe ich eine bessere Idee. Mein Vater kennt den pensionierten Polizeidirektor dieses Bezirks. Ich bin sicher, ein Polizeidirektor, auch wenn er schon in Pension ist, hat Einfluß genug, um entsprechende Fäden zu ziehen. Ich werde am Morgen vor Lammas nach Milford Haven fahren und ihn besuchen. Ich werde ihn zwingen, die notwendigen Aktionen einzuleiten. Selbst wenn Poole mir folgen würde, könnte er nichts Verdächtiges daran finden, daß ich einem alten Freund meines Vaters einen Besuch abstatte.«

»Das klingt nach einer großartigen Idee. Ich – Marble! Marble, kratz nicht an der Farbe, ungezogene Katze!« Sie sprang auf. Die Katze stand vor der verschlossenen Eingangstür und scharrte ärgerlich am Holzwerk, während sie um Aufmerksamkeit miaute. »Ich wollte, Marble würde es besser gehen«, sagte Jane besorgt, als sie sie hinausließ. »Ich habe sie nicht gern hier zurückgelassen, während wir in Surrey bei den Begräbnissen waren. Aber ich hatte Angst, daß sie in einer neuerlich fremden Umgebung weglaufen würde, und als Miß Miller anbot, sich um sie zu kümmern . . . oh, Evan, glaubst du, daß Miß Miller sie zu einem anhänglichen Tier gemacht hat, während wir fort waren? Marble war nachher so sonderbar, so müde und gar nicht sie selbst –«

»Meine liebe Jane«, sagte Evan freundlich, »ich bin sicher, daß das letzte, woran Marble leidet, ein dienender Dämon ist. Vielleicht hat sie eine leichte Erkältung oder einen verdorbenen Magen. Warum bringst du sie nicht morgen zum hiesigen Tierarzt und beruhigst dich?«

Außerhalb der Eingangstür stand Marble und lauschte. Dann erhielt sie eine Aufforderung aus einer bestimmten Richtung, raffte ihre schwindenden Kräfte zusammen und schlich langsam weg vom Haus, auf die Küchen von Colwyn Court zu.

VI.

Der Rest des Juli ging träge vorüber, die Tage tröpfelten in die Vergangenheit so mühelos wie Blätter, die auf einem gemächlichen Fluß abwärts treiben. Aber Zeit bedeutete Nicole jetzt nicht viel. Manchmal fühlte sie sich wie im Traum, und Poole schien ihr der einzige Kontakt zur Wirklichkeit zu sein. Er hatte ihr beim Schreiben der Briefe geholfen, in denen sie ihre Absicht mitteilte, ihren Beruf und ihre Wohnung aufzugeben; er war nach London gefahren, um ihre Sachen zu holen und um sich zu vergewissern, daß ihre Mitbewohnerin nicht durch Nicoles so kurzfristige Kündigung in finanzielle Schwierigkeiten kam. Auch hatte sie auf Pooles Vorschlag an verschiedene Freunde und Verwandte geschrieben, daß sie sehr bald in aller Stille heiraten wolle. Es machte ihr gar keinen Kummer, daß niemand von ihnen bei der Hochzeit sein würde.

»Ich finde, eine Hochzeit sollte in kleinem und privatem Rahmen stattfinden«, hatte Poole gesagt. »Sie sollte eine persönliche, intime Angelegenheit sein.«

»Aber was ist mit dem Festspiel?« hatte Nicole gefragt, nachdem sie ihm grundsätzlich zugestimmt hatte. »Sicherlich wird das kaum klein und privat sein.«

»Ich glaube, daß du von dem Fest angenehm überrascht sein wirst«, hatte Poole mit einem Lächeln gesagt. »Du wirst überrascht sein, wie persönlich und intim es sein wird.«

Nicole hatte eine Weile träumerisch über das Fest nachgegrübelt. Die Idee begeisterte sie, aber wie sich die Zeremonie abspielen sollte, war ihr völlig unklar.

»Tristan«, sagte sie am Morgen des 31. Juli, »erzähl mir etwas über das Fest. Je mehr ich darüber nachdenke, um so aufregender scheint es mir – es ist eine so romantische Idee, eine Hochzeit in der Kapelle bei Sonnenuntergang zu feiern. Daß dir so etwas eingefallen ist!«

»Bist du sicher, daß du es nicht geschmacklos findest?«

»Nein. Wie ich dir schon sagte, als du den Vorschlag zum erstenmal machtest, gefällt mir die Tradition der Trauungszeremonie. Da ich aber an nichts glaube, was mit Religion zu tun hat, ist es mir ganz gleichgültig, ob die Kapelle geweiht ist oder nicht. Schließlich werden wir am nächsten Tag am Standesamt ganz ordnungsmäßig heiraten, was spielt es also für eine Rolle, wenn die Zeremonie in dem Festspiel nicht wirklich gültig ist.« Sie lagen wieder am Strand in der Sonne. Poole schrieb geheimnisvolle Zeichen in den Sand, während sie sprach, und sie richtete sich auf dem Ellbogen auf, um ihn zu beobachten. »Ich hoffe, es regnet nicht«, sagte sie nachdenklich.

»Es wird nicht regnen.« Er schaute ernst zu ihr auf. »Du solltest wirklich an etwas glauben, weißt du.«

»Ich kann nichts dafür, daß ich nicht glauben kann«, sagte Nicole gleichgültig, »und ich bin nicht scheinheilig genug, um vorzugben, ich sei religiös, wenn ich es nicht bin.« Sie drehte sich auf den Rücken und griff nach ihrer Sonnenbrille. »Erzähl mir mehr über die Zeremonienfolge für morgen – du hast mir noch immer nicht gesagt, was tatsächlich geschehen wird. Müssen wir nicht eine Probe oder so etwas haben?«

»Du brauchst dir darüber keine Sorgen zu machen.«

»Gut, sag mir nur eines«, sagte Nicole mit schläfriger Neugier. »Warum kann Timothy nicht Page sein? Lucy meint es ernst, weißt du, wenn sie sagt, sie wird nicht Brautjungfer sein, wenn nicht auch Timothy an dem Festspiel teilnimmt. Die Zwillinge sind einander sehr treu.«

»Lucy wird Brautjungfer sein«, sagte Poole. »Du brauchst dir auch darüber keine Sorgen zu machen . . . Nicki, Liebling, ich glaube, wir sollten wirklich über deine Weltanschauung sprechen. Ich glaube nicht, daß es mir recht ist, wenn meine Frau eine Atheistin ist.«

»Dafür ist es jetzt ein wenig spät«, murmelte Nicole amüsiert, in der Meinung, daß er einen Witz machte.

»Ich meinte es ernst, Nicki. Wie kannst du dir die Welt vorstellen, wenn nicht als einen ständigen Kampf zwischen den Mächten des Guten und des Bösen?«

»O Tristan!« gähnte sie träge. »Ist nicht diese Art von Gespräch reichlich altmodisch?«

»Du zweifelst an der Existenz des Bösen?«

»Ja, vielleicht in einem abstrakten Sinn –«

»Aber du zweifelst an der Existenz des Bösen als einer allmächtigen metaphysischen Kraft.«

»Ich glaube nicht an den Teufel, wenn es das ist, was du meinst«, sagte Nicole gelassen.

Das letzte, was sie ihn sagen hörte, bevor ihre Erinnerung sie verließ, war:

»Ich möchte nichts von deiner bemitleidenswerten Unwissenheit in der morgigen Zeremonie haben, meine Liebe, und auch nichts von deinem erschütternden Zweifel. Gib mir deinen Unglauben und deinen Willen, nicht zu glauben, und deine Erinnerung an den

Unglauben, und laß mich deine Seele reinigen von jedem Makel der Irrlehre . . .«

Und plötzlich war die Sonne erloschen, und die Sterne verblaßten, einer nach dem anderen, und sie begann ihre Reise in eine schwarze und nicht enden wollende Nacht.

VII.

Lammas dämmerte herauf.

Der wolkenlose Himmel wurde von dem glänzenden Blau des Meeres widergespiegelt. Die Erde glitzerte nach einer Regennacht, aber nun, da die Sonne aufging, badete die Welt in schimmerndem Licht.

»März-Hasen-und-Kaninchen«, sagte Lucy zu sich selbst, als sie aufwachte. Irgend jemand hatte ihr einmal gesagt, daß es Glück brachte, das beim Erwachen am ersten Tag eines neuen Monats zu sagen. Sie schaute auf die Uhr neben ihrem Bett. Erst sechs! Lucy war verärgert. Sie war so hellwach, daß an ein Wiedereinschlafen unmöglich zu denken war. Sie schlüpfte aus dem Bett, trottete zum Fenster und beguckte sich den neuen Tag.

Nicoles Hochzeitstag, dachte sie, der geheime Hochzeitstag. Ach, wenn ich nur dabei sein könnte! Sie rätselte wohl zum hundertstenmal, warum Timothy kein Page sein durfte. Niemand hatte gesagt, daß sie ihren sehnsüchtigen Wunsch, Brautjungfer zu sein, aufgeben sollte. Aber nach der Qual der Unentschlossenheit wußte sie, daß sie keine andere Wahl hatte. Es wäre nicht fair gewesen, Timothy alleine zu lassen, und Timothy ging vor.

»Verflixter Timmy«, sagte Lucy mit lauter Stimme, über das Fensterbrett gelehnt.

Da hörte sie die Katze.

Sie miaute außerhalb der Hintertür unter ihr und klang verlassen und verzweifelt.

»Nur einen Augenblick, Marble«, rief Lucy und wandte sich ins Zimmer zurück. Sie brauchte weniger als eine Minute, um die

Shorts anzuziehen und einen Pullover über den Kopf zu ziehen; nachdem sie in ihre Turnschuhe geschlüpft war, verließ sie ihr Zimmer und huschte hinunter zur Hintertür.

Aber Marble wollte nicht hereinkommen. Sie miaute, schaute sie an, lief ein wenig den Weg hinunter, blieb stehen um zurückzuschauen, und miaute wieder.

»Dumme Katze«, sagte Lucy. »Was hast du vor? Komm her!« Marble schlich weg.

Sie spielt ein Spiel, dachte Lucy interessiert. Sie will, daß ich ihr folge. Vielleicht will sie mir etwas zeigen.

»Hier, Marble«, sagte sie, folgte ihr und sah sie wieder aus ihrer Reichweite entkommen, als sie mit einem Satz den Weg hinuntersprang.

Kluge Katze, dachte Lucy erstaunt, und ging den Weg hinter ihr hinunter.

Die Katze hielt einen Sicherheitsabstand zu Lucy, während sie sie langsam den Hügel hinauf zur Burg führte. Als Lucy ihr weißes Fell inmitten der grauen Steine der Burgmauern verschwinden sah, war sie befriedigt. Nun würde sie sie fangen. Sie konnte sie in eine Ecke drängen und – Lucy blieb stehen.

Marble war nicht allein in der Burg. Sie kuschelte sich in die Arme desjenigen, der ihren Körper und ihre Seele besaß, und ihr Schnurren war so laut, daß Lucy, die vier Meter entfernt in der Öffnung der Burgmauer stand, es hören konnte. Später, als sie versuchte, sich zu vergegenwärtigen, was geschehen war, war das letzte, woran sie sich mit einiger Klarheit erinnerte, daß Tristan Poole ihr wieder diesen besonderen Blick zuwarf und mit dunkler, ruhiger Stimme sagte: »Hallo, Lucy! Ich möchte gerne wissen, ob du begreifst, was für ein bedeutender Tag das heute für dich werden wird.«

VIII.

Als Evan nach dem Frühstück zum Landhaus kam, fand er eine verstörte Jane vor, die Timothy aufforderte, den Strand abzusuchen.

»Hallo«, sagte er. »Was ist los?«

»Lucy ist verschwunden«, sagte Jane ängstlich. »Benedikt meint, daß sie vielleicht auf private Erkundungen ausgegangen ist und ich mich nicht beunruhigen soll, solange sie nicht das Mittagessen versäumt, aber ich sorge mich trotzdem ein wenig. Sie ist nicht zum Frühstück aufgetaucht, und das sieht ihr so gar nicht ähnlich.«

»Sie kann nicht weit sein«, sagte Evan beruhigend. »Timothy findet sie wahrscheinlich am Strand.«

»Das sagte auch Benedikt . . . Wie stehen die Dinge in Colwyn Court?«

»Alles in bester Ordnung. Vater ist wohlauf und in guter Stimmung. Gwyneth spielt gerade eine neue Schallplatte, die mit der Morgenpost angekommen ist. Keine Probleme in dieser Hinsicht.«

»Wenigstens etwas! Bist du auf dem Weg zu deinem Polizeidirektor?«

»Ja, hier ist sein Name mit Adresse und Telefonnummer für den Fall, daß irgend etwas passiert. Wenn alles gutgeht – und ich sehe nicht ein, warum es nicht sollte –, werden wir die Kapelle von der Polizei umzingelt haben, sobald es heute abend dämmert und die Zeremonien beginnen.«

»Wundervoll«, sagte Jane erleichtert. »Evan, wenn du Gelegenheit hast, ruf mich bitte während des Tages an und sag mir, wie die Dinge laufen. Ich werde dir den Daumen halten.«

»Wird mich das vor bösem Zauber schützen?« fragte Evan mit einem Lachen, und wand sich plötzlich vor Schmerzen.

»Was ist los?« rief Jane beunruhigt.

Er griff sich mit einer Hand an den Kopf. »Es war mir, als ob mich jemand mit einem Hammer draufgeschlagen hätte.« Er schwankte auf unsicheren Beinen. »Mir ist . . . Gott, was für ein Kopfschmerz! Das kam so plötzlich! Mir ist, als ob . . . als ob . . .

»Evan«, schrie Jane entsetzt. »Evan!«

» . . . als ob ich bewußtlos würde«, sagte Evan mit ungläubiger Stimme, und Jane kam gerade zurecht, um seinen Sturz zu bremsen, als er ohnmächtig auf den Teppich fiel.

8. Kapitel

I.

In Colwyn Court war Agnes in einer Besprechung mit Poole im Ankleideraum neben seinem Schlafzimmer. Die Schranktür stand offen; Pooles schwarze Kiste war unversperrt und ihr Inhalt auf einem langen Tisch ausgebreitet.

»In Ordnung«, sagte Poole. »Laß uns nachprüfen. Gewänder?«

»Sie werden gebügelt.«

»Weihrauch?«

»Gartenraute, Myrthe, getrockneter Nachtschatten, Bilsenkraut und Stechapfel. Ja, sie sind alle da und zum Verbrennen hergerichtet.«

»Gut. Nun haben wir hier das Altartuch und das Kruzifix – wird der Kelch poliert?«

»Ja, Tristan, und ich habe die Kerzen bereitgestellt. Wir haben das Brot gebacken, und soweit es die Messe betrifft, glaube ich mit Sicherheit sagen zu können, daß alles vorbereitet ist.«

»Was ist mit Lucys Kleid?«

»Harriet macht es eben fertig. Nicoles Kleid ist schon fertig. Übrigens, Nicole und Lucy schlafen in meinem Zimmer – ich habe als Vorsichtsmaßnahme die Tür abgesperrt, aber sie werden mehrere Stunden lang nicht erwachen.«

»Ausgezeichnet. Was ist mit dem Essen und dem Wein für die Festlichkeiten nach der Messe?«

»Der Wein ist im Keller, und das Essen wird um zwei Uhr fertig sein. Wir werden es in der letzten Minute in zwei Packkörben zu den Felsen hinauftragen und es in den Burgruinen lassen. Den Wein planen wir auf zwei Golfkarren ungefähr um sieben hinaufzubringen. Das ist alles unter Kontrolle. Tristan, ist das Opfer vorbereitet? Hast du es geschafft, ein Lamm zu bekommen?«

»Ray bringt eines. Ich sprach mit ihm am Telefon.«

»Ray? Oh, der Farmer von Stockwood. Wie schön, diesen Hexenbund wiederzusehen! Zahlst du ihn mit Scheck für das Lamm, oder soll ich jemanden zur Bank schicken?«

»Ich werde ihm einen Scheck geben.« Er wandte sich zu dem Tisch und befühlte das Altartuch. »Wir werden am Nachmittag zur Kapelle hinaufgehen und den Altar richten. Ich werde auch ein kleines Podium brauchen, das wir für den Akt der Huldigung vor dem Altar aufstellen können; vielleicht können wir die schwarze Kiste hier verwenden – die hätte ungefähr die richtige Größe . . . oh, und erinnere mich daran, das Tonbandgerät zur Kapelle mitzunehmen, und schau, ob die Tonbänder in Ordnung sind und der Apparat ordentlich funktioniert. Hast du neue Batterien dafür gekauft?«

»Ja, Tristan. Ist sonst noch etwas?«

Poole betastete seine Bücher, seine Amulette und schließlich das scharfe Messer mit dem schimmernden Griff. Die Klinge funkelte, als er sie mit seinen Fingern berührte. »Bring ein oder zwei Handtücher. Es wird viel Blut geben.«

»Ja, Tristan.«

»Übrigens ist da noch immer ein Blutfleck auf den Bodenbrettern von damals, als Jackie und ich an der Morrison-Affäre arbeiteten. Ich möchte ihn entfernt haben.«

»Ja gut, Tristan. Ich werde dafür sorgen, daß er morgen zuallererst entfernt wird.«

Poole legte das Messer auf den Tisch zurück. »Hast du dich mit Evan Colwyn beschäftigt?«

»Ja. Sandra hat die Angelegenheit vor zehn Minuten beendet.«

»Wo ist es?«

»Wo ist – oh, ich verstehe. Ich nehme an, in ihrem Zimmer. Dort machte sie sich jedenfalls ans Werk.«

»Bring es her. Ich möchte die Tür von diesem Zimmer versperrt wissen. Es darf kein Risiko von zufälliger Einmischung geben. Was machst du mit Walter Colwyn und Gwyneth?«

»Walter ist in seinem Arbeitszimmer, und Gwyneth ist in ihrem Zimmer – beide von ihren jeweiligen Hobbys in Anspruch genommen. Harriet hat genaue Anweisungen, den Nachmittagstee mit Drogen zu versetzen.«

»Gut«, sagte Poole, »dann ist alles bereit.« Es entstand eine Pause. »Tristan«, sagte Agnes schließlich vorsichtig, »ich weiß, du magst es nicht, wenn ich nach deinen Zukunftsplänen frage, aber –«

»Aha!« erwiderte Poole mit einem Lächeln. »Ich dachte mir schon, du würdest nicht widerstehen können, mich danach zu fragen!«

»Was geschieht nach der standesamtlichen Hochzeit morgen, wenn du auf Hochzeitsreise gehst?«

»Wir fahren für fünf Tage nach London, lange genug, um gegenseitige Testamente zugunsten des anderen zu machen, und lange genug für Nicole, mir einen Scheck über fünfhundert Pfund auszustellen, den ich sofort dir gutschreiben lassen werde, so daß du alle Schulden tilgen und die laufenden Ausgaben bezahlen kannst, bis ich zurückkehre.«

»Und danach?« fragte Agnes und bemühte sich, nicht zu aufgeregt zu klingen.

»Nicole wird mir ihr Geld vermachen und dann einen sehr tragischen Nervenzusammenbruch haben, der sie zwingen wird, eines dieser geschmackvollen Pflegeheime für reiche psychiatrische Fälle aufzusuchen. Sie wird dort gerade so lange bleiben, bis ich keine Erbschaftssteuer für das Geld mehr zahlen muß, das sie mir überschrieben hat, und dann wird sie einen plötzlichen Anfall haben und mich als trauernden Witwer zurücklassen. In der Zwischenzeit werde ich mich natürlich darum kümmern, daß du gut versorgt und hier in Colwyn Court fest etabliert bist.«

»Wunderbar«, seufzte Agnes und fügte mit Bewunderung hinzu: »Du bist mehr als gut zu uns gewesen, Tristan.«

»Ich trage immer gern für jene Sorge, die sich auf mich verlassen«, sagte Poole und fuhr mit seinem langen Zeigefinger leicht über die funkelnde Klinge des Schlachtmessers.

II.

»Benedikt«, sagte Jane verzweifelt, als die Ambulanz mit dem bewußtlosen Evan ins Krankenhaus nach Swansea losbrauste. »Benedikt, bitte! Du mußt mir glauben!« Evan hat entdeckt, daß die Gesellschaft Hexerei betreibt, und daß sie heute abend eine Orgie abhalten werden, und Nicole wird dabei sein, und Evan wollte den pensionierten Polizeidirektor veranlassen, die Polizei zu verständigen, aber all das muß heimlich geschehen, denn Tristan würde Gwyneth womöglich ein Leid zufügen, und nun haben sie Evan ausgeschaltet, und wir *müssen* einfach etwas tun, Benedikt; du kannst nicht hier herumsitzen und dir überlegen, wie du Walter über Evans Bewußtlosigkeit informieren könntest, denn Walter wird dir nicht glauben, wenn du ihm erzählst, daß es Zauberei war –«

»Ich kann es ihm nicht übelnehmen, wenn er so etwas nicht glaubt«, sagte Benedikt bestimmt. »Meine Liebe, es ist das elende Buch, das Evan dir unlängst aus London gebracht hat. Seit du es hast, siehst du hinter jedem harmlosen Besenstiel im Küchenschrank eine Hexe.«

»Aber es muß Hexerei sein! Es gibt keine andere Erklärung dafür. Tristan muß eine Wachsabbildung von Evan gemacht haben und eine Nadel in seinen Kopf –«

»Absoluter Unsinn«, sagte Benedikt streng. »Hexerei ist von dummen und abergläubischen Menschen erfunden worden, um jede Abweichung von der Norm des anerkannten sozialen Benehmens zu erklären. Heutzutage nennen wir diese Abweichungen Gefühlsstörungen und schicken diese Leute zu den Psychiatern, anstatt sie auf dem Scheiterhaufen zu verbrennen.«

»Benedikt«, bettelte Jane und machte einen weiteren Versuch. »Du weißt, du hast immer gesagt, daß die Gesellschaft sonderbar ist. Ja, du hattest recht. Sie ist sonderbar. Sie ist so sonderbar, daß sie Zauberei als Entschuldigung für ihre Orgie heute abend vortäuschen, und sie praktizieren alle Arten von sexuellen – sexuellen –« Das Vokabular ging ihr aus.

»Persönlich bin ich nicht für Zensur«, sagte Benedikt. »Ich habe eine sehr freie Ansicht von diesen Dingen.«

»Aber . . . aber Nicole ist in die Sache verwickelt – sie ist hypnotisiert – sie ist . . . Benedikt, mir zuliebe, bitte – bitte – « Sie rang nach Worten und fühlte zu ihrem Mißfallen, daß sich ihre Augen mit Tränen füllten. »Benedikt, es ist nicht ein unschuldiges harmloses Herumtollen, bei dem niemandem etwas geschieht und jeder nachher lacht und sagt: ›Was für ein herrlicher Spaß!‹ Das ist etwas anderes. Das ist – das ist –«

»Aber, aber«, sagte Benedikt eilig. »Es gibt keinen Grund, die Fassung zu verlieren! Weine nicht. Ich hatte ja keine Ahnung, daß du das so ernst nimmst! Was willst du, das ich tun soll?«

»Oh!« rief Jane und brach in Tränen aus vor lauter Erleichterung. Nachdem er ihr geholfen hatte, sich seelisch wieder zu fangen, gelang es ihr zu sagen: »Bitte, fahr zu diesem pensionierten Polizeidirektor – hier ist sein Name und die Adresse, die Evan mir gegeben hat, bevor er ohnmächtig wurde – und sag ihm, daß eine Orgie auf den Felsen stattfindet, unmittelbar nach Sonnenuntergang. Bring ihn dazu, daß die Polizei die Kapelle umringt und jeden Rothändigen verhaftet.«

»Gut, gut«, sagte Benedikt, den die Situation zu interessieren begann. »Aber vielleicht sollte ich doch vorher zu Walter gehen wegen Evan.«

»Ich gehe zu Walter«, sagte Jane, die genau wußte, was sie tun würde, sobald Benedikt unterwegs war. »Geh nur, Benedikt. Du hast sechzig Kilometer zu fahren, darum, bitte Liebling, behalte die Benzinuhr im Auge, damit dir nicht auf freier Stecke das Benzin ausgeht.«

»Natürlich«, erwiderte Benedikt trocken. Als er die Eingangstür öffnete, blieb er plötzlich auf der Stelle stehen. »Wenn man vom Teufel spricht . . .«, murmelte er. »Schau, wer da kommt!«

»Oh, mein Gott«, sagte Jane.

»Meine Liebe, nur keine Panik. Mach dir keine Sorgen. Ich werde – Jane, was, um alles in der Welt, machst du? Was soll das?«

Jane nahm das goldene Kreuz herunter, das sie an einer Halskette trug und hing es Benedikt um den Hals. »Trage es«, war alles, was sie sagte, »und geh, rasch.«

»Aber –«

»Ein Kreuz schützt dich gegen – oh, sei nicht bös, Benedikt. Geh jetzt! Bitte! Geh!«

Benedikt gab es auf. Mit einem Achselzucken ging er zu seinem Austin, gerade als Poole den Weg herauf zum Haus kam.

»Guten Morgen, Professor Shaw«, rief er. »Fahren Sie weg?«

»Ja«, sagte Benedikt, plötzlich berauscht von der Verschwörerrolle, die ihm so unerwartet zugeteilt worden war. »Nur nach Milford Haven, um einen alten Freund von Walter zu besuchen, der früher Polizeidirektor dieses Bezirks war.« Das wird ihm Gottesfurcht beibringen, dachte er zufrieden, für den Fall, daß er wirklich irgendeine dumme Sache plant.

Jane fühlte die Farbe aus ihrem Gesicht weichen, und zwar so schnell, daß sie meinte, in Ohnmacht zu fallen.

»Wie schön«, sagte Poole. »Gute Unterhaltung.« Er stand und beobachtete Benedikt dabei, wie er wegfuhr. Sobald der Wagen außer Sicht war, drehte er sich mit einem Lächeln zu Jane um. »Mrs. Shaw«, begann er freundlich, »ich frage mich, ob Sie Dr. Colwyn gesehen haben. Ich versuche ihn zu finden, aber bisher erfolglos.«

Er prüft nach, dachte Jane. Jeder Muskel in ihrem Körper begann vor Anstrengung zu schmerzen. Ihre Kehle war trocken. »Er wurde vor einer Viertelstunde ins Krankenhaus nach Swansea gebracht«, sagte sie mit Mühe. »Er hat hier im Haus das Bewußtsein verloren, und ich konnte ihm nicht helfen.«

»Verlor das Bewußtsein! Aber welch ein Schock für Sie, Mrs. Shaw! Weiß Mr. Colwyn bereits davon?«

»Nein, ich warte auf eine Nachricht vom Krankenhaus.«

»Das ist sicher die beste Idee. Wir sollten Mr. Colwyn nicht unnötig wegen seines Sohnes beunruhigen ... Was wohl die Ursache ist? Ich hoffe, es ist nichts Ernstes.«

»Ich glaube nicht«, sagte Jane. Sie war über die Ruhe in ihrer Stimme erstaunt. »Evan hat in letzter Zeit nicht viel geschlafen und nicht genug gegessen und sich zu viel Sorgen gemacht um – um bestimmte Dinge, und ich denke, heute morgen erreichte die Spannung ihren Höhepunkt und führte zum körperlichen Zusammenbruch. Zumindest war das die Meinung des Arztes, als er die Ambulanz kommen ließ.«

»Ah«, sagt Poole und blickte traurig drein. »Ja, ich weiß, er hat die Nachricht von Nicoles Verlobung tragisch genommen.« Er zögerte, bevor er hinzufügte: »Mrs. Shaw, darf ich Sie um ein Glas Wasser bemühen? Es ist ein heißer Tag, und ich bin sehr durstig.«

»Aber selbstverständlich«, sagte Jane und eilte in die Küche. »Kommen Sie herein.«

»Danke.« Er ging rasch ins Wohnzimmer, während Jane im hinteren Teil des Hauses verschwand. Benedikts Sportjacke lag auf einem Lehnstuhl. Beim schnellen Durchsuchen der Taschen fand Poole ein Taschentuch und versteckte es, als Jane das Zimmer mit seinem Glas Wasser betrat.

»Danke«, wiederholte Poole, nahm das Glas und machte einen langen Schluck. Dann: »Das tut gut. Nun, entschuldigen Sie mich bitte, Mrs. Shaw –«

»Natürlich«, sagte Jane dankbar und hielt den Atem an, als er den Weg vom Haus hinunterging. Sobald er fort war, griff sie nach ihrem Buch über Hexerei und ließ sich in den nächsten Stuhl fallen.

»Es wird ein wächsernes Ebenbild des Opfers gemacht«, las sie in dem Teil über nachahmende Magie, »meistens werden entweder Haare oder abgeschnittene Fingernägel des Opfers in das Wachs eingeschlossen. Das Ebenbild des Gesichtes soll so ähnlich wie möglich sein, und quer über die Brust des Abbilds soll der Name des Opfers geschrieben werden. Eine Nadel oder ein Holzsplitter wird dann in den Teil des Körpers gesteckt, in dem Schmerz gewünscht wird; wenn möglich soll eine schwarze Kerze angezündet werden, und derjenige, der den Zauber ausspricht, muß all seinen Haß auf das bestimmte Opfer konzentrieren. Die Wirkung des Einstechens der Nadel oder des Splitters kann vom plötzlichen Tod (ein klares Durchstoßen der Brust in der Gegend um das Herz) bis zum schwachen Kopfweh reichen (ein leichter Stich in den Schädel). Langsamer Tod kann durch Schmelzen des Wachsbildes über einer Flamme erreicht werden. Bei Aufhebung des Zaubers durch Herausnehmen des Splitters muß äußerste Vorsicht angewandt werden, oder der Zauber fällt auf den zurück, der ihn ausspricht, und trifft ihn in derselben Art wie das Opfer. Eine Quelle empfiehlt, daß der Magier dabei ein eisernes Kreuz tragen und die Sator-Formel absingen soll, während er den Splitter herauszieht . . .«

Jane schloß das Buch und stand auf. Sie war nun sicher, daß irgendwo in Colwyn Court ein Ebenbild von Evan mit einem Splitter im Kopf war; und wenn Evan aus der Ohnmacht erwachen sollte, mußte irgend jemand vorher den Splitter herausziehen. Sie holte tief Atem, verließ das Haus und ging, so schnell sie konnte, den Weg entlang nach Colwyn Court.

III.

In Colwyn Dorf hielt Benedikt den Wagen an und nahm endlich das goldene Kreuz ab, das ihm Jane um den Hals gelegt hatte. Aberglaube mochte für einfältige Frauen gut sein, dachte er ärgerlich, aber er hatte nicht die Absicht, in Milford Haven wie ein Christbaum aufzutauchen.

Bevor er den Motor wieder startete, hielt er inne und überlegte. Da war irgend etwas, das Jane ihm aufgetragen hatte, bevor er zu seiner Fahrt aufgebrochen war, aber er konnte sich nicht erinnern, was es war. Er starrte ärgerlich auf das Armaturenbrett. Was war es nur? Er hatte das Gefühl, daß es irgend etwas Naheliegendes war, aber sein Gedächtnis streikte weiterhin. Als er den Startschlüssel umdrehte, schwankte die Nadel der Benzinuhr nahe dem ›L‹, um anzuzeigen, daß der Tank beinahe leer war, aber obwohl Benedikt das bemerkte, hielt irgendeine unsichtbare Macht dieses Wissen davon ab, jenen Teil des Gehirns zu erreichen, der es ihm ermöglicht hätte, aus dieser Tatsache einen Schluß zu ziehen und richtig zu handeln. Noch immer ärgerlich darüber, daß ihn sein Gedächtnis so im Stich gelassen hatte, legte er den Gang ein, nahm den Fuß von der Kupplung und fuhr los, die Landstraße hinunter gegen Westen.

IV.

Timothy suchte Lucy noch immer. Er war am Strand, auf der Burg und in der Kapelle gewesen, aber nirgends war eine Spur von ihr. Schließlich entschloß er sich, es in Colwyn Court zu versuchen. Vielleicht war Lucy doch nicht imstande gewesen, der Verlockung des Festspiels zu widerstehen, und versteckte sich im Haus, da sie sich zu schuldig fühlte, um ihm gegenüberzutreten.

Timothys Mundwinkel verzogen sich nach unten. Das war ein schlechter Sommer gewesen. Zuerst hatte Onkel Matt den Unfall, dann – Timothys Gedanken glitten über das Wort ›Mami‹ hinweg, bevor sich seine Augen mit Tränen füllen konnten –, und nun ließ ihn Lucy wegen Mr. Poole im Stich. Timothy wußte, daß Mr. Poole nichts wert war. Er war wie die Bösewichte in den altmodischen Western, die im Fernsehen gezeigt wurden. Man wußte gleich, daß sie Bösewichte waren, denn sie waren immer schwarz gekleidet. Schwarz bedeutete böse, und Timothy wußte, egal was Lucy denken mochte, daß Mr. Poole genauso böse war wie irgendeiner der Bösewichte in einem Fernseh-Western.

»Ich wünschte, Daddy wäre hier«, sagte er laut vor sich hin, als er den Weg hinauf nach Colwyn Court trottete. »Bitte, lieber Gott, schick Daddy bald nach Hause. Auch wenn er vor einigen Jahren ertrunken ist, bitte laß ihn vom Tod auferstehen wie in der Bibel und schick ihn bald nach Hause. Lucy und ich vertrauen auf dich. Danke. Amen.« Er wartete und horchte, ob Gott eventuell antworten würde, aber die einzige Stimme, die er hörte, war eine Stimme aus dem dunkelsten Winkel seines Verstandes, auf die er nie hören wollte, die ihm sagte, er würde seinen Vater nie mehr wiedersehen.

Es war ein schlechter Sommer gewesen.

Als er Colwyn Court erreichte, schlüpfte er durch eine Seitentür ins Haus und schlich hinauf zu Gwyneths Zimmer, aber Gwyneth hatte Lucy auch nicht gesehen. »Versuch es bei der Gesellschaft«, schlug sie vor. »Vielleicht haben die sie gesehen.«

Aber Timothy traute der Gesellschaft nicht. Die Gesellschaft war der Feind, das Werkzeug des Bösewichts. Er verließ Gwyneth, schlich sich in den Westflügel und begann, verstohlen in jedes Schlafzimmer zu schauen, bis ihn eine versperrte Tür aufgeregt anhalten ließ.

»Lucy«, zischte er ins Schlüsselloch, aber es kam keine Antwort.

Sie haben sie entführt, dachte Timothy erregt. Er drehte den Schlüssel um, den Agnes im Schloß steckengelassen hatte, und stürzte in das Zimmer.

Sie war da. Sie lag auf der einen Seite eines Doppelbettes, und Nicole lag neben ihr. Sie schliefen beide so tief, daß keine von ihnen sich bewegte, als er in das Zimmer eilte.

»Lucy!« schrie Timothy und schüttelte ihre Schulter.

Aber Lucy atmete gleichmäßig und rührte sich nicht.

»Lucy, Lucy, wach auf, du dumme, alberne Gans!« Timothy war außer sich. Er schüttelte sie nochmals. »Lucy, was ist mit dir los?«

Eine Hand fiel auf seine Schulter. Starke Finger gruben sich in sein Fleisch und ließen ihn aufschreien, als er herumgedreht wurde, um seinem Bezwinger Auge in Auge gegenüberzustehen.

»Ich hatte das Gefühl, daß du Schwierigkeiten machen würdest, Tim, mein Freund«, sagte Poole gemächlich. »Ich sehe nun, daß wir beide ein kleines Gespräch miteinander führen müssen.«

V.

Jane war auch in Colwyn Court. Sie hielt sich im Salon im Haupttrakt des Hauses auf und versuchte zu überlegen, wo Poole ein Experiment in Schwarzer Magie durchführen könnte. In der Küche? Sicherlich zu leicht zugänglich. Vielleicht in einem der Schlafzimmer? Oder im Keller? Jane war unschlüssig. Der Keller wäre ein idealer Ort. Genügend Platz, Dunkelheit und Abgeschiedenheit . . .

Sie eilte zur Küche, und nachdem sie sich vergewissert hatte, daß niemand da war, hastete sie weiter, vorbei an den Abwäschen in der Spülküche, und öffnete die Kellertür. Ihre Hände tasteten nach dem Lichtschalter, aber ohne Erfolg; es gab kein elektrisches Licht in dem altmodischen Keller von Colwyn Court. Sie wandte sich zum Herd zurück, nahm eine Schachtel mit Streichhölzern und eilte auf Zehenspitzen die Kellerstufen hinunter; aber obwohl sie ein Streichholz entzündete, sobald sie ganz unten ankam, entdeckte sie nichts anderes als eine Reihe großer Flaschen auf dem Boden gestapelt, die selbstgemachten Wein enthielten. Während sie noch enttäuscht auf die Flaschen sah, fiel die Tür hinter ihr zu und der Luftzug blies ihr das Streichholz aus.

Jane fuhr entsetzt zusammen. Die Dunkelheit war plötzlich undurchdringlich. Sie zündete ein neues Streichholz an, lief die Stufen zur Tür hinauf und faßte nach der Klinke. Sie brauchte volle zehn Sekunden, um zu begreifen, was geschehen war. Die Tür hatte keine Klinke. Sie war gefangen.

VI.

»Agnes«, sagte Pool, »wenn du Mrs. Shaw gesehen hättest, wie sie ihrem Mann ein goldenes Kreuz an einer Kette reicht, was würdest du daraus schließen?«

»Das Schlechteste«, sagte Agnes. »Mrs. Shaw besitzt sehr viel weibliche Einfühlungsgabe.«

»Sie hat auch ein Buch über Zauberei in ihrem Wohnzimmer herumliegen. Agnes, ich glaube, wir müssen irgend etwas wegen Mrs. Shaw unternehmen. Um den Professor mache ich mir keine Sorgen. Er ist nicht der Typ Mann, der ein goldenes Kreuz tragen würde, wenn sie nicht mehr in der Nähe ist, und deshalb glaube ich kaum, daß er ein ernstes Problem darstellt. Aber Mrs. Shaw beunruhigt mich. Ich möchte wirklich gerne wissen, was sie als nächstes tun wird.«

»Und wie können wir deiner Meinung nach mit ihr fertig werden?«

Poole dachte einen Augenblick nach. »Nichts Spektakuläres jedenfalls«, sagte er schließlich. »Es hat schon zu viel Aufregung gegeben. Aber ich glaube, man sollte sie beobachten. Schick jemanden hinunter ins Haus, der ein Auge auf sie werfen soll, bitte.«

»Ist in Ordnung, Tristan.«

Sie waren gerade in der Kapelle, als sie die Nachricht zwei Stunden später erreichte. Es war Nachmittag, und sie stellten soeben den langen, schmalen Tisch auf, der als Altar dienen sollte.

»Ich habe das Haus ewig lang beobachtet«, flüsterte der Bote, »aber als ich kein Lebenszeichen entdeckte, ging ich hinein – sie war jedenfalls nicht da. Keine Spur von ihr.«

»Das ist seltsam«, sagte Agnes. »Wo kann sie hingegangen sein?«

»Wahrscheinlich sucht sie die Zwillinge«, meinte Poole, der sich nicht den Kopf zerbrechen wollte über den Verbleib Janes, da es ja wichtigere Angelegenheiten zu erledigen gab. »Vergiß sie doch, sie ist im Grunde sowieso harmlos, und ich glaube nicht, daß sie uns Schwierigkeiten bereiten wird.«

»Du magst recht haben«, sagte Agnes, »aber ich würde es doch lieber sehen, wenn wir sie unter Beobachtung hätten . . . Übrigens, Tristan, was hast du mit dem Jungen gemacht? Hast du ihn hypnotisiert?«

»Nein. Er ist ein schlechtes Medium.« Poole zuckte mit den Schultern. »Man findet das manchmal bei Kindern. Ihre Feindschaft ist unbelastet von den Schuldgefühlen Erwachsener und errichtet eine mächtige Schranke gegen jeden Versuch, den Geist zu beherrschen . . . Aber du brauchst dir wegen des Jungen keine Sorgen zu machen. Ich werde mich später mit ihm beschäftigen. Im Augenblick ist er hinter Schloß und Riegel und nicht in der Lage, uns irgendwelche Schwierigkeiten zu machen.«

»Aber angenommen, Mrs. Shaw untersucht den Westflügel des Hauses. Wenn der Junge hellwach ist und auf seine Befreiung wartet, können sie leicht miteinander Kontakt aufnehmen, und dann wird es Schwierigkeiten geben. Kann ich nicht jemand in den Westflügel schicken, der Mrs. Shaw unter Beobachtung hält?«

»Tu, was du für das beste hältst«, sagte Poole schroff und widmete sich wieder der fesselnden Aufgabe, das umgekehrte Kreuz hinter dem schwarzen Altar aufzustellen.

VII.

An diesem Abend kamen sie um sieben Uhr in den Keller hinunter, um Wein zu holen.

Jane hatte sich hinter einer Kiste in einer Ecke des riesigen unterirdischen Raumes versteckt und wartete. Sie bemerkte, daß die zwei Frauen, die dazu ausersehen waren, den Wein zu holen, nach einem bestimmten System arbeiteten; sie trugen immer vier Flaschen gleichzeitig die Treppe hinauf und verschwanden für zwei Minuten, bevor sie wieder zurückkamen. Als sie das drittemal hinaufgegangen waren, stürmte Jane die Treppen empor, sauste durch die halboffene Kellertür und hatte gerade noch Zeit, sich hinter die Tür der Spülküche zu drücken, bevor die beiden Frauen zurückkehrten, um die letzten Flaschen zu holen. Als sie unten im Keller waren, schlüpfte Jane aus ihrem Versteck und flüchtete in einen nahen Holzschuppen. Sie fühlte sich schmutzig und verschwitzt und den Tränen nahe. Sie brauchte ein paar Minuten, um ihre Selbstbeherrschung wiederzufinden. Dann starrte sie auf ihre Uhr und überlegte, was sie als nächstes tun sollte. Es war bereits später Nachmittag. In weniger als zwei Stunden ging die Sonne unter, und Benedikt hatte vielleicht schon die Polizei verständigen können. Jane wollte zuerst instinktiv zum Haus eilen und nach den Zwillingen sehen, die sicher ungeduldig auf sie warteten. Aber dann dachte sie an Nicole. Angenommen, Benedikt hätte aus irgendeinem Grund nichts erreicht. Und Evan lag ohne Zweifel noch bewußtlos im Krankenhaus. Wenn also Benedikts Vorhaben schiefgegangen war, dann war niemand da außer Jane selbst, um Nicole zu helfen, sobald die Dunkelheit einbrach.

Sie starrte wieder auf ihre Uhr. Sie könnte zum Haus zurückeilen, um nach den Zwillingen zu sehen, aber die Zeit war knapp, und sie mußte einfach ein gutes Versteck in den Ruinen finden, bevor noch die Zeremonien begannen. Sie beruhigte sich mit dem Gedanken, daß die Zwillinge sicher vernünftig seien, wenn sie merkten, daß Jane und Benedikt nicht da waren, würden sie wohl zum Herrenhaus gehen, und dort würde Walter sich um sie kümmern. Sie stolperte aus dem Holzschuppen und eilte den Hügel hinauf zur Kapelle.

VIII.

Timothy sah aus dem Fenster von Pooles Schlafzimmer, in dem er eingesperrt war. Die Sonne ging langsam unter, und über die Party auf dem Rasen schien sich allmählich erwartungsvolle Stille zu senken, eine ungeheure Spannung, die für Timothy schwer zu begreifen war. Er hatte einen flüchtigen Eindruck von Partys, die seine Mutter und sein Stiefvater gegeben hatten, aber diese Partys waren für gewöhnlich lauter und nicht stiller geworden, je länger sie dauerten.

Das hier war eine seltsame Party, wie er schon am Verhalten der Gäste feststellen konnte. Sie waren alle schwarz gekleidet. Die jüngeren Frauen trugen Cocktailkleider, die älteren waren konventionell gekleidet, weniger raffiniert zurechtgemacht, und die Männer trugen dunkle Anzüge. Um sich die Zeit zu vertreiben, zählte Timothy die Anwesenden und stellte fest, daß es zweiundfünfzig Leute waren, zusätzlich zu den Mitgliedern der Gesellschaft, und daß die Mehrzahl der Gäste Frauen waren. Von seinem Beobachtungsposten aus sah er, daß sich die Mitglieder der Gesellschaft allmählich von ihren Freunden absonderten und einer nach dem anderen durch die Terrassentür im Haus verschwanden. Dabei stellte er fest, daß Poole nirgends zu sehen war. Timothy wunderte sich gerade, wo sein Erzfeind wohl geblieben sei, als Agnes wieder auf der Terrasse erschien, über den Rasen ging und zu den Anwesenden sprechen wollte.

Die Konversation brach augenblicklich ab.

Als Agnes sich wieder abwandte, begannen die Gäste, Gruppen zu dreizehn zu bilden; sie verharrten völlig ruhig, und ihre starren Blicke richteten sich begierig auf das Haus. Timothy reckte seinen Hals, weil er sehen wollte, wohin sie alle starrten, aber er konnte nichts entdecken. Er überlegte gerade ob er das Fenster öffnen und sich hinauslehnen sollte, um die Vorgänge besser überblicken zu können, als die Mitglieder der Gesellschaft wieder aus dem Haus traten, immer zwei und zwei und sich zu ihren Freunden auf dem Rasen gesellten.

Poole kam als letzter.

Er trug einen langen roten Umhang und eine rote Mitra auf dem Kopf und sah überhaupt nicht so aus, wie Timothy ihn in Erinnerung hatte, sondern wirkte eher wie eine Gestalt aus einem anderen Zeitalter, in dem die Menschen in täglicher Furcht vor Himmel und

Hölle lebten und die Welt von Seuchen, Hungersnot und Kriegen heimgesucht wurde. An Pooles Seite schritt Nicole, in kerzengerader Haltung und wunderschön in einem wallenden schwarzen Kleid. Sie zeigte ein strahlendes Lächeln. Und hinter Nicole ging Lucy, ein Engel in Scharlachrot, ihr schönes Haar floß den Rücken hinunter, und ihre unschuldigen Augen waren weit geöffnet.

»Lucy«, schrie Timothy und trommelte mit den Fäusten gegen die Fensterscheibe. Niemand hörte ihn. Er nahm alle seine Kraft zusammen, schwang sich auf das Fensterbrett und lehnte sich hinaus.

»Lucy«, schrie er mit gellender Stimme.

Aber niemand hörte ihn und am wenigsten Lucy. Er rief wieder und wieder, aber es war, als ob ihn eine schalldichte Mauer von der Gruppe auf dem Rasen trennte, denn niemand warf auch nur einen Blick in seine Richtung. Als sie schließlich alle hinter dem Rosengarten und aus seiner Sicht verschwunden waren, sprang er hilflos auf den Sitz beim Fenster zurück und überlegte, ob er aus dem Fenster hinunterspringen könnte.

Aber es war zu hoch. Er schaute hinunter, ließ den Mut sinken und gab den Gedanken auf. Aber er bemerkte, daß das Sims außerhalb des Fensters breit war, breit genug für ihn, um darauf zu sitzen, und außerdem sah er, daß das Fenster des versperrten Ankleideraums nebenan einen Spalt offen war.

Vielleicht gibt es durch diesen Raum eine Möglichkeit, hinauszugelangen, überlegte Timothy.

Zehn Sekunden später saß er auf dem Fenstersims, ließ die Beine hinunterbaumeln und versuchte zu verhindern, daß ihm übel wurde. Es war erstaunlich, wie schnell das breite Sims zu einer schmalen Brüstung zusammengeschrumpft war.

Timothy zitterte, hielt die Augen fest geschlossen und begann langsam seitwärts gegen den Ankleideraum zu rutschen. Dort angekommen, stand er vor dem Problem, das Fenster weit genug hochheben zu können, um in das Zimmer zu kriechen. Er brauchte lange, bis er sich in eine Stellung gebracht hatte, von der aus er sich am Fensterrahmen hochziehen konnte, ohne dabei das Gleichgewicht zu verlieren. Das Fenster ließ sich nicht hochschieben. Er überlegte gerade, ob er jemals imstande sein würde, es zu bewegen, als es in die

Höhe schoß und er dankbar auf den sicheren Zimmerboden kletterte – allerdings nur, um mit verzagtem Herzen zu entdecken, daß der Raum keine Tür hatte, durch die er auf den Korridor flüchten konnte.

Timothy vergoß aus Enttäuschung heftige Tränen und gestattete sich sogar die kindliche Geste, mit dem Fuß aufzustampfen. Aber dann fühlte er sich beschämt über seine Mutlosigkeit, rieb seine Augen mit dem Handrücken und begann, seine neue Umgebung zu untersuchen.

Das erste, was er sah, war die Pappschachtel auf dem Tisch neben der versperrten Tür.

Darin fand er Plastilin, ein Material, mit dem er schon als kleines Kind stundenlang gespielt hatte. Er hatte Autos daraus geformt, erinnerte er sich, und Lucy Puppen. Gelegentlich hatte sie seine Autos zertreten, und er hatte sich revanchiert, indem er die Puppen umformte, bis sie wie Mißgeburten aussahen.

Komisch, dachte Timothy, daß Mr. Poole in seinem Alter mit Plastilin spielt.

Er kramte wieder in der Schachtel und nahm ein kleines, in Seidenpapier gewickeltes Päckchen heraus. Als er das Papier entfernt hatte, hielt er eine perfekt geformte Puppe von ungefähr 25 Zentimeter Länge in der Hand, eine Puppe mit rotem Haar und einem Lendentuch, das einmal Teil eines Herrentaschentuches gewesen sein mochte. Die Puppe hatte den Namen EVAN COLWYN quer über die Brust geschrieben, und im Kopf steckte ein dünner Holzsplitter.

Timothy starrte die Puppe an. Alle möglichen Geschichten fielen ihm ein, die seit Menschengedenken von einer Generation von Schuljungen zur nächsten weitergegeben wurden. Auf solche Art konnte man einen Kampf gewinnen gegen einen streitlustigen Mitschüler, auch wenn er viel stärker war als man selbst. Man stahl eine Kerze aus der Schulvorratskammer, schmolz sie ein, formte sie nach dem Ebenbild des Gegners, stach ihm eine Nadel zwischen die Rippen, murmelte dreimal ›Ich hasse dich‹, betete um Sieg und begrub die Figur bei Nacht im Küchengarten. Der Gegner würde daraufhin seine ganze Kraft verlieren und sich vor dem Kampf drücken. Timothy hatte dieses Experiment nie selbst versucht, aber alle in der Schule waren überzeugt, daß es funktionierte. Sein bester Schulfreund hatte nie die geringsten Zweifel daran gehegt.

Timothy starrte auf die kleine rothaarige Puppe in seinen Händen, und dann entfernte er mit Daumen und Zeigefinger den Splitter, legte ihn auf den Tisch und wickelte die Puppe wieder sorgfältig in das Seidenpapier ein.

IX.

Jane versteckte sich in den Ruinen der Kapelle und beobachtete mit wachsendem Schrecken, wie sich die Gruppen für die Riten aufstellten. Als sie Lucy hinter Nicole stehen sah, fiel sie beinahe in Ohnmacht; alles um sie herum hatte sich zu drehen begonnen, und sie war nahe daran, laut aufzuschreien, aber sie wurde weder bewußtlos, noch schrie sie. Sie wußte nur zu gut, wenn sie die Anwesenden störte, bevor die Riten begonnen hatten, könnte es der Polizei mißglücken, die Teilnehmer während der obszönen Vorgänge festzunehmen, und Evans Pläne wären dadurch zunichte gemacht.

Jane brachte ihre Selbstbeherrschung wieder unter Kontrolle, kämpfte gegen ihre panische Angst an und begann um Hilfe zu beten, ohne daß ihr bewußt wurde, daß sie betete.

Und schon kurze Zeit später fühlte sie sich besser. Harriet Miller führte Nicole und Lucy zu den Burgruinen, wo die beiden bis zum eigentlichen Beginn der Zeremonie zu warten hatten; dadurch waren sie jetzt wenigstens vorübergehend in Sicherheit. Jane hörte auf zu beten, lugte durch die Öffnung in der Mauer und beobachtete, wie Poole zum Altar schritt und Agnes aufforderte, ihm einen Brocken Glut von der Kohlenpfanne zu bringen, die in der Mitte der Kapelle stand.

Die sechs schwarzen Kerzen, die den Altar umgaben, brannten; Jane hatte nun eine klare Sicht auf das umgekehrte Kreuz hinter dem Altar und auf den Teppich, der an der Wand hinter dem Kreuz aufgehängt worden war. Der Teppich war schwarz und scharlachrot und zeigte eine Ziege, die auf einem Kruzifix herumtrampelte. Gegenüber dem Altar stand eine viereckige, etwa 50 Zentimeter hohe schwarze Kiste, und während Jane sich alles genau ansah, trat Poole vor die Kiste und wandte sich den versammelten Männern und Frauen zu, die ihn erwartungsvoll anblickten.

»Innigstgeliebte Freunde«, hörte sie ihn mit seiner dunklen, ruhigen Stimme sagen. »Ihr seid heute in Unserer Gegenwart zusammengekommen, um das große Fest von Lammas zu feiern, um jene Mächte der Finsternis zu verehren, anzubeten und ihnen Folge zu leisten, die seit Anbeginn der Zeit existieren und die bis zum Ende aller Zeiten existieren werden, durch die Gnade von Beelzebub, Astaroth, Adramelek, Baal, Luzifer, Chamos, Melchom, Behemoth, Dagon, Asmodeus und allen anderen Gebietern der Finsternis im Reich der Hölle –«

Die Sonne war in einem undurchsichtigen Meer versunken. Der Himmel war tief dunkelblau, und weit entfernt schlug die Brandung schaumgekrönt gegen die schwarzen Klippen. Es war unheimlich ruhig.

»– und schließlich«, sagte die Figur in den roten Gewändern mit ihrer maßvollen Stimme, »durch Meine Gnade, die Meinen Auserwählten immer gewährt werden wird, Welt ohne Ende . . .«

»Heil Satan!« sagten vierundsechzig Stimmen unisono. Auch der Ausdruck der Gesichter war ganz gleich. Die Gläubigen hatten einen angespannten, sehnsüchtigen Blick, ihre Lippen waren geöffnet, als ob sie auf einen Zaubertrank warteten, um einen unerträglichen Durst zu stillen.

»Meine Freunde«, sagte Poole, »ich komme zu euch als der Eine Gott, der Bewahrer der schweren Sünden und noch größerer Laster, die Stärke der Besiegten, der Souverän der Rache, der Schatzmeister des alten Hasses, der König der Enterbten –«

»Heil Satan!«

»– und ich biete jedem von euch nun die Gelegenheit, eure Treue durch die Teilnahme am Akt der Huldigung zu bezeugen . . . Meine Freunde, laßt uns unsere geheiligten Riten beginnen, zur Feier dieses geheiligten Tages.«

Die Versammlung gab ihre verzückte Unbeweglichkeit auf und

begann, ihre Kleider abzuwerfen. Sie bewegten sich in ruhiger Eile, die Männer ließen ihre Kleider auf der einen Seite der Kapelle zurück, die Frauen auf der anderen, und als sie nackt waren, vereinigten sie sich wieder und stellten sich vor dem Altar auf.

Jane, die nicht prüde war, wohl aber der Meinung, daß Menschen in Kleidern gewöhnlich besser aussehen als ohne, fühlte sich sogleich von ensetzter Faszination gefesselt. Aber bevor sie sich ungläubig fragen konnte, wie die Ältlichen, die Korpulenten und die Häßlichen sich in solcher Weise bedenkenlos entblößen konnten, wurde ihre Aufmerksamkeit von Poole in Anspruch genommen. Er riß sich die roten Gewänder vom Leib und schleuderte sie beiseite. Um seine Taille sah Jane einen dünnen Gürtel, von dem ein geflochtener Schwanz aus Tierhaaren zu Boden hing.

»Laßt die Zeremonie der Huldigung beginnen!« rief er, sprang auf die schwarze Kiste vor dem Altar und wandte seinen gebräunten Rücken der Versammlung zu.

Jane wurde wieder schwindelig. Das Erschreckendste von allem war, daß sie trotz ihrer heftigen Abneigung wider Willen von seinem starken geschmeidigen Körper erregt wurde.

Agnes war die erste, die ihre Huldigung darbrachte. Sätze aus dem Buch über Hexerei gingen Jane durch den Sinn, und sie fühlte die Farbe in ihr Gesicht steigen, als sie sich an ihre eigene Stimme erinnerte, die über den obszönen Kuß eines Jahrtausends von Hexensabbaten las.

»Meister«, sagte Agnes mit klarer leidenschaftlicher Stimme, »ich verspreche, dich zu lieben, zu verehren, zu achten und dir zu gehorchen, jetzt und für alle Zeit.«

Der Rest des Colwyn-Court-Bundes folgte ihr, eine nach der anderen. Danach kam die Reihe an jedes Mitglied der vier anderen Hexenbünde.

Die Zeremonie nahm einige Zeit in Anspruch.

Als schließlich der Schlußakt der Huldigung vorüber war, wandte sich Poole mit dem Gesicht zur Versammlung und erhob seine Hände zu den Sternen.

»Mein Segen sei auf euch allen!«

»Heil Satan!«

»Möge euch alles gelingen.«

»Heil Satan!«

»Möget ihr unermüdlich in Meinem Namen arbeiten.«

»Heil Satan!«

»Möge alle Macht auf euch ruhen, jetzt und für alle Zeit –«

»Heil Satan!«

Poole ließ langsam seine Hände sinken. »Meine Freunde, laßt uns uns vorbereiten auf einen unserer großartigsten Augenblicke geistiger Verbindung. Ich bitte meinen Hauptgehilfen der heutigen Nacht, eine kurze Einführung in die Zeremonie zu geben.«

Ein leichter Wind kam von der See und kühlte den Schweiß auf Janes Stirne. Sie zitterte von Kopf bis Fuß und sah Agnes Miller auf den Altar zugehen, um ihren Brüdern und Schwestern das Folgende zu erläutern.

»Geliebte Freunde«, hörte Jane sie mit erregt vibrierender Stimme sagen, »in Kürze wird die Braut zur Hochzeitsfeier in die Kapelle gebracht werden, und nach der Hochzeit wird den Mächten das traditionelle Opfer dargebracht, eine Jungfrau, die das Zeichen des Meisters erhalten wird, um in Unsere Kirche aufgenommen zu werden und um – wie wir vertrauensvoll glauben – zu einer der ergebensten Anhängerinnen unseres Meisters heranzuwachsen. Vielleicht wundert ihr euch, warum die Braut für diese Rolle ungeeignet ist. Da gibt es drei Gründe: Erstens ist sie keine Jungfrau mehr, zweitens ist ihr Verstand spirituell unfruchtbar, und drittens kann sie unserem Meister auf dieser Welt nicht von Nutzen sein, denn ihre Zeit ist zu kurz bemessen. Sie wurde für die bräutliche Zeremonie ihres Aussehens wegen ausgewählt – ich glaube, ihr werdet mir zustimmen, daß sie sehr schön ist – und wegen der Größe ihrer Mitgift . . . Nach der Hochzeit und der Zeichenverleihung folgen die Festlichkeiten.« Sie machte eine Pause. »Sind wir alle bereit?«

Es gab ein Gemurmel der Zustimmung. Aller Augen wandten sich wieder Poole zu.

»Meine Freunde«, sagte Poole, »bereitet euch für die schwarze Messe vor.«

Die Versammlung zog gierig den Atem ein. Auf ein Zeichen von Poole begannen zwei des Colwyn-Court-Bundes, Kräuterbüschel in die Kohlenpfanne zu werfen, und als der Rauch von den flackernden Flammen aufstieg, rief Poole: »Bringt die Braut zum Altar!«

Die ersten Rauchschwaden aus der Kohlenpfanne erreichten Jane. Sie konnte sich nicht klarwerden, ob es von den Rauchschwaden kam, daß sie sich so elend fühlte, oder ob die Gewißheit schuld war, daß sich im Umkreis von Kilometern um die Kapelle nicht ein einziger Polizist befand. Sie spürte Panik in sich aufsteigen, als sie überlegte, was sie tun sollte.

Nicole wurde von Harriet Miller in die Kapelle gebracht und langsam zum Altar geführt, wo Poole wartete. Jane bemerkte mit Erleichterung, daß Lucy noch immer außer Sicht war.

»Laßt das Opfer zu mir bringen!« rief Poole.

Einer der Männer schleppte ein kohlschwarzes Lamm nach vorne, und Agnes übergab Poole das Schlachtmesser.

Poole begann zu sprechen. Jane war so benommen von den durchdringenden Gerüchen der Rauchschwaden aus der Kohlenpfanne, Nicoles Anwesenheit beim Altar und der Aussicht auf ein blutiges Schlachten, daß sie einige Sekunden brauchte, um festzustellen, daß Poole in einer Sprache sprach, die sie nicht verstand.

Er war am Ende seines Zauberspruches angelangt und beugte sich vor, um den Strick des Lammes zu ergreifen. Das Messer funkelte böse im Kerzenlicht; das Tier gab ein würgendes Geräusch von sich und fiel zu Boden. Als Janes Übelkeit vorüber war, sah sie, daß Poole einen Kelch mit dem Blut des Lammes gefüllt hatte, während zwei Mitglieder von Agnes' Hexenbund auf zwei großen Platten Stücke einer Substanz aufschichteten, die wie schwarzes Brot aussah.

Die Versammlung begann, angeregt durch die Gerüche aus der Kohlenpfanne, sich auf den Beinen zu wiegen; ihre Stimmen summten eintönig einen hypnotischen Gesang, der immer lauter wurde, als die Minuten vergingen und die Erregung wuchs.

Poole tat etwas nicht Wiederzugebendes mit dem Inhalt des Kelches und den Platten mit schwarzem Brot. Einige weibliche Angehörige der Versammlung kreischten in Ekstase.

Ich muß etwas tun, dachte Jane, ich muß das beenden.

Agnes half Nicole aus ihrem Hochzeitskleid und führte sie zu ihrem Platz auf dem Altar. Nicole hatte einen träumerischen Ausdruck auf ihrem Gesicht und sah vollkommen glücklich aus. Der Gesang der Versammlung wurde lauter, als sie Nicoles nackte Haut sich schimmernd vom schwarzen Altartuch abheben sahen.

Jane stand auf. Oder versuchte es zumindest. Zu ihrem Schrecken mußte sie feststellen, daß die Gerüche ihren Gleichgewichtssinn beeinträchtigt hatten und daß irgend etwas mit ihren Beinen nicht stimmte. Als sie zu gehen versuchte, fiel sie auf die Knie, und als sie vergebliche Versuche machte, wieder auf die Beine zu kommen, wurde ihr klar, was geschehen war. Sie hatte versagt. Benedikt hatte versagt. Evan hatte versagt.

Und niemand würde kommen, um Nicole zu helfen.

Poole sagte irgend etwas, stellte den Becher auf Nicoles Körper und ging zum anderen Ende des Altars.

Gott helfe uns, dachte Jane, Gott helfe uns allen. Gebete schwirrten ihr durch den Sinn, stumme Bitten an einen Gott, zu obsiegen, wo Menschen versagt hatten. Bitte, Gott, gebiete ihnen Einhalt. Vater unser, der du bist im Himmel . . .

Am Ende des Altars schaute Poole auf Nicole nieder und bückte sich dann, um mit seinen Händen über ihre Schenkel zu streichen.

Einige Frauen unter den Anwesenden kreischten wieder. Schwarzer Rauch aus der Kohlenpfanne machte das Licht düster, und die schwarzen Kerzen flackerten im Luftzug.

Geheiliget werde dein Name, betete Jane, dein Reich komme . . .

Poole hielt inne. »Meister«, wisperte Agnes nervös, als sie den Ausdruck in seinen Augen sah.

Er drehte sich zu ihr um. »Da ist ein Ketzer unter uns!« Er wandte sich wieder der Versammlung zu und warf seine Arme in die Höhe, um Ruhe zu gebieten. »Hier gibt es Ketzerei!«

Das Singen erstarb sofort. Ein Meer von Gesichtern starrte ihn in erschrockenem Unglauben an.

Und dann drehte ihnen Poole den Rücken zu. Er drehte sich sehr langsam, bis er in die Richtung sah, wo Jane versteckt war.

»Dort ist sie«, war alles, was er sagte.

Die Versammlung heulte auf wie ein Rudel Wölfe und raste, um Jane aus ihrem Versteck zu zerren, aber Poole hielt sie in Schach.

»Laßt sie, ihrem eigenen freien Willen folgend, zu mir kommen.«

Jane war wieder imstande zu gehen. Sie ging zum Altar, zu Poole, denn sie hatte keine Macht, etwas anderes zu tun, und als sie ihn erreichte, fiel sie vor seinen Füßen auf die Knie.

»Agnes, bring diese Frau auf die andere Seite der Burg. Mrs. Shaw, schauen Sie mich an!«

Jane schaute ihn an.

»Gehen Sie, wohin Agnes Sie bringt. Bleiben Sie dort, bis Ihnen gesagt wird, daß Sie gehen können.«

Jane nickte.

»Sie werden sich an nichts erinnern, was Sie seit Sonnenuntergang gesehen haben.«

Jane nickte nochmals. Agnes führte sie weg.

Die Versammlung begann wieder zu singen und sich wieder auf den Beinen zu wiegen, um die Spannung erneut aufzubauen, während Poole bei Nicoles schlaffem Körper stand und auf Agnes' Rückkehr wartete.

Eine Minute später schlüpfte sie in die Kapelle zurück und trat neben Poole an den Altar.

»Alles in Ordnung, Meister.«

Poole lächelte. Agnes beobachtete, wie er an das Ende des Altars zurückging und sich über Nicoles Körper beugte.

»Im Namen von Satan und allen Gebietern der Finsternis –«

Eine Taschenlampe leuchtete vom Eingang der Kapelle her auf. Als alle aufschrien und sich in Bewegung setzten, um die Reihen gegen den Eindringling zu schließen, ertönte Evans Stimme: »Im Namen Gottes, haltet ein!«, und im nächsten Augenblick blies ein eisiger Luftzug alle Kerzen aus, ein ungeheurer Donnerschlag zertrümmerte die Taschenlampe in Evans Hand, und schließlich, eine Sekunde später, roch es beißend nach Schwefel.

9. Kapitel

I.

Als Evan einige Zeit später sein Bewußtsein wiedererlangte, konnte er sich zuerst nicht erinnern, wo er war oder was geschehen war. Und dann fiel ihm alles plötzlich wieder ein: wie er vorher im Krankenhaus aufgewacht war, wie er es trotz des Protests des Personals verlassen hatte und fortgestürzt war, um eine Fahrgelegenheit von Swansea nach Colwyn zu finden; er erinnerte sich, wie er zu den Felsen hinaufgerast und in die Kapelle geplatzt war – die nackten Körper, beleuchtet von Kerzenlicht, der Schimmer des Kelches und Poole, der sich auf Nicole zubewegte, um ihren Körper auf dem schwarzen Altar zu besitzen . . .

»Im Namen Gottes, haltet ein!« schrie Evan, die Szene im Geist wiederholend, und setzte sich mit einem Ruck auf.

Er war allein. Es war stockdunkel, und ein sanfter Seewind jammerte durch die verfallenen Mauern der verlassenen Kapelle.

Nach einer Weile kam er schwankend auf die Beine und stolperte durch die Kapelle zum Altar. Sein Fuß stieß gegen einen kleinen klappernden Gegenstand. Sich bückend, fand er eine weggeworfene Streichholzschachtel, und nachdem er ein Streichholz angezündet hatte, konnte er sehen, daß das Altartuch, das entweihte Kreuz und der Teppich weg waren und daß die einzigen Zeichen für das, was an diesem Abend geschehen war, der Tisch, der als Altar gedient hatte, und die Lache von Lammblut am Boden waren. Aber der Kadaver des Lammes war weg und auch Nicoles schlaffer Körper. Evan blies das Streichholz aus, verließ die Kapelle und stolperte den Hügel hinunter nach Colwyn Court.

Agnes erwartete ihn. Als er die Hintertür öffnete, sah er sie beim Küchentisch sitzen, das Gesicht ausdruckslos, die Hände vor sich gefaltet wie im Gebet.

Sie war allein.

»Wo ist Nicole?« fragte Evan rauh, und seine Stimme war unsicher. »Wo ist sie?«

»In ihrem Zimmer, sie schläft. Sie brauchen sich keine Sorgen mehr um sie zu machen. Sie wird morgen aufwachen ohne Erinnerung an die letzten sechsunddreißig Stunden und mit einer unvollständigen Erinnerung an den letzten Monat. Ich glaube, Sie werden ihre Verfassung zufriedenstellend finden.« Agnes stand auf. »Dr. Colwyn, ich möchte mit Ihnen besprechen, was an diesem Abend geschehen ist, und ich wäre dankbar, wenn Sie ein paar Minuten Zeit fänden, um mit mir darüber zu reden.«

Evan starrte sie verblüfft an. »Da gibt es nichts zu besprechen, Miß Miller. Wo ist Poole?«

Es entstand eine Stille. Er bemerkte gerade, daß ihre Augen rotgeweint waren, als sie mit matter Stimme sagte: »Er ist tot.«

»Das glaube ich nicht«, sagte Evan. »Zeigen Sie mir seine Leiche.«

Agnes stand ohne ein Wort auf und ging den Weg voran hinauf zu Pooles Zimmer. »Sie werden ihn nicht wiedererkennen«, war alles, was sie sagte.

»Warum nicht?«

»Sie werden sehen.«

Poole war auf seinem Bett aufgebahrt, seine Leiche war mit einem Pyjama bekleidet. Evan ging zu ihm hin und schaute auf das Gesicht hinunter, das er so sehr gehaßt hatte.

Er sah einen freundlichen, angenehmen Mann, der Mund, eines fröhlichen Lachens fähig, und Gesichtszüge, die zu seinen Lebzeiten sympathisch und intelligent gewesen sein mochten. Die Augen waren geschlossen, so daß ihr Geheimnis für immer verborgen war, aber Evan glaubte ihnen trotzdem die Verwegenheit ansehen zu können, die den Mann zu den Lammas-Riten in dem kalifornischen Orangenhain getrieben hatte, wo er seinem Meister seinen Körper zum Gebrauch angeboten hatte.

»Sie haben recht«, sagte Evan zu Agnes. »Ich erkenne ihn nicht wieder.«

»Er wird auferstehen«, sagte Agnes, und er stellte mit einem Schock fest, daß sie nicht von Poole sprach, sondern von Ihrem Meister. »Er wird in jemand anderem wiedergeboren werden. Die Ge-

schichte von Tristan Poole ist zu Ende. Aber die Geschichte eines
anderen, unbekannten Mannes beginnt gerade.« Sie wandte sich
Evan wieder zu. »Ich muß mit Ihnen sprechen, Dr. Colwyn.«

»Ich möchte zuerst Nicole sehen«, sagte Evan, der aus Routine
Pooles Puls fühlte, bevor er das Zimmer verließ.

Nicole schlief tief in ihrem winzigen Schlafzimmer im Haupttrakt
des Hauses. Er fühlte ihren Puls, ihre Stirn und hob ein Augenlid.

»Sie ist betäubt.«

»Sie wird morgen wieder in Ordnung sein«, sagte Agnes. »Das ist
ein Versprechen, Dr. Colwyn. Es sei denn, Sie machen uns Schwierigkeiten mit der Polizei.«

Es entstand eine Pause.

»Gut«, sagte Evan jäh. »Sprechen wir miteinander.«

Sie kehrten in die Küche zurück und setzten sich einander gegenüber beim Tisch nieder. »Was sind Ihre Bedingungen?« fragte Evan
schließlich.

»Wir werden den Mietvertrag zerreißen, Colwyn Court verlassen
und Ihnen nie mehr in die Nähe kommen. Nicole wird vollständig
von ihrer Verliebtheit für Tristan geheilt sein – seine Macht über sie
hat mit seinem Tod ein Ende gefunden, und sie wird nur eine ver-
schwommene Erinnerung an die Affäre haben. Ihr Vater und ihre
Schwester werden sich rasch genug von dem Schlaftrunk erholen,
den sie vor einigen Stunden bekommen haben, um sie aus dem Weg
zu haben, und Sie werden sehen, daß Tristans Einfluß auf Ihre
Schwester auch eine Sache der Vergangenheit ist. Die Zwillinge und
Mrs. Shaw schlafen im Landhaus. So sehr sie Ihnen auch wird helfen wollen, so werden Sie meiner Meinung nach sehen, daß Mrs.
Shaw eine sehr unzulängliche Zeugin ist. Lucy wird sich ebensowenig an irgend etwas von der Zeremonie erinnern, aber Sie können sicher sein, daß ihr nichts passiert ist. Und Timothy –« Sie biß sich auf
die Lippe. »Ich könnte dieses Kind sehr leicht umbringen«, sagte sie
schließlich mit lebhafter Stimme, »aber zum Glück für jene, die sich
auf mich verlassen, wird der Verstand die Oberhand behalten, und
ich werde ihn in Ruhe lassen. Auch er wird für Sie als Zeuge ohne
Nutzen sein. Er war in Colwyn Court eingesperrt während der Zeremonie.«

228

»Mit anderen Worten«, sagte Evan, »was Sie mir sagen, ist dies: Wir lassen Sie in Ruhe, alle unversehrt – wenn Sie uns in Ruhe lassen, indem Sie jegliche Fragen der Polizei abwehren. Sollten Sie aber so närrisch sein, sich bei der Polizei beklagen, werden Sie keine Zeugen finden und keinen Beweis, der nicht als Auswirkung irgendeiner wilden, aber nicht unbedingt kriminellen obszönen Party betrachtet werden kann! Habe ich recht?«

»Genau«, sagte Agnes. »Aber ich würde es vorziehen, wenn Sie sich nicht bei der Polizei beschwerten. Sie sind ein Arzt, ein Mann von Rang, und Ihr Wort hätte einiges Gewicht. Das ist der Grund, warum ich bereit bin, soviel zuzugestehen, um Schwierigkeiten zu vermeiden.«

»Wann werden Sie Colwyn Court verlassen?«

»Könnten Sie uns achtundvierzig Stunden geben? Ich glaube, das würde reichen.«

»Vorher würde ich Sie gar nicht gehen lassen. Ich möchte sicher sein, daß sich jeder tatsächlich erholt.«

»Das werden sie«, sagte Agnes.

Dann entstand eine Stille.

»Sehr gut«, sagte Evan schließlich. »Ich stimme Ihren Bedingungen zu. Ich werde nichts sagen, und Sie werden Ihre Versprechen erfüllen.«

»Danke, Dr. Colwyn«, sagte Agnes.

»Nun gut. Nun sagen Sie mir etwas. Sie wissen natürlich, daß ich heute morgen mein Bewußtsein verlor und ins Krankenhaus gebracht wurde. Ich nehme an, das geht auf Ihre Rechnung.«

»Selbstverständlich.«

»Geht auch mein großartiges Erwachen auf Ihre Rechnung?«

»Nein, dafür können Sie Timothy danken. Das elende Kind hat den Zauber so rücksichtslos aufgehoben, daß er auf Sandra zurückfiel, die ihn veranlaßt hatte. In diesen Minuten bemühen sich zwei Mädchen sehr, sie wieder zum Bewußtsein zu bringen. Sie fiel während der Huldigungszeremonie in Ohnmacht.«

»Ich bin nicht sicher, daß ich das begriffen habe. Meinen Sie –«

»Oh, schauen Sie doch in Janes Zauberbuch nach«, sagte Agnes irritiert. »Warum soll ich Ihnen das erklären?«

Nach einem Augenblick sagte Evan langsam: »Gehen auch viele andere solcher Erfolge auf Ihre Rechnung?«

Agnes zuckte die Achseln. »Wir waren für Lisas Tod verantwortlich, natürlich, und für den von Matthew Morrison. Es ist bemerkenswert, was die Mächte für einen tun können, wenn man sich richtig an sie um Hilfe wendet. Aber mit dem Meister sind natürlich alle Dinge möglich.«

»Ausgenommen die Fähigkeit zu überleben, wenn jemand ruft ›Im Namen Gottes, haltet ein‹«, sagte Evan trocken.

»Mein lieber junger Mann«, sagte Agnes, »Sie werden doch nicht glauben, daß es das war, was Tristan tötete.«

»Aber was hat ihn dann getötet?«

»Gut, ich gebe zu, um wirklich genau zu sein, daß Ihre Anrufung mitgeholfen hat«, fügte Agnes widerwillig hinzu. »Sie zerstörten die unserer Versammlung innewohnenden Kräfte und schleuderten eine ungeheure Gegenmacht auf uns. Es war beides sehr erschreckend und überwältigend. Ich glaube, wir verloren alle das Bewußtsein für mindestens eine Minute.«

»Ich erinnere mich an einen lauten Knall –«

»Hat Sie das Geräusch überrascht? Ihre Geste hatte den gleichen Effekt, als ob jemand eine Kanonenkugel durch ein Glasfenster in einen Porzellanladen feuert. Kein Wunder, daß das Ergebnis vernehmbar war.«

»Aber was tötete Poole?«

»Es war nur der Körper, der getötet wurde«, sagte Agnes. »Nur seine zerbrechliche Vergänglichkeit wurde zerstört. Das ist alles.«

»Aber –«

»Dr. Colwyn, Sie sind keineswegs ein Gläubiger meiner Kirche, obgleich ich zugebe, daß Sie für einen Skeptiker eine ungewöhnliche Fähigkeit zeigen, das Unannehmbare anzunehmen. Stellen Sie nicht zu viele Fragen. Ich habe heute nacht einen schrecklichen Schock erlitten und einen schrecklichen Rückschlag all meiner Zukunftshoffnungen, und – ganz offen – ich möchte das nicht weiter mit Ihnen besprechen. Alles, was ich in Beantwortung Ihrer Frage sagen möchte, ist, daß Zauber mit Zauber bekämpft werden kann. Es ist eine gefährliche Sache, das zu tun, und es kann tödliche Folgen haben. Wenn Sie mich jetzt bitte entschuldigen wollen . . . war das die Glocke vom Haupteingang?«

»Ja, das war sie. Wer auf der Welt kann das sein?«

»Oh, das müssen Professor Shaw und die Polizei sein«, sagte Agnes müde. »Tristan hat Professor Shaws Gedächtnis vermindert, aber sobald Tristan gestorben war, erholte sich Professor Shaw zweifellos wunderbar von seinem teilweisen Gedächtnisschwund . . . Könnten Sie sie in Empfang nehmen, bitte? Ich bin sehr müde, und ich möchte allein sein. Ich könnte es nicht aushalten, heute noch mehr Leute zu sehen.«

»Gut«, sagte Evan und dachte, wie seltsam es war, daß sie nun genau wie eine überarbeitete Hausfrau in mittleren Jahren aussah. Er fühlte geradezu einen Anflug von Mitleid für sie. »Ich werde mich mit ihnen befassen. Gute Nacht, Miß Miller.«

»Gute Nacht, Dr. Colwyn«, sagte Agnes und fügte, sein Mitleid wegwischend, mit kalter Verachtung hinzu: »Oh, Dr. Colwyn, Sie werden sich doch sicher an unsere Vereinbarung halten, nicht wahr? Denn wenn Sie es nicht tun, werde ich bestimmt Ihre Schwester töten. Auch ohne Tristan würde das durchaus in meiner Macht stehen.«

Weit weg läutete die Türglocke, Evan stand da und schaute sie an. Ihre grünen Augen waren so wenig menschlich wie die einer Katze. Ihre plump behäbige Gestalt war eine einzige Drohung, und ihr Mund war schmal und hart, während sie zurückstarrte.

»Die Vereinbarung gilt«, hörte sich Evan schließlich sagen. »Auf Wiedersehen, Miß Miller.« Und sich abrupt abwendend, ging er in die Halle, zum Haupteingang, der Polizei entgegen.

II.

»Das ist ja prächtig«, sagte Benedikt zu Jane am nächsten Morgen. »Ich habe mich in meinem ganzen Leben nicht so närrisch gefühlt. Da war Evan, in bester Verfassung, und sagte, daß auf den Felsen eine Party stattgefunden hätte, aber es war alles vorüber und jedem ging es gut. Die Polizei steckte ihre Nase überall hin und fand nichts als einige merkwürdige Zeichen auf dem Boden in der Burg, die ein Kind gemacht haben könnte. Als sie hörten, daß die Zwillinge gern dort spielen, nahmen sie an – Meine Liebe, was ist los? Du kannst mir sicher keine Vorwürfe machen, daß ich verärgert bin! All dieser Hokuspokus über Hexerei! Ich wußte, daß es ein falscher Alarm war.«

»Aber Benedikt, Liebling«, sagte Jane.»Was ist denn passiert? Wieso hast du so lange gebraucht, um die Polizei zu holen? Was ist auf dem Weg nach Milford Haven geschehen?«

»Nun, es war etwas sehr Außergewöhnliches«, sagte Benedikt, seine Brille polierend.»Mir ist das Benzin ausgegangen, auf offener Landstraße –«

»Benedikt, du hast mein goldenes Kreuz abgenommen, nicht wahr?«

»– und dann fühlte ich mich nicht wohl und beschloß, ein kleines Nickerchen zu machen. Danach brauchte ich Stunden, bis mich jemand zur nächsten Tankstelle mitnahm, und als ich endlich dort war, konnte ich mich nicht mehr erinnern, wo ich das Auto stehengelassen hatte –«

»Armer Liebling«, sagte Jane, ihm verzeihend, denn er sah so schuldbewußt und verwirrt drein.»Macht nichts. Alles hat einen guten Ausgang genommen. Ich habe gerade mit Evan gesprochen. Er sagt, daß die Gesellschaft morgen Colwyn Court verlassen wird, denn Mr. Poole ist vergangene Nacht plötzlich gestorben, also –«

»Guter Gott!« schrie Benedikt.»Ein so junger gesunder Bursche wie er? Woran ist er gestorben?«

»Evan hat den Arzt vom Ort gerufen, und sie stimmten überein, es war ein Herzschlag.«

»Also, ich soll verflucht sein«, sagte Benedikt bestürzt und war still. Dann:»Was geschah wirklich in der Kapelle – wenn überhaupt?« fragte er zynisch.»Was hast du eigentlich gemacht, während deine Orgie vor sich gehen sollte?«

»Du würdest nicht einmal beginnen, mir zu glauben«, sagte Jane und fügte bedauernd hinzu:»Übrigens erinnere ich mich an nicht sehr viel davon.«

»Wieso nicht?«

»Oh . . . ich glaube, daß mich in diesem Moment Gedächtnis-schwund befallen hat. Jeder scheint darunter gelitten zu haben, au-ßer Timothy und Evan . . .«

Außerhalb der Küchentür wurde Marble durch den Klang ihrer Stimmen wach und öffnete behutsam ein rosa Auge. Als sie sah, daß sie allein war in der Sonne, öffnete sie auch das andere Auge, spreiz-te die Krallen und streckte sich genüßlich. Es war lange her, seit sie die Energie zu einem solchen wohligen Strecken aufgebracht hatte. Denn lange hatte sie das Gefühl eines ungeheuren Gewichtes auf ihrem Rücken gehabt. Aber nun war das Gewicht verschwunden. Marble, deren Gehirn klein und deren Erinnerung noch kleiner war, fragte nicht nach dem Grund vergangenen Unbehagens oder brach-te es gar in Zusammenhang mit schon halb vergessenen Personen. Sie setzte sich einfach auf, leckte sich die Pfoten und begann an ih-ren Magen zu denken. Sie fand, daß sie schrecklich hungrig war, sprang auf und lief in die Küche. Dort rieb sie sich mit verschmitzter Liebe an Janes Knöcheln und begann zu miauen, um ihre ungeteilte Aufmerksamkeit zu erlangen.

»Marble sieht heute besser aus«, kommentierte Benedikt. »Wirk-lich, sie sieht wieder aus wie früher.«

»Ja, weil Tristan tot ist.«

»Meine Liebe, was wird dir nur als nächstes einfallen?«

Jane lachte. »Ist gut, vergessen wir die letzte Nacht und die Gesell-schaft und Tristan Poole für einen Augenblick. Es gibt da etwas, worüber ich mir seit langem Sorgen mache und das ich liebend ger-ne mit dir besprechen möchte.«

»Aber ja«, sagte Benedikt dankbar, »laß uns das Fiasko der letzten Nacht mit all seinen mysteriösen Nebenerscheinungen vergessen. Was beunruhigt dich denn?«

»Nun, Liebling, es sind die Zwillinge. Du weißt, Lisa hat kein Te-stament hinterlassen, und daher haben sie keinen offiziellen Vor-mund, und ich weiß, sie fühlen sich entsetzlich verlassen und allein, weil Lisa und Matt tot sind, und . . . Oh, ich mache mir solche Sor-gen, was mit ihnen geschehen wird! Glaubst du . . . vielleicht . . . möglicherweise –«

»Natürlich«, sagte Benedikt, »eine großartige Idee.«

»Ich weiß, unser Haus in Cambridge wird viel zu klein sein, aber –«

»Nun, ich war seiner ohnehin schon überdrüssig«, sagte Benedikt. »Es wird schön sein, ein größeres Haus zu haben, und ich glaube, wir können es uns leisten, ohne zu sehr knausern und sparen zu müssen. Weißt du, was wir machen? Sobald wir nach Hause kommen, kannst du auf Haussuche gehen, und ich werde mit unserem Rechtsanwalt sprechen, um herauszubekommen, wie wir es anstellen müssen, um einen gerichtlichen Beschluß für eine legale Vormundschaft zu erwirken – wenn die Zwillinge zustimmen, natürlich. Bist du sicher, daß sie unsere Idee billigen werden?«

»Ich glaube, sie haben es längst als gegeben angenommen«, sagte Jane und lächelte ihn strahlend unter Tränen an.

III.

»Das Merkwürdigste von allem«, sagte Lucy am selben Morgen, als sie und Timothy am Strand saßen und die hereinkommende Flut beobachteten, »ist, daß ich mich nicht einmal genau erinnern kann, wie Tristan ausgesehen hat. Ich erinnere mich nur, daß ich dachte, er war wie Daddy.«

»Er war kein bißchen wie Daddy.«

»Seien wir doch ehrlich, Timmy«, sagte Lucy ärgerlich. »Wir können uns nicht einmal mehr erinnern, wie Daddy überhaupt ausgesehen hat. Wenn nicht Mamis Fotos wären, würden wir ihn nicht von Adam unterscheiden können. Wir werden niemals wirklich wissen, wie er war.«

»Vielleicht doch«, sagte Timothy. »Er kann noch immer nach Hause kommen.«

»Wir glauben das doch nicht wirklich«, sagte Lucy. »Nicht wirklich. Das war nur Einbildung.«

Timothy schluckte und war still.

»Nun, das ist natürlich alles sehr traurig«, sagte Lucy, »aber es könnte schlechter sein. Du weißt, was die Köchin zu Hause immer gesagt hat: ›Nehmt alles von der guten Seite, meine Lieben, und zählt nur die glücklichen Stunden.‹«

»Die Dinge könnten nicht schlechter sein«, sagte Timothy. »Sei nicht so niedergeschlagen, Timmy. Angenommen, es gäbe keine Tante Jane?« gähnte Lucy und zeichnete mit ihrer großen Zehe ein Pentagramm in den Sand. »Weißt du, was das ist?« fragte sie und zeigte auf das Muster. »Es ist ein böses Zeichen. Es kann auch ein gutes Zeichen sein, aber wenn es nur auf einer Spitze steht und zwei Spitzen nach oben ragen, dann stellt es das Böse dar. Gwyneth hat es mir gesagt. Sie hörte es von Tristan.«

Timothy wischte das Pentagramm mit einer kreisförmigen Bewegung seiner Ferse weg. »Ich möchte all das Böse begraben und es vergessen. Laß uns das Begräbnis abhalten und mit dem ganzen Unheil aufhören.«

»Ist gut«, stimmte Lucy zu. »Schließlich sind wir ja deshalb zum Strand heruntergekommen, oder nicht? Ich hatte es fast vergessen.«

»Hier ist dein Spaten«, sagte Timothy und fühlte sich schon besser. »Fangen wir an.«

Sie begannen, ein tiefes, rechteckiges Loch in den Sand zu graben. »Pfff!« keuchte Lucy zehn Minuten später. »Das ist doch tief genug, nicht wahr?«

»Ich glaube schon.« Timothy öffnete die Pappschachtel, die sie zum Strand heruntergebracht hatten, und nahm vorsichtig die Plastilinfigur eines Mannes heraus. Das Abbild trug die Buchstaben T. POOLE quer über die Brust geschrieben und war mit einem Stück Stoff bekleidet, das Timothy aus einem der Anzüge im Schrank von Pooles Ankleideraum geschnitten hatte. Der hölzerne Splitter, der im Kopf von Evans Ebenbild gesteckt hatte, war in der Herzgegend durch die linke Brust gestoßen.

»Ich weiß noch immer nicht, wie du darauf gekommen bist«, sagte Lucy bewundernd. »Wie hast du gewußt, was man tun muß?«

»Du armes Ding«, sagte Timothy mitleidig, »bringen sie euch denn gar nichts bei auf eurer blöden Mädchenschule?«

Lucy war gedemütigt. »Was hast du wirklich gemacht? War es schwierig, nachdem du die Plastilinfigur einmal fertig hattest?«

»Natürlich nicht«, sagte Timothy. »Ich nahm den Splitter und sagte: ›Bitte, Gott, richte es ein, daß Tristan Poole getötet wird, denn er ist sündhaft und böse, und ich glaube nicht, daß Du ihn leiden könntest, wenn Du ihn träfest.‹ Dann ließ ich Gott die Wahl, trotz allem – nur für den Fall, daß Er dachte, Mr. Poole sei in Ordnung, und daß Er ihn nicht töten wollte. Ich sagte: ›Aber wenn Du ihn retten willst, ist das okay für mich, denn ich weiß, Du wirst einen guten Grund dafür haben. Danke. Amen.‹ Und dann habe ich den Splitter durchs Herz gestoßen und alles weitere Gott überlassen. Es schien einfach fair zu sein, es so zu machen.«

»Aber bedeutet das, Gott hat Tristan getötet? Ich habe nie geglaubt, daß Gott jemals jemanden ermordet.«

»Möglicherweise hat sich Gott einen bösen Geist aus der Hölle geborgt«, meinte Timothy. »Er muß für solche Fälle Abmachungen haben.«

»So tötete das Böse das Böse«, sagte Lucy zufrieden. »Das ist schön.« Sie starrte auf Pooles Ebenbild. »Sollen wir anfangen?«

»Okay.« Sie legten das Ebenbild vorsichtig in das tiefe Loch im Sand und schauten einen Moment darauf hinunter.

»Ruhe in Frieden«, sagte Timothy, nicht sicher, was man bei einem Begräbnis sagt.

»Jetzt und in Ewigkeit, Amen«, sagte Lucy diensteifrig. Sie schaute Timothy an. »Glaubst du, daß das genügt?«

»Ich nehme an.«

Sie schaufelten den Sand auf das Ebenbild und traten ihn fest.

»Gut, das hätten wir«, sagte Timothy zufrieden. »Was machen wir jetzt?«

»Gehen wir zurück zum Haus«, sagte Lucy. »Wollte Tante Jane nicht heute vormittag wieder Karamellen machen?«

»Tante Jane ist eine wunderbare Köchin!«

»Die beste«, sagte Lucy, und sie lächelten einander zufrieden an, als sie Hand in Hand über den Strand davongingen.

IV.

»Wie fühlst du dich?« sagte Evan zu Nicole; er saß auf der Kante ihres Bettes und griff zärtlich nach ihrem Puls.

»Sehr sonderbar«, sagte Nicole freimütig. »Bin ich verrückt geworden oder sonst etwas?«

»Oder sonst etwas«, sagte Evan. Ihr Puls schien normal zu sein. Er nahm ein Thermometer. »Laß mich deine Temperatur messen.«

»Habe ich einen Nervenzusammenbruch gehabt?« fragte Nicole, bevor sie sich das Thermometer in den Mund schob.

»Nennen wir es eine nervöse Verdrängung der Wirklichkeit.« Nicole nahm das Thermometer wieder aus dem Mund.

»Welches Datum haben wir heute?« fragte sie.

»Den 2. August.«

»Das kann nicht sein!«

»Reg dich nicht auf. Ich werde dir alles später erklären.«

»Bin ich in einer Nervenheilanstalt gewesen?«

»Nun, du bist hier als ziemlich entstelltes Bild deiner Selbst umhergegangen. Aber mach dir keine Sorgen, Nicki. Es war alles ganz natürlich unter diesen Umständen.«

»War ich unter Drogen? Diese Farben . . . Träume . . . Illusionen . . . waren es Illusionen? Mein Gott, vielleicht waren sie Wirklichkeit!«

»Du warst vermutlich einige Zeit unter Drogen.«

»Und die übrige Zeit?«

»Poole hatte dich hypnotisiert.«

»Evan –«

Nicole brach ab.

»Ja?«

»Habe ich das geträumt, oder habe ich wirklich –« Sie hörte wieder auf.

»Du hast«, sagte Evan, »und doch hast du in gewissem Sinne nicht. Du warst für deine Handlungen nicht verantwortlich.«

»Oh, Evan, wie konnte ich!« rief Nicole und brach in eine Flut von Tränen aus. Nachdem es ihm gelungen war, sie zu beruhigen, sagte sie gequält: »Was wirst du von mir denken! Warum bist du so nett

237

zu mir? Wie kannst du es überhaupt ertragen, mit mir zu sprechen nach allem, was ich dir angetan habe?«

»Es geschah mir recht für das monatelange Herumspielen mit dir«, sagte Evan. »Du brauchst mich nicht allzu sehr zu bedauern. Und was das betrifft, daß ich so handle, als ob nichts geschehen wäre, so wiederhole ich – du warst für deine Handlungen nicht verantwortlich ... Nicki, was ist das letzte, woran du dich in voller Klarheit erinnerst?«

Nicole schluckte. »Du, als du mir den Heiratsantrag machtest. Und ich, als ich mir den Kopf darüber zerbrach, warum um Himmels willen ich mich nicht dazu bringen konnte, Ja zu sagen.«

»In Ordnung«, sagte Evan. »Fangen wir dort an, wo wir aufgehört haben. Nicki, willst du mich heiraten?«

Nicole schluckte wieder. »Evan, du mußt der wundervollste Mann auf der ganzen Welt sein, und ich habe es gar nicht verdient –«

»Erspare mir das quälende Selbstmitleid. Liebst du mich?«

»Mehr als irgend jemanden auf der Welt, aber –«

»Dann willst du mich heiraten?«

»Jetzt sofort, in diesem Moment, wenn ich könnte«, sagte Nicole ohn Zögern, und sah seinen angespannten Ausdruck sich in Erleichterung auflösen, als sie ihm strahlend in die Augen lächelte.

Susan Howatch

DIE ERBEN VON PENMARRIC
Roman
704 Seiten

DIE HERREN AUF CASHEMARA
Roman
704 Seiten

DIE REICHEN SIND ANDERS
Roman
840 Seiten

DIE SÜNDEN DER VÄTER
880 Seiten

DER ZAUBER VON OXMOON
Roman
1248 Seiten

*Albrecht Knaus
Verlag*

*München
und Hamburg*